Für Emma, mein Röschen.

Weil du mein Herz bist, auch wenn du
mich nachts nicht schlafen lässt.
Weil du selbst dann noch lachst, wenn alle anderen weinen.
Und glaub mir, nur weil Mama vor Spinnen Angst
hat, musst du das noch lange nicht haben.
Du bist so viel mutiger, als ich es je war.
Sei stolz!
Ich bin es.

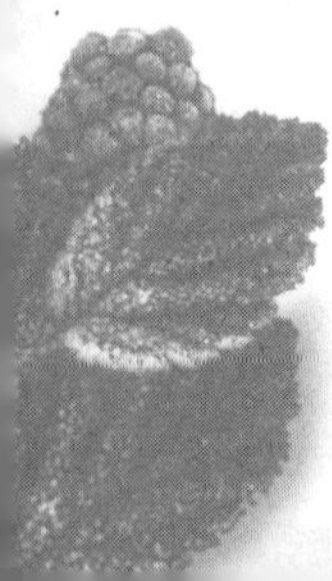

Inhalt

Prolog

Wir sind Geschichten. Ich bin eine und die Eishexe ist eine. Alle meine Schwestern, die mächtigsten Feen des Landes, der Hexenjäger und sogar Elle, das Kind, welches mein Herz im Sturm eroberte. Das Kind, mit dessen Tod auch mein Herz starb.

Wir alle sind geschaffen aus Tinte, wir sind geschaffen aus schwarzem Blut. Und mögen unsere Leben auch enden, so werden unsere Spuren auf ewig zwischen den Seiten eines Buches zu finden sein. Papier und Tinte, Schatten einer düsteren Vergangenheit.

Und jedes Mal, wenn ein Kind ein Märchenbuch aufschlägt und mit heller Stimme die Worte zum Leben erweckt, werden wir auferstehen.

Palast in Antarktika

Der Nordwind der Eishexe trägt uns höher und höher, fort von der dahinrauschenden Landschaft, den Bergen, Siedlungen, Flüssen und Tälern. Die Welt bleibt hinter uns zurück und mit ihr auch der Hexenjäger. Er wollte mich töten. Und doch scheint er etwas für mich zu empfinden, denn er fürchtet um mich. Er fürchtet die Gefahr, in der ich jetzt schwebe: neben meiner Schwester in ihrem gläsernen Schlitten.

Ich blicke die Eishexe an und frage mich, ob je eine von den zwölf anderen gefunden hat, was ich beim Hexenjäger fand. Und bei dem Kind, das ich weder lieben durfte, noch beschützen konnte.

Ich würge den Schrei hinunter, der seit Elles Tod in mir tobt. Die Eishexe soll mich nicht schwach sehen, niemand soll das!

In mir hallt das Lachen der Königin, sie weidet sich an meinem Leid. Sie hasst die Liebe und die Menschen. Sogar die Feen.

Getrieben von dem Hass der Königin richte ich mich auf. Sie verlangt nach Vergeltung, *ich* will Vergeltung. Denn sie haben mich mit meinem eigenen Zauber betrogen, sie haben mich eingesperrt und versteckt vor der Welt für ein ganzes Jahrtausend. Meine Schwestern.

Die Eishexe blickt mich kurz von der Seite an. Sie und ich, wir waren die Ersten. Zusammen durchstreiften wir die Wälder, zusammen fanden wir den Turm. Doch sind die Erinnerungen nichts als ein entferntes Echo in meiner Wut.

Ich hebe die Hände, die Hände der Königin. Lachend werfe ich den Kopf in den Nacken und genieße das Gefühl der Macht. Die Eismagie pulsiert in meinen Fingern.

Sie haben geglaubt, mich vernichten zu können, indem sie mir meine Macht stahlen. Doch ich hole sie mir zurück, denn sie gehört mir allein.

Ich balle die Fäuste und die Magie fließt durch meine Adern. Hier und jetzt wird die älteste Schwester für ihren Verrat bezahlen. Die Königin in mir befiehlt der Eismagie, ihre Meisterin zu töten, sie samt ihres Schlittens vom Himmel zu stürzen, gleich, was aus mir wird – wenn sie nur stirbt.

Ich will nicht hinsehen und doch muss ich. *Sieh hin!*, flüstert die Königin. *Lerne, was es heißt, mich zu betrügen!*

Ich blicke mit den Augen der Königin, die ich einst war und noch immer bin. Ich fühle den alten Hass und lasse mich mitreißen. Ich werde das Monster. Ich werde die Königin. Es zählt nichts mehr, nicht seit Elle starb und der Hexenjäger seine Wahl traf. Einzig der Wunsch nach Rache ist geblieben – doch die Antwort der Magie bleibt aus und meine Hand kalt und leer.

»Was …?«

Die Eishexe fixiert mich. »Du hättest es also getan.«

Ich rufe erneut nach der Magie, doch obwohl ich sie spüre, sie mich durchfließt und umgibt, gehorcht sie nicht. Warum gehorcht sie nicht?

»Ich begehe nicht denselben Fehler wie unsere Schwestern«, sagt die Eishexe und lenkt ihren Schlitten durch die Wolkendecke. »Ich habe beobachtet, wie du die Giftmischerin getötet hast. Ich sah, wie die Meerhexe starb. Du stiehlst unsere Macht und verwendest sie gegen uns.«

»Jetzt nicht mehr«, knurre ich und blicke auf meine geöffnete Hand. »Warum?«

»Weil ich verstehe, wer du bist.«

Ich lache auf. Sie maßt sich an, mich zu verstehen. Mich, die Königin! Ich könnte sie stoßen, über den Schlittenrand, hinabstoßen in die Wolken, auf dass sie falle bis zur Erde, wo ihr eisiger Körper in tausend Stücke zerbräche und von ihrem vermeintlich königlichen Stolz nichts bliebe als Brei aus Blut und Knochen! Doch ich tue es nicht, denn ich weiß, dass ich ihr unterlegen bin. Ich gebe mir keine Blöße und ihr keine Genugtuung. Nein. Stattdessen verziehe ich die Lippen zu einem schmalen Lächeln, hinter dem sich das Bild ihres zerstörten Leibes verbirgt, und sage: »Du glaubst zu wissen, wer ich bin?«

Sie nickt und lässt den Schlitten sinken. »Als ich dich im Spiegel sah …« Sie zögert, mustert mich kurz und fährt fort. »Du hattest dich kein bisschen verändert. Du warst kalt und schön wie eh und je. Aber dann …« Sie forscht nachdenklich in meinem Blick, so als verstünde sie es selbst nicht. »Dann sahst du den Mann an, der hinter dir stand und deine Augen … sie begannen zu leuchten. Das erinnerte mich an das Mädchen von einst. Es erinnerte mich an Lilith, nicht an die Königin.«

»Das Mädchen von einst gibt es nicht mehr.«

»Das glaubte ich auch lange Zeit«, antwortet die Eishexe. Wir brechen durch die Wolkendecke. Inmitten einer schroffen und vereisten Bergkette erheben sich die spitzen Türme eines Herrschersitzes, der im schummrigen Zwielicht des hohen Nordens mit seiner Umwelt verschmilzt. Das ist ihr Zuhause.

»Willkommen in Antarktika!« Ihr erwähltes Reich.

Bögen und überdachte Brücken verbinden die Türme und verflechten sie zu einem verwunschenen Palast. Die Mauern sind geschaffen aus silbernen Steinen, die unzähligen Bogenfenster aus hauchdünnem Eis. Flackerndes Licht schimmert im Inneren und verspricht trügerische Wärme.

»Gefällt es dir?«, fragt die Eishexe.

Ich antworte nicht. Wir sinken tiefer und tiefer. Ich fixiere die Gebieterin der Nordwinde, die Herrscherin über Eis und

Schnee, und überlege, wo ihr wunder Punkt liegt. Jeder besitzt einen, auch sie und ich werde ihn finden, um sie zu vernichten, so wie ich die anderen zuvor vernichtete. Für einen Moment sehe ich Gretchen, wie sie ihre verfaulende Hand dem Geist von Hans entgegenstreckt, das entrückte Lächeln im Gesicht, und meine Entschlossenheit bricht. Schuld, bittere Schuld schmecke ich auf der Zunge. Ihr wunder Punkt. Mein wunder Punkt. Kurz meine ich Elles Lachen zu hören, ehe der Schrei der Königin meinen Schmerz erstickt. Ich strecke mich, verdränge Hans, verdränge Elle. Meine Schwestern nahmen mir tausend Jahre meines Lebens, sie nahmen mir meine Krone und mein Reich, sie nahmen mir meine Magie und letztendlich die Liebe selbst. Elle ist tot. Und mit ihr die einzige Chance auf Vergebung. Ich werde sie vernichten!

Wir landen auf einem verschneiten Hof, dessen Mitte ein silberner Brunnen ziert. Säulengänge umschließen den Platz, dahinter strecken sich Türme in den Himmel, die Spitzen verborgen in den Wolken, als hüteten sie schreckliche Geheimnisse.

»Komm, Schwester, folge mir!« Die Eishexe gleitet aus dem Schlitten. Ihr langes weißes Kleid fließt über den Schnee und hinterlässt eine sanfte Spur. Es scheint, als würde sie schweben.

Ich richte den roten Wolfsfellmantel, den der Uhrmacher für mich anfertigen ließ, und erkenne, dass er von all dem wusste. Er wusste, dass ich meiner eisigen Schwester folgen würde. Ahnt er auch, dass ich sie töten werde? Und ihn – sollte ich je die Gelegenheit haben, denn er ist nicht mehr als ein Spielball des Orakels.

Er wusste von all dem und hat doch nichts gesagt.

Verräter!, dröhnt es in mir und sinnend folge ich meiner Schwester.

Rache, oh köstliche Rache!

Sie führt mich durch leere Flure und Säle. Matte Fackeln erhellen den Weg, weiß leuchten ihre kalten Flammen. Sie spenden keine Wärme, nur Licht, kaltes Licht, wie das der Sterne.

Mein Schritt hallt durch die endlosen Abzweigungen. Gemälde hängen an den Wänden. Eines neben dem anderen. Porträts von Menschen in allen Hautfarben und jeglichen Alters, Frauen und Männer, Könige und Bettler. Die Gesichter auf den Leinwänden wirken täuschend echt, es scheint, als folgten sie mir mit den Blicken. Als klagten sie mich an. *Nur zu!*, flüstert die Königin in mir. *Nur zu!*

»Komm, Schwester!« Zwei weiße Wölfe bewachen eine Flügeltür. Starr und kalt, die Augen so weiß wie das Fell, und hörte ich ihre Herzen nicht rhythmisch schlagen, so hielte ich sie für Statuen. Ich fixiere die blassen Augen. Ob sie wissen, dass ich einen von ihnen in der Hütte der Sieben tötete? Ich lege den Kopf schief. Ja, ich denke, dass sie es wissen, denn ihr Herzschlag beschleunigt sich.

»Zu lange dientet ihr der falschen Königin«, zische ich und folge der Eishexe.

»Dies ist meine Bibliothek.« Fließend schreitet meine Schwester durch das Tor, hebt die Arme empor und dreht sich zu mir herum. Fast lächelt sie.

Ich kneife die Augen zusammen und mustere den größten Schatz der Eishexe. Endlose Regale und mit Raureif überzogene Bücher. Treppen und Galerien schlängeln sich von Etage zu Etage bis zu der gläsernen Kuppel, die sich hoch oben über dem kreisrunden Saal wölbt. Bücher: Papier und Buchstaben – sie scheint viel zu lesen. Sie scheint die Worte zu lieben. Liebe bedeutet Schwäche.

»Dies ist mein Reich«, ruft die Eishexe und ich höre den Stolz in ihrer Stimme. Die Hand liegt auf der Lehne eines purpurnen Throns. Sie maßt sich an, eine Königin zu sein, dabei ist sie nichts als eine verlorene Seele.

»Es hat mich acht Jahrhunderte gekostet, alle Werke dieser Welt zu sammeln und zu lesen. Ich kenne jedes einzelne Buch und jede Geschichte.«

»Rührend.«

»Hier verbringe ich meine endlose Zeit«, fährt sie ungerührt fort und setzt sich auf ihren Herrschersitz, »und Zeit besitzen wir Feen im Überfluss.«

Ich betrachte die überfüllten Regale, fahre mit dem Finger über einen vereisten Globus. Er dreht sich. Unsere Welt. Geteilt in die Herrschaftsgebiete der Feen. Einst meine Welt. *Und sie wird wieder mir gehören!*

»Du wolltest mit mir sprechen, Schwester, also sprich!«, fordere ich.

Sie greift nach einem blauen Buch mit goldenen Lettern, streicht zärtlich über den zerschlissenen Einband. Sie scheint es oft zu lesen. Ich höre das poröse Knistern der abgegriffenen Seiten. Ein altes Buch, so alt wie sie. Die Eishexe hebt den Blick. Ihre Augen, die meinen so ähnlich sind. »Die Zauber sind gebrochen. Du bist frei.«

»Das bin ich.«

»Niemand von uns konnte ahnen, dass es so kommen würde. Es wäre uns viel Leid erspart geblieben, wenn du nicht erwacht wärest. Uns allen. Auch dir.«

»Das Leid, das über euch kommt, habt ihr selbst heraufbeschworen.« Es ist kalt in ihrem Eispalast, doch ich spüre die Kälte kaum, so heiß brennt der Wunsch nach Rache in mir. »Habt ihr erwartet, ich würde euch verzeihen?«

»Wir haben erwartet, dass du nie wieder auferstehst«, gesteht die Eishexe und mustert mich neugierig. »Wer konnte schon ahnen, dass die Liebe für uns Feen wahrhaftig möglich ist? In all den Jahren habe ich nicht ein einziges Mal an den Lehren der Feenmutter gezweifelt.«

»Liebe.« Ich lache höhnisch auf.

»Du hast sie gefunden.«

Der Hexenjäger. Und Elle, kleine süße Elle … Das Lachen erstickt in meiner Kehle. Ich fixiere sie. Keine Regung zeichnet sich in ihrem Gesicht ab, ebenso wenig in meinem. Elle ist verloren, aber er lebt noch. Sie darf nicht wissen, was ich für den Hexenjäger empfinde. Er ist meine einzige Schwachstelle. *Er ist nur ein Mensch*, haucht die Königin in mir. *Er wird dich verraten, so wie alle Menschen dich verraten haben.*

»Ich habe gehört, was du zu Eva gesagt hast, bevor sie starb«, murmelt die Eishexe. »Über die Liebe, über den Schmerz und die Verletzlichkeit. Du hast sie geliebt, du hast Eva geliebt.«

»Was willst du von mir?«

»Ich will wissen, was mit dir geschehen ist. Ich will begreifen, wer du bist, denn du bist so menschlich.«

»Ich bin die Königin«, halte ich dagegen und in meinem Inneren höre ich sie kalt lachen. »Die Königin bin ich.«

»Nein«, sagt die Eishexe. »Nein, das glaube ich nicht.«

»Dann bist du eine Närrin!«

»In diesem Turm im Wald verloren wir einst unsere Unschuld und wurden zu dem, was wir heute sind«, fährt die Eishexe fort. »Aber du fandest an ebendiesem Ort zurück zu deinem ursprünglichen Wesen. Das Mädchen von früher – es ist wieder da. Ich verstehe nur nicht, warum ausgerechnet dir diese Gnade zuteilwird.«

»Wieso habt ihr mir meine Magie genommen?«, lenke ich ab und ignoriere ihre Worte.

Du hast sie geliebt, du hast Eva geliebt.

»Weil es zu schade um sie gewesen wäre«, lautet die einfache Antwort. »Und weil es die logische Konsequenz unseres Handelns war. Jede von uns nahm sich ein Stück, während du schliefst. Wie konnten wir ahnen, dass du im Gegenzug unsere Magie würdest beherrschen können? Sie ist vermischt mit deiner, deshalb gehorcht sie dir.«

»Nicht mehr«, knurre ich.

Die Eishexe nickt siegessicher, in ihren Augen sehe ich ein gefährliches Schimmern. Sie hebt die Hand. Auf ihr glänzt ein langer Kristallsplitter aus klarem Eis. »Du hast nicht bemerkt, wie ich ihn dir ins Herz stieß, so sehr warst du mit deinem Abschiedsschmerz beschäftigt. Betrachte es als Wiedergutmachung.«

Meine Hand fährt zur Brust. Ich reiße das Cape auf und die Rüstung darunter. Aus meiner linken Brust ragt das winzige Ende eines Splitters heraus.

»Du hast es gewagt«, zische ich und fasse ihn mit den Fingernägeln. Ich zerre daran. Glühend heißer Schmerz strahlt vom Herzen durch meine Adern. Ich keuche, ziehe stärker, doch der Splitter sitzt fest. Er rührt sich nicht.

»Ich dachte mir schon, dass du es nicht verstehen würdest.« Die Eishexe schüttelt bedauernd den Kopf. »Ohne Magie bist du deinem Wunsch nach Liebe so viel näher als je zuvor. Ich gebe dir die Chance, Lilith zu bleiben, das Mädchen mit den Träumen.«

»Was verstehst du schon von Träumen«, brülle ich. »Du, die du dich hier in der Abgeschiedenheit vor der Welt versteckst. Du weißt doch nichts von den Menschen, nichts von Liebe oder Träumen. Du weißt nichts von mir!«

Die Wimpern der Eishexe zucken ein paar Mal. Dann richtet sie sich auf.

»Du bist nicht die Einzige, Schwester, die je für einen Menschen Liebe empfunden hat.«

Ich stocke und in meinem Kopf entsteht ein Bild. Ihr Schwachpunkt, oh ja, jetzt erinnere ich mich. Jetzt weiß ich, wie ich sie leiden lassen kann.

»Rette ihn!«, keucht sie und zeigt mit ihren verbrannten Händen zu einem kleinen Jungen mit pechschwarzem Haar, der abseits kauert und das Flammenmeer aus schreckensbleichen Augen anstarrt. Er schwankt im Angesicht des Todes, er schwankt vor Angst. »Rette ihn!«

Ich teile die Flammen, weise ihm einen Weg, fort von dem Dorf, das dem Untergang geweiht ist und all den brennenden, kreischenden Menschen. Er flieht stolpernd, auf viel zu kurzen Beinen, die ihn nicht schnell genug tragen. Die Albträume werden ihn einholen.

»Doch du bist die Einzige«, fährt sie fort, »mit der Chance, diese Liebe zu leben, solange du ohne Macht bist.« Sie hebt den Blick von dem Eissplitter zu mir und ihre kalten blauen Augen sind unendlich klar. Sie sagen: Ich helfe dir. Ich gebe dir diese Chance. Auf Kosten deiner magischen Natur.

Und etwas in mir weint vor Dankbarkeit. Aber die Königin rast.

»Wie kannst du es wagen!«, brülle ich und schleudere der Eishexe den Globus entgegen. Noch im Flug wird er von ihrem Nordwind erfasst und beiseite gestoßen. Krachend landet er an dem Tor. Ich schreie und verfluche sie mit den schlimmsten Flüchen der Feengeschichte, reiße Bücher aus den Regalen und schleudere sie nach ihr. Sie lässt mich toben. Sie lässt mich fluchen. Ungerührt steht sie da und beobachtet den hilflosen Zorn der Königin.

»Entferne ihn!«, befehle ich.

»Nein.«

»Entferne ihn!«

Sie steht nur da, wie eine Statue aus Eis, wie einer ihrer verdammten Wölfe. Kalt, leblos und übermächtig. Und in meiner Wut begreife ich, dass ich nichts, aber auch gar nichts gegen sie ausrichten kann. Ich bin ihr ausgeliefert, die Macht der Königin durch einen eisigen Splitter gebändigt. Meine Lippen verziehen sich zu einem breiten Lächeln und dann bricht es aus mir heraus. Ich lache, laut und schwer. Es ist das Lachen der Königin.

»Du bist seltsam«, murmelt die Eishexe und lässt die Bücher zurück in die Regale tragen.

»Nein, Schwester. Ich bin zutiefst amüsiert.«

»So?«

»Die ganze Zeit frage ich mich, wie aus der feigen und schwachen Fee von einst eine solch mächtige und gefürchtete Herrscherin werden konnte. Jetzt habe ich es verstanden.« Ihr Gesicht wird ausdruckslos. Ob sie sich erinnert? An den Wald? An den Turm? Erinnert sie sich, wie erbärmlich sie war … ohne mich?

»Ich tue nur, was von mir erwartet wird«, sagt sie steif und in ihren Augen glüht der Zorn. »Ich bin eine Fee. So wie du.«

»Niemals hast du es gewagt, mir Widerstand zu leisten, Schwester«, unterbreche ich sie. »Du bist mir gefolgt, wohin ich auch ging, was ich auch tat, egal, wie viele ich tötete.« Ich blicke auf sie hinab. »Ich war deine Königin und werde es immer sein.«

»Du bist meine Schwester«, hält sie dagegen.

»Schwestern töten einander nicht!«, schreie ich.

»Ich habe dich nicht getötet.«

»Du hast mich verrotten lassen in diesem Turm! Und wenn das Schicksal nicht anders entschieden hätte, würde ich noch heute dort liegen, eingesperrt und vergessen von allen. Und du würdest in deinem eisigen Palast thronen und dich an deiner falschen Freiheit ergötzen.«

»Es ging nie um Freiheit.«

»Nicht?«

Die Eishexe schüttelt langsam den Kopf. »Es ging um Erlösung.«

»Erlösung.« Ich lasse das Wort auf meiner Zunge zergehen.

»Wie konnten wir uns anders von deiner Herrschaft befreien?«, fragt sie und von der mächtigsten Fee der neuen Zeit ist nicht mehr viel zu sehen.

War ich so grausam?, möchte ich fragen, doch die Königin reckt das Kinn empor. »Befreit.« Ich lache auf. »Fühlst du dich frei? Du versteckst dich wie ein jämmerliches Kind vor der Welt und den Menschen. Du fürchtest ihre Abneigung und das Leid, das du ihnen bereitest. Du erträgst deine Schuld nicht, hast sie nie ertragen.«

»Ich tue, was von mir verlangt wird«, ruft sie, doch es klingt wie ein verlorenes Mantra, an das sie sich verzweifelt zu klammern versucht.

»Verlangt? Von wem? Ich war fort, Schwester. All diese Menschen sind deine Opfer. Du bist schuld. Du trägst die Verantwortung.«

Sie schluckt und hebt den Blick. »Lilith?«

Ich keuche, weiche zurück. »Nenn mich nicht so!«

»Aber du bist es«, beharrt sie. »Schuld und Verantwortung kennt die Königin nicht. Sie kennt nur Rache.«

In mir tobt ein Sturm, Angst, Freude und Zorn. Ich weiche weiter, fliehe fast und stoße mit dem Rücken gegen ein Bücherregal.

»Du hast recht, Lilith«, fährt die Eishexe fort. »Niemand zwingt mich, das Monster zu sein, für das ich mich halte. Ich schicke den Nordwind und meine Wölfe. Ich töte und das nur aus einem Grund: Es ist das Einzige, was ich je lernte zu tun. Es ist das Einzige, was ich gut kann.«

»Du hast Marie im Brunnen beschützt«, wispere ich, ehe die Königin in mir aufschreit.

Etwas im Blick der Eishexe flackert auf. »Wenn alles falsch ist, was wir über uns lernten, wie können wir dann wissen, wozu wir bestimmt sind?«

»Du bist schwach«, knurrt die Königin in mir. »Du bist jämmerlich. Ich verachte dich.«

Die Lippen der Eishexe sind nicht mehr als eine schmale Linie. »Und doch stehst du jetzt hier vor mir und bist mir unterlegen.«

Ich nicke, doch in meinen Augen steht keine Anerkennung, nur die Verachtung der Königin. »Genieße den winzigen Moment deines Triumphes, Schwester. Er wird vergehen, so wie du. Kein Buch und keine Geschichte, nicht ein einziges Wort wird an deine jämmerliche Existenz erinnern. Nein, ich werde dafür sorgen, dass jede deiner Spuren von der Erdoberfläche getilgt wird!«

»Ich weiß, dass du irgendwo da drin bist, Lilith. Ich weiß es. Das bist nicht du.« Sie sieht mich lange an. »Du musst nicht die Königin sein.«

Doch ihre Worte erreichen mich nicht … nicht mich, nicht mich.

Höhnisch applaudierend starre ich sie an. Bei jedem Klatschen meiner Hände zuckt die Eishexe zusammen. Die Güte verschwindet aus ihrem Antlitz. Sie legt das blaue Buch auf einen Bücherstapel. Ihre Hand zittert. Dann strafft sie den Rücken und vor mir steht die gefürchtetste Fee der neuen Zeit. Hoch hält sie den Kopf, die Augen glühen und sie trifft eine Entscheidung.

»Ich werde Nachrichten an die verbliebenen Sechs schicken. Bei Anbruch der Nacht werden wir zu Gericht sitzen und dein Urteil fällen.«

»Gericht?«, höhne ich. »Urteil? Hast du noch nicht verstanden, dass es keine Gerechtigkeit gibt? Sie ist eine Lüge. Genau wie Liebe und Freundschaft. Und wie das Wort ›Schwester‹.«

Ohne mich zu beachten, wendet sie sich ab. »Das Schloss steht zu deiner freien Verfügung. Nutze die letzten Stunden deiner Freiheit!«

»Woher willst du schon wissen, was Freiheit ist, wo du doch in einem Gefängnis lebst«, rufe ich verächtlich und strebe der Flügeltür zu. Ich weiß, dass sie mir hinterhersieht. Die Fingerspitzen am Splitter in meiner Brust, verlasse ich das Heiligtum meiner ältesten Schwester und mit jedem Schritt, den ich mich von ihr und ihrer Magie entferne, spüre ich die Reue über meine Worte wachsen. Ich weiß, dass ich niemals die Chance haben werde, sie in die Arme zu schließen und ihr zu verzeihen, da die Nähe ihrer Macht das Monster in mir weckt.

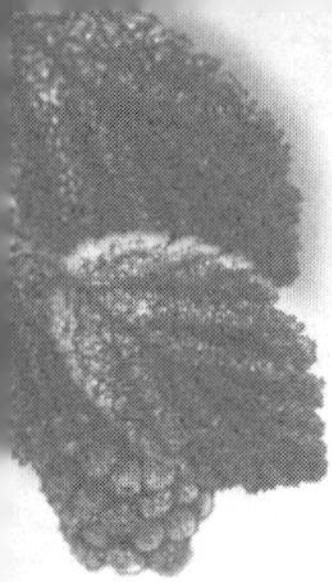

Gemälde

Mein erster Gedanke ist Flucht. Ich stürze an den Wölfen vorbei, den Gang entlang. Mit jedem Schritt werde ich schneller, fliehe zwischen den Gemälden hindurch. Sie alle starren mich an, verfolgen mich.

Es gibt kein Entkommen.

Dennoch laufe ich weiter, folge dem Weg, den wir gekommen sind, hinaus zum Hof. Doch als ich durch die Türen breche und in die eisige Nacht stolpere, weiß ich, dass dies hier nicht der Ausweg ist. Ihr Schlitten ist verschwunden. Einsam thront der Brunnen in einem Feld aus jungfräulichem Schnee. Ich drehe mich im Kreis, meine Schritte knirschen. Hoch ragt die matte Silhouette der Bibliothek auf. Die Schneeflocken tanzen um mich herum. Mein Weg ist vom Schicksal bestimmt, oder besser: vom Orakel. Sie hat mich erwecken lassen und den Hexenjäger geschickt. Sie wird kommen. Genau wie die anderen Schwestern, jene, die noch nicht verloren sind, es aber sein werden. Es gehört alles zu ihrem Plan.

Die Sonne scheint hell über der sanften, goldenen Hügellandschaft, glitzert in den vergoldeten Giebeln und Turmspitzen der königlichen Stadt. Alles ist Gold – selbst die herbstlichen Blätter, das Korn auf den Wiesen und die Schilder der Soldaten, die noch nicht wissen, dass sie zum letzten Mal die schimmernde Sonne sehen. Ihre Stadt ist dem Untergang geweiht, denn nicht weit entfernt liegen die Feenkinder auf der Lauer. Heute werden sie ihre Fähigkeiten erproben. Heute werden sie eine Stadt dem Erdboden gleichmachen – und die Feenmutter stolz.

Wie auf ein geheimes Kommando erheben sich die schmalen Mädchen und laufen den Hang hinunter, nebeneinander auf die Stadt zu. Schon von Weitem erkennen sie das Entsetzen in den Augen der Soldaten. Sie kommen nicht dazu, um Hilfe zu rufen, denn auf den Wink des ersten Mädchens gehen ihre Körper in Flammen auf und ihre Schreie verwandeln sich in schmatzendes Gurgeln.

Die Kinder achten nicht auf die sterbenden Soldaten, von denen nichts als Asche bleibt. Sie schlüpfen durch das Tor ins Innere. Kaum erreichen sie die Straßen, als gellende Schreie die Luft erfüllen. Fluch um Fluch krallen sie sich die Leben. Feuer, Eis und Gift sickern durch die Stadt, dringen in die Häuser, vernichten alles und jeden. Schnell wachsende Dornenhecken versperren den verzweifelten Flüchtigen jeden Ausweg. Die Kinder kesseln sie ein, treiben sie zusammen.

Doch plötzlich erstarrt die älteste Schwester. Sie rührt sich nicht mehr. Vor ihr, unter der sterbenden Masse, sieht sie einen Jungen mit pechschwarzem Haar, einen besonderen Jungen. Sie kennt ihn aus ihrem ersten Leben. Aus ihrer Zeit, als sie noch keine Schwester war. Ehe die anderen Feenkinder sie hindern können, reißt sie den Jungen am Arm aus der Menge und fort von den Todgeweihten, fort von ihren Schwestern.

»Was machst du hier?«, presst sie hervor und zerrt ihn hinter eine Hausecke. »Verschwinde, verschwinde so schnell du kannst!«

Der Junge antwortet nicht. Bleich starrt er sie an, den Teufel in Feengestalt.

Er erkennt sie nicht, er weiß nicht, wer sie ist.

»Flieh!«, drängt die älteste Schwester mit Tränen in den Augen. »Um Himmels willen, flieh!«

Sie schubst ihn fort, er zögert, blickt sie noch einmal an. Dann, ohne sie zu erkennen, fährt er herum und flieht die entmenschlichte Straße entlang. Das Feenmädchen sieht ihm lange nach, ehe es sich umdreht und vollendet, was es begonnen hat. Eis und Tod bringt sie den Verbliebenen.

Sie sieht nicht, wie sich eine andere Schwester aus dem Rudel löst. Sie hört nicht den gemurmelten Fluch, hört nicht das Knistern der Flammen, das abrupte Ende der fliehenden Schritte. Selbst als die Feenkinder siegestrunken die Stätte ihres grausamen Ruhmes verlassen und die Älteste direkt durch den Aschehaufen läuft, der einmal der Junge mit den pechschwarzen Haaren war, erkennt sie ihn nicht.

Noch lange wird sie sich fragen, was aus ihm geworden ist. Noch lange wird sie an ihn denken und glauben, ihn gerettet zu haben. Niemand außer seiner Mörderin weiß die Wahrheit. Niemand außer seiner Mörderin und mir.

Mich zieht es hinein. Ich weiß nicht warum, aber etwas lockt mich in diesem Palast, in dem es keine Räume gibt und keine Türen. Ein Gang folgt dem nächsten, Dutzende weichen ab, doch führen sie alle zurück zur Bibliothek, und allmählich begreife ich, dass sie das Zentrum des Palastes bildet, dass alle verschlungenen Wege nur diesem Ziel dienen: zurück zu ihr. Der Palast ist nichts anderes als ein verlassenes, einsames Labyrinth. Wie das Herz seiner einzigen Bewohnerin.

Es gibt kein Entkommen, weder vor der Eishexe, noch vor dem Schicksal, das mir bestimmt ist.

Doch ich wandere weiter. Mich zieht es fort von dem Raum, in dem meine älteste Schwester ihr einsames Dasein fristet und ihre Jahre an zerfallende Seiten aus Papier verschwendet, bis sie selbst nichts weiter ist als eine schwindende Erinnerung.

Die Menschen auf den Gemälden lassen mich nie alleine. Von allen Seiten beobachten sie mich und es scheint, als könnte ich das Echo ihrer längst vergangenen Stimmen hören, wie sie über die seltsame Fremde tuscheln, die orientierungslos durch die Gänge irrt.

Ohne Ziel, so dachte ich, bis ich es finde.

Das Porträt hängt zwischen einer schwarzen Bäuerin und einem Greis mit wissendem Blick. Erst glaube ich, mich zu täuschen und trete näher. Helle Haut, blonde Haare und wässrige Augen. Die Mundwinkel hängen missmutig herab, die Schultern sind steif. Er sieht verängstigt aus und ich frage mich, ob ich je etwas für ihn hätte empfinden können? Ich hebe eine Hand zu den Lippen, die mich einst erweckten, streiche über die raue Farbe auf der Leinwand und spüre doch nichts.

»Ist er das?«

Ich fahre herum. Ich habe sie weder kommen hören noch ihre Magie gespürt. Die Eishexe sieht mich aufmerksam an.

»Ist das der Mann, der dich erweckte?«

»Ja«, sage ich und wende dem Prinzen auf dem Gemälde den Rücken zu. Ich ertrage den Blick aus seinen Augen nicht, vorwurfsvoll und ängstlich zugleich. »Wer schuf all diese Bilder?«

»Ich.« Sie tritt an die Wand und legt ihre schmale weiße Hand auf das Gesicht der schwarzen Bäuerin. »Ich male sie, um ihre Gesichter nicht zu vergessen.«

»Wer sind sie?«

»Menschen«, antwortet die Eishexe nur. »Hast du sie näher betrachtet? Hast du ihre schlichte Schönheit gesehen? Keiner gleicht dem anderen. Sie sind einzigartig. Sie sind perfekt in ihrer Unvollkommenheit. Siehst du diese Frau? Siehst du den Glanz in ihren Augen? Sie starb, um ihre Schwester zu retten … sie weiß nicht, dass sie zwei Flure weiter hängt. Sie weiß es nicht und deshalb ist da dieser Glanz. Sie glaubt über mich gesiegt zu haben und das macht sie glücklich, selbst im Tod. Ist das nicht seltsam?«

Ich blicke zum Porträt der Bäuerin. Ich sehe keinen Glanz. Ich sehe nichts als tote Leinwände. Doch ich begreife, dass jedes dieser Gemälde ein Opfer der Nordwinde ist, gebannt auf Papier für die Ewigkeit. Wie Wörter in Büchern …

»Es tut mir Leid, dass es ein so schnelles Ende nahm«, murmelt sie und blickt zu mir und sieht doch nicht mich an, sondern das Gemälde hinter mir. »Wir werden es nie erfahren, nicht wahr? Ob es die wahre Liebe für uns gibt. Für dich – und für uns. Ob er es war.«

Ich starre sie nur an, ich kann ihr nicht antworten. Was soll ich auch sagen? Dass ich seinen Tod nicht bedauere? Dass er mir nichts bedeutet? Dass ich ihr vergebe?

Sie nickt mir kurz zu, als würde sie verstehen. Ihr Blick ist sanft, dann wendet sie sich ab.

So leise, wie sie gekommen ist, verschwindet die Eishexe – ihr Schritt verklingt wie ein Seufzen, wie das Fallen des Schnees.

Ich blicke ihr nach, bis sie am Ende des Ganges verschwunden ist.

Langsam folge ich ihr, wie könnte ich auch nicht? Jeder Weg führt zum Ziel, einige brauchen länger, andere sind kürzer. Ich wähle den längsten, fort von der Magie meiner Schwester, die mein Blut zum Kochen bringt, mich reizt und juckt, mich lockt und quält. Ich steige in den höchsten Turm und stoße die gläsernen Fenster auf. Der Nordwind schlägt mir kalt entgegen, seine Magie umfließt mich, dann – ganz plötzlich – zieht er sich zurück und lässt mich alleine am Fenster hoch oben im Turm. Meine Schwester gibt mir Zeit, um klar zu sein. Sie lässt mir Zeit, mir, Lilith, und für einen gnädigen Moment schweigt die Königin und ich sehe hinab auf die Welt, der ich mehr Unglück als Glück brachte, und frage mich, wie ich jemals für meine Schuld aufkommen kann?

»Wer ist er?«, frage ich sie, während wir den Jungen mit den pechschwarzen Haaren aus unserem Versteck heraus beobachten. Wir liegen auf dem Bauch unter einem rot blühenden Sommerstrauch. Sie ist mir ganz nah. Ich höre ihren Atem und sehe die unterdrückten Tränen, die ihre Augen zum Schimmern bringen. Ich spüre ihre vernarbten Arme neben meinen, die noch nicht ganz verheilten Brandblasen.

»Mein Bruder«, flüstert sie. »Er entkam an dem Tag, als sie mich und meine Mutter auf die Scheiterhaufen brachten …«

Der kleine Junge steht abseits von den anderen Kindern. Er spielt mit einem Ast, zeichnet Figuren in den Sand. Er sieht einsam aus. Sein Gesicht ist ernst, der Blick verschlossen. Er hat schon großes Leid erlebt. Ich erinnere mich an ihn, wie er davonlief, fort von den Sterbenden im Dorf.

Sie wird unruhig, übermächtig wirkt der Wunsch in ihr, aufzuspringen, ihn in die Arme zu schließen und ihm zu versichern, dass es ihr gut geht, dass sie lebt, dass sie ihn liebt …

Doch ich hindere sie.

»Und dann?«, frage ich leise. »Was dann? Nehmen wir ihn mit in den Wald? Soll er zwischen den Geistern aufwachsen?«

Sie stöhnt und schließt die Augen. »Ich weiß es nicht …«

Eine Frau kommt aus dem großen Backsteingebäude, das hinter der großen Wiese liegt. Sie ruft die Kinder, sie alle gehorchen, auch der kleine Junge. Mit gesenktem Kopf folgt er den anderen. Die Frau wartet auf ihn, streicht ihm durch die Haare und sagt etwas Freundliches. Ich sehe sie lächeln.

»Er hat es gut hier«, sage ich leise. »Was könnten wir ihm schon bieten?«

Kaum hat sich die Tür hinter ihnen geschlossen, herrscht gespenstische Stille über den Wiesen. Nur dumpf klingen die Stimmen der Kinder durch die Fenster.

Sofort springt sie auf und flieht den Hang hinab.

»Nicht«, zische ich, doch sie ist schon fort. Schnell folge ich ihr, hole sie erst beim Baum ein und zerre sie dahinter. »Wenn sie uns sehen würden!«

Doch es interessiert sie nicht. Zitternd kniet sie nieder, greift nach dem Stock, den ihr Bruder vor wenigen Augenblicken noch hielt. Ich senke den Blick und sehe, was sie sieht.

»Er malt mich«, flüstert sie rau. »Er malt meinen Tod!«

Ich starre auf die Linien im Sand. Er malt Pfähle und Scheiterhaufen, brennende Körper und Flammen. Überall Flammen.

»Oh Gott.«

Ich sinke nieder und greife nach ihren Fingern. Kein Wort der Welt kann ihren Schmerz lindern. Ich hebe die Hand und lasse den Wind die gezeichneten Flammen ersticken, lasse die Pfähle verschwinden, den Rauch und das Reisig, lösche es aus und verändere es, bis sie Hand in Hand da stehen, er und sie und ihre Mutter, auf einer Wiese aus Blumen.

Sie schluchzt auf, Tränen fallen in den Sand. Aus ihnen lasse ich kleine Rosen wachsen, lasse sie ranken um das Bild, wie ein Herz.

Dann ziehe ich sie fort. Ich kann ein Bild verändern, nicht die Vergangenheit.

Während der Wald uns verschluckt, nimmt sie Abschied von ihrem alten Leben und von ihm.

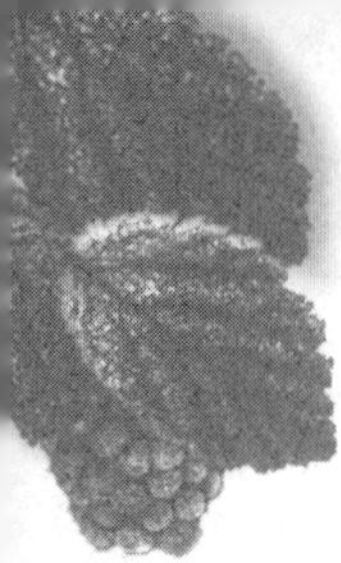

Ankunft

Die Zeit der Rechtsprechung naht, der Nordwind ruft mich und ich weiß, dass ich erwartet werde. Ich erhebe mich von meinem einsamen Platz und straffe die Schultern. Herrscher kommen, Herrscher gehen. Stufe für Stufe steige ich hinab, vorbei an den hängenden Särgen, der Mitte zu. Es kommt, wie es kommen muss.

Ich weiß, wo ich hinmuss, hinaus auf den Hof. Hier werden sie kommen, eine nach der anderen. Der Schnee glimmt im ewigen Zwielicht des hohen Nordens. Faustdicke Flocken erfüllen die eiskalte Luft, tanzen in ihrem trügerischen Fall. Ich verkrieche mich tief in meinem roten Mantel. Der Duft des Hexenjägers haftet noch an ihm. Ich schließe die Augen und gestatte mir einen kurzen Moment der Erinnerung und der Schwäche.

Ob er mich vermisst? Oder bin ich nur ein Name auf seiner Liste? Er wollte mich töten, im letzten Moment unserer Reise, da wollte er mich töten. Weil er gesehen hat, wie ich wirklich bin, wie ich sein kann. Er hat die Königin gesehen, als ich die Meerhexe tötete.

Und seltsamerweise kann ich ihn verstehen. »Ich bin gefährlich.« Und wenn ich all meine Macht habe, dann kann mich niemand mehr aufhalten, auch nicht er.

Das Schlagen kräftiger Schwingen holt mich zurück in die Realität. Ich hebe den Blick in den verschneiten Himmel, doch außer weißen und grauen Flocken erkenne ich nichts. Dann, ganz allmählich, zeichnen sich die matten Umrisse eines gewaltigen Tieres ab – eines Drachens.

Die erste Schwester ist gekommen, um mich zu richten.

Der Drache zieht fauchend eine Runde, der Blick glüht, sein heißer Atem lässt die Schneeflocken weinen. Lava und Feuer, Asche und Rauch – er riecht nach der Hölle, aus der er geboren ist.

Krachend landet er am Ende des Hofes, der Boden erbebt, die schwarzen Krallen reißen qualmende Furchen in den jungfräulichen Schnee. Er hebt den Kopf empor und faucht, dann steht er still und seine Reiterin steigt ab. Ich höre sie leise zu ihm sprechen und beruhigende Worte sagen. Er mag den Winter nicht, er mag den Schnee nicht und die Eishexe. Er mag die Eishexe nicht, ebenso wie die Drachenreiterin die älteste Schwester verabscheut. Sie dreht sich um und fixiert mich. Ihr Blick gleicht dem des Drachens, und ich weiß, dass sie mich sofort töten würde, wenn sie nur könnte. Ihr kahlgeschorener Schädel schimmert blass vor dem schwarzen Körper ihres Gefährten. Sie kommt näher. Ihr Schritt ist selbstbewusst, die Aura um sie herum präsent. Knisternde, heiße Magie wallt mir entgegen. Unbestreitbar ist die Macht der Drachenreiterin.

»Schwester«, faucht sie und bleibt nur knapp vor mir stehen. Wie eine zweite Haut umschließt die schwarze Schuppenrüstung ihren Körper. Sie und ihr Drache sind eins.

»Nettes Haustier«, sage ich spöttisch.

Sie knurrt. So leicht ist sie zu reizen. Während ihr Blick vor Hass auflodert, kann ich nur herablassend lächeln.

»Schon bald wird dir das Lachen vergehen«, prophezeit sie, »denn ich bin hier, um dich endgültig zu vernichten und dann ist die Welt endlich befreit von deiner widerwärtigen Existenz.«

»Und du meinst, ohne mich wird sie zu einem besseren Ort?«

Sie lacht auf, heiser und rau. »Nein. Schwester, denn selbst im Tod trägt deine Saat noch Wurzeln und sie wird weiter wachsen und wachsen, bis sie die Welt der Menschen verschlungen hat und nichts bleibt als vom Hass zerfressene Gestalten – bis wir alle so sind wie du.«

Diesmal bin ich es, die knurrt. »Du bist nicht wie ich!«

»Oh doch, Schwester, ich bin genau wie du.« Sie blickt in den Himmel.

Erneut höre ich Flügelrauschen, diesmal weicher, aber nicht weniger kraftvoll. Eine schwarze Krähengestalt nähert sich schnell; mit zwei Schlägen der breiten Schwingen landet sie auf dem Rand des Brunnens – nur, um im nächsten Moment die Flügel abzustreifen und als Fee dazustehen.

»Wie fühlt es sich an, wenn sich die eigene Brut gegen einen erhebt?«, lacht die Drachenreiterin, wendet sich um und schreitet der Gefiederten entgegen. »Willkommen, Rabenmutter!«

Auf dem Haupt trägt sie eine große, schwarze Krone. Sie richtet ihren grünschwarz schimmernden Federnmantel, ehe sie die Drachenreiterin erblickt und kurz lächelt, wenn auch nicht besonders herzerwärmend, dann sieht sie mich und erstarrt.

»Da ist sie also, die verlorene Schwester.« Mit einem sanften Bauschen ihres Mantels gleitet sie vom Brunnenrand. »Sieh an, Drachenreiterin, sieh an, wie schwach sie ist. Wenn ich nicht wüsste, wen ich vor mir habe … Du siehst schlecht aus, Königin, schlecht. Gar menschlich, um zu sagen.« Sie beäugt mich aus großen Augen, die so viel dunkler sind als meine, geheimnisvoller und wachsamer. Es sind die Augen eines Raubvogels.

Neben ihr erscheint wie aus dem Nichts das Orakel. Die Finger der einen Hand an dem Ring der anderen. Der Zauberring – sie hat ihn mir genommen! Ich balle die Faust und frage mich, wieso mir sein Fehlen bisher nicht aufgefallen ist.

Sie erblickt mich, doch keine Reaktion in ihrem Gesicht zeugt von Hass, Furcht oder Reue. Sie nickt mir nur kurz zu und lässt die vielbereiften Arme sinken. Rot, Lila und Orange – fließende Bahnen umschlingen ihren Körper, Tücher aus Seide, mit Gold durchwebt, mit Kordeln und klimpernden Münzen.

Wie sehr sie sich verändert haben! Unter mir waren sie nichts als Schwestern – gleich und gleich – jetzt definieren sie sich selbst. Jetzt definieren sie sich einzig über ihre Macht. Und kurz frage ich mich, ob überhaupt etwas von den Mädchen geblieben ist, die ich kannte oder ob die Magie ihre Wesen verschlungen hat?

Drachenreiterin, Rabenmutter und Orakel – drei der verbliebenen Schwestern. Ihre Magie pulsiert in meinen Adern, knistert in meinen Fingerspitzen, und einen Wimpernschlag lang bin ich versucht, sie zu befehligen. Doch ich widerstehe der Versuchung, denn ich weiß, dass sie mir nicht gehorchen würde. Nicht mit dem Splitter im Herzen. Die Eishexe wird büßen für ihre Anmaßung, mich kontrollieren zu wollen. Sie wird den Preis zahlen, den es kostet, die Königin herauszufordern.

»Nach euch, Schwestern«, sage ich mit trügerischer Ruhe und zeige zur gewaltigen Pforte. »Die Eishexe erwartet euch sehnlichst.«

Sie zögern. Sie sind es gewohnt, hinter mir zu gehen, denn ich bin die Königin. Doch die Drachenreiterin reckt das Kinn, und ohne mich anzusehen, schreitet sie an mir vorbei, dicht gefolgt von der Gefiederten. Das Orakel nähert sich mir.

Ich hebe die Brauen. »Hast du dir so das Ende vorgestellt?«

»Dies ist nicht das Ende.«

»Nein?«

»Nein.«

»Und doch kennst du es.«

»Ich sehe viele Möglichkeiten, doch kann ich nicht sagen, welche eintreffen wird.«

»Natürlich nicht.«

»Ich bin das Orakel, nicht das Schicksal«, erinnert sie mich ruhig.

Ich lache leise voller Bitterkeit. »Schwester, du bist mehr Schicksal, als du zugeben magst, denn du siehst nicht nur die Zukunft, nein, du formst sie nach deinen Vorstellungen – und das, Kassandra, ist Schicksal.«

»Schicksal«, seufzt sie.

»Wer außer dir kannte meine Schwäche?«, flüstere ich, und es ist Trauer, die mich die Hände ballen lässt. Trauer über ihren Verrat, der für sie schon tausend Jahre zurückliegt, für mich jedoch nur wenige Tage. Sie war die einzige, die von meiner Schwäche wusste. Ihr offenbarte ich meine Sehnsucht nach Liebe. Ihr vertraute ich. Zu Unrecht. Heute weiß ich, dass ich ihr und ihren Karten nicht hätte trauen dürfen. Ich fand keine Liebe durch den Dornröschenzauber, sondern nur einen ewigwährenden Scheintod. Sie hatte es gewusst, sie hatte es geplant.

»Es kam, wie es kommen musste, Königin«, sagt sie leise.

»Königin.« Es ist seltsam befriedigend, meinen Namen zu hören und doch weiche ich angewidert zurück. Sie hat mich verraten, sie am allermeisten!

»Ich hatte keine Wahl«, sagt sie, als könne sie meine Gedanken lesen.

»Nein?«, frage ich und blicke auf ihre Hand. »Und als du meinen Ring stahlst, hattest du da eine Wahl?«

»Alles folgt einem Sinn.«

»Die Antwort kenne ich bereits. Ich lernte deinen Uhrmacher kennen, ein netter Mann, nur etwas zu … begeistert von dir.« Ich blicke auf sie nieder und weiß, wo ihre Schwachstelle liegt. Jeder hat eine – selbst die mächtigsten Feen.

»Das ist der falsche Weg«, antwortet sie ruhig, doch ihre Augen blicken ohne Glanz. Sie sieht krank aus, grau und fahl.

»Du meinst, Verrat sei der rechte?« Ich hebe die Brauen. »Du hast die Karten gemischt. Du kennst die Regeln. Nun ertrage das Schicksal, das du uns allen bestimmt hast.«

»Vertraue …«, beginnt sie, doch ich unterbreche sie.

»Schweig«, schreie ich sie an, überrage sie fast um einen Kopf. Schwester, Orakel, Verräter. »Du treibst ein perfides Spiel mit mir, aber ich werde nicht mitspielen!«, zische ich und stoße mit dem Finger nach ihr. Die Magie flammt um meine Hand, sie flammt, doch sie gehorcht mir nicht. In den Augen des Orakels sehe ich die Erkenntnis: Ich hätte sie getötet, jetzt sofort, wenn ich nur könnte. Sie dreht sich um und kehrt mir den Rücken zu. Sie flieht, fort von mir, ihrer Königin, in das Innere des einsamsten Palastes der Welt.

»Komm, Lilith, wir haben es bald geschafft. Siehst du das Licht da vorne? Es wird heller.« Die Stimme lotst mich durch den Wald. Ich fühle die kalten Finger in meiner Hand. Mehr spüre ich kaum. Nicht das Moos unter den Füßen, nicht die Zweige, die nach mir greifen und sich mit ihren Krallen in meinem Kleid verfangen und es zerreißen. Die Bäume um mich herum verschwimmen zu einer Masse aus dunklen Stämmen und Sträuchern, Schatten und Monstern. Ich sehe kaum den blassen Schimmer des Mondes, der vor uns auf den kalten Waldboden fällt und ihn in silbernes Licht taucht. Ich achte nicht auf die leisen Rufe einer Eule, das Heulen eines Wolfes. Nein, nur die Hand, die mich führt und die Stimme, die zu mir spricht, sind mein Halt. Ich folge ihnen durch die Nacht.

»Siehst du? Ich sagte dir doch, dass jeder Wald ein Ende hat.«

Aber wir sind nicht am Ende. Nein. Was wir finden, ist die Mitte.

Als wir durch die dornigen Ranken brechen und uns aus dem Dunkeln der Bäume befreien, sehen wir ihn vor uns: den Turm.

Hoch erhebt er sich in die sternenlose Nacht. Eine schwarze Silhouette, mehr nicht, und doch schlagen unsere Herzen höher. Endlich löse ich meine Hand aus der meiner Schwester und stolpere vorwärts, dem steinernen Riesen zu.

»Nicht Lilith«, ruft sie. »Warte. Wir sollten uns nicht trennen. Wir müssen vorsichtig sein.«

Doch ich höre nicht auf sie. Ich fliege dem Turm entgegen. Er zieht mich in seinen Bann. Er fängt mich ein. Ich lege meine Hand auf die rauen Steine, fühle eine eigentümliche Wärme: das letzte Glühen der Sonne, oder nicht?

Zuhause, denke ich. Die Wärme der Steine beginnt, durch meine Adern zu fluten, beginnt, mich zu umweben und ich werfe den Kopf in den Nacken und lache. Noch als ich mich umdrehe und in die verängstigten Augen meiner ersten Schwester blicke, hallt das hysterische Kinderlachen auf der Lichtung im Wald wider.

»Sie werden bezahlen«, wispere ich. »Sie werden bezahlen für das, was sie uns antaten!«

Rechtsprechung

Magie, so bunt und vielfältig, strömt mir lustvoll entgegen, prickelt auf meiner Haut, in meinem Blut und weckt die Königin. Sie haben mir meine Macht gestohlen. Und stolz erhobenen Hauptes betrete ich direkt nach dem Orakel die Bibliothek.

Die Eishexe steht in einem Halbkreis aus Thronen, zwölf an der Zahl, doch gibt es nur noch sieben Feen, die anderen sind vergangen. Die Drachenreiterin schreitet ohne Begrüßung zu dem Eisenthron, der so schwarz wie die Schuppenrüstung ist, so finster wie die Hölle der Drachen. Die Rabenmutter grüßt die älteste Schwester, ehe sie sich selbst auf einem schimmernden Pfauenthron niederlässt, die Hände links und rechts auf den Armlehnen, von Federn gesäumt. Ihre Fingernägel glänzen dunkelgrün. Das Orakel nickt. Ihr Thron ist weniger prächtig, nur eine hölzernere Kugel auf einem Podest. Im Schneidersitz lässt sie sich nieder. Im selben Moment wachsen in der Mitte des Raumes zwei Äste aus dem Boden, umschlingen sich und lassen Blüten sprießen, die eine Seite voll roten Mohns, die andere voll weißer Lilien. Sie bilden ein funkelndes Tor. Heraus treten die Zwillinge, eine in Rot, eine in Weiß, Hand in Hand. Nur kurz erhasche ich einen Blick auf den prachtvollen Garten, das satte Grün und die strahlenden Farben auf der anderen Seite des Tores, ehe es sich schließt und die Äste zu Staub und Erde zerfallen, bis nichts von ihnen bleibt. Werden und Vergehen. Haruko und Akiko, so hießen sie einst, und ich frage mich, wie sie heute genannt werden. Seit jeher funktioniert ihre Magie nur im Einklang und auch jetzt halten sie stets Kontakt, mit ihren Händen, mit ihren Blicken. Echte Schwestern, anders als wir. Sie werfen mir nur einen kurzen Blick zu, ehe sie ihren dornigen Thronen entgegenfliegen, die so eng beieinanderstehen, dass sie wie ein einziger wirken.

Nur noch eine fehlt. Und kaum habe ich das gedacht, erscheint sie vor mir, in einem Mantel so prachtvoll wie der Himmel bei Nacht: tiefblau, mit funkelnden Sternensplittern durchwoben. Eilig streift sie ihn ab, stülpt ihn herum und die Pracht verschwindet unter einem Flickenteppich aus allerlei Fell und Leder. Sie zögert, dann flieht sie zu ihrem Thron, einem einfach Stuhl aus weißem Holz. Ich suche nach ihrem Namen, doch finde ihn nicht. Ich kann mich nicht erinnern, nicht an sie oder ihr Gesicht. Aber ich weiß, dass sie zu mir gehört, zu uns. Wieso … habe ich sie vergessen?

Weil sie schwach ist, zischt die Königin in mir. *Weil sie die einfachsten Zauber nicht beherrscht. Sie kann nichts!*

Sie ist die letzte noch lebende Schwester. Die Siebte Fee. So hieß sie, so nannten wir sie einst: Die Siebte Fee, weil sie nichts Besonderes kann, keine Gabe besitzt. Stumm sitzt sie neben Haruko und dem Orakel und wartet auf das, was alle erwarten: mein Urteil.

Die fünf übrigen Throne bleiben verwaist, ihre Feen sind getötet. Die Kinderfresserin fand ihr Grab zwischen den Kinderknochenbergen tief unten in den Tunneln des Siebengebirges. Die Giftmischerin ist durch ihrem eigenen Gift zum Opfer gefallen und die Wasserstadt befreit.

Nie mehr werden menschliche Kinder verschwinden, weder durch das Rattenbiest noch durch die Brunnenhexe, denn sie sind tot. Und die Meerhexe, weder sie noch eine ihrer Nixen können jemals wieder das Licht der Welt erblicken. Letztere sind auf ewig verbannt in die Tiefen der Ozeane, Erstere getötet vom Hexenjäger. So wie alle.

Fünf verlorene Feen. Noch erinnert sich die Welt an sie, erzählt grausame Geschichten über noch grausamere Wahrheiten, bis diese Geschichten so oft erzählt worden sind, dass sie nicht mehr als ein vager Schatten der Wahrheit sein werden … Der Mann, der die Ratten bändigte, die Kinder, die aus dem Brunnen entkamen, in Gold oder Pech getränkt … Der Rest wird vergessen sein – auf immer. So wie meine Schwestern.

Nie wieder werden sie auf ihren Thronen sitzen.

Nie wieder.

Seltsam leer stehen sie da, und kurz frage ich mich, warum sie mir die Genugtuung lassen. Es zeigt ihre Verwundbarkeit und ihre Schwäche. Doch in den Blicken der Verbliebenen erkenne ich eine Entschlossenheit, die mir neu ist: Ihr Werk der Revolution, das sie vor tausend Jahren begannen, wollen sie nun vollenden.

Auf einen Wink der Eishexe werde ich vom Wind zurückgetrieben, auf einen Stuhl gedrängt. Den Stuhl der Anklage in ihrem Gericht der falschen Gerechtigkeit. Zwei Äste schlingen sich um meine Handgelenke, fesseln mich. Ich lasse ihnen die Genugtuung, mich besiegt zu wissen. Haltet mich für schwach und hilflos! Ein zweiter Stuhl steht abseits, nicht neben denen der Schwestern, nicht neben meinem und doch so prächtig, dass er zu den ihren gehören müsste. Aber er tut es nicht.

»Wir erwarten noch jemanden«, sagt die Eishexe, als sie meinen Blick bemerkt.

»Und wen?«, frage ich.

Haruko und Akiko werfen sich unruhige Blicke zu, die Drachenreiterin faucht. Das Orakel hat die Augen geschlossen. Sie fürchten sich, nicht nur vor mir, sondern auch vor …

Ein Teppich entrollt sich inmitten des Saals. Golden und rot, durchwebt mit feinen grünen Adern, er pulsiert, als würde er leben. Dann liegt er still und auf ihm steht ein Mann, schön wie die Sonne, dunkel wie die Nacht.

»Willkommen«, grüßt die Eishexe und schreitet ihm entgegen. Er ergreift ihre Hand, küsst sie kurz. Ich höre ihn leise lachen. Das Gesicht der Eishexe bleibt ausdruckslos und kalt. Dann dreht er sich um und fixiert mich. Er sagt nichts und doch sehe ich die Neugier in seinem brennenden Blick. Sein Interesse.

»Wer ist das?«, frage ich.

»Das«, sagt die Eishexe leise, »ist der Mogul des Morgenlandes, der einzige Feenrich dieser Welt.«

»Zauberer«, verbessert er, ohne sie anzusehen. Sein dunkelblauer Blick gehört mir allein. »Und Ihr seid die Königin.« Er verbeugt sich leicht. »Es ist mir eine Ehre, Euch endlich zu treffen.«

»Feenrich?« Ich kneife die Augen zusammen und mustere ihn. Er trägt die Kleidung des Morgenlandes: dunkelblaue Bahnen und grüne Hosen, dazu einen fast schwarzen Turban auf seinem Kopf. Die Farben sind kräftig und doch so dunkel, dass er im Schatten leicht verschwinden könnte. Schatten … ich sehe Schatten in seinen glühenden Augen. Er grinst, als würde er meine Gedanken kennen.

»Ich würde Eure Hand küssen, wenn nicht …« Er blickt zu Haruko und sofort löst sich der Ast von einem Handgelenk. Er greift danach. »Königin.« Er haucht einen Kuss auf meine Haut und schaut doch die ganze Zeit mich an. Für einen Moment rieche ich Zimt und Weihrauch, spüre die Hitze des Sandes, ich sehe die Wüste in seinem Blick und die Schärfe seines Verstandes in dem ewigen Lächeln.

»Genug«, ruft die Drachenreiterin harsch und der Mogul setzt sich gelassen auf den abseitsstehenden Thron, während die Äste mich erneut fesseln. Seine Augen lassen mich nicht los. Nicht einen Moment.

Die Eishexe allein steht noch, sie blickt nachdenklich von ihm zu mir, dann dreht sie sich um und beginnt zu sprechen. Die Stimme klingt klar und hell, kein Zögern verrät ihre Nervosität, keine Geste die seltsamen Gefühle, die sie für mich zu hegen scheint.

»Schwestern. Lange ist es her, seit wir uns das letzte Mal trafen und ich weiß, dass einige von euch hofften, es würde nie wieder zu einer Versammlung kommen. Doch die Umstände zwingen uns dazu, von bekannten Mustern abzuweichen. Entgegen aller Erwartung und entgegen der Prophezeiung des Orakels ist die Königin wieder erwacht.«

»Wie konnte das passieren?«, fragt die Drachenreiterin sofort. Ihre Augen glühen, der Geruch von Rauch und Asche umgibt sie. Ihr kahlgeschorener Schädel schimmert blass im fahlen Licht, das durch die Kuppel zu uns hinabfällt. Sie ist wütend. Sie hasst mich mehr als die anderen mich hassen. »Niemals sollte sie wieder erwachen. Die Zauber, die wir um den Turm legten, waren einwandfrei. Selbst mit dem Tod der Brunnenhexe und des Rattenbiestes hätten sie standhalten müssen!«

Unruhiges Gemurmel unter den Schwestern. Misstrauische Blicke. Der Mogul lächelt still vor sich hin, als würde ihn all das nichts angehen. Ich frage mich, warum er hier ist.

»Sie hat recht.« Die Gefiederte lehnt sich vor. Ihre Stimme erinnert an das Krächzen schwarzer Vögel. »Es scheint unmöglich und doch ist es geschehen!«

»Orakel, hast du etwas zu sagen?«

Das Orakel sitzt am äußeren Ende, ihr wissender Blick ist auf mich gerichtet. Die goldenen Reife klimpern an den abgemagerten Armen. Sie ist barfuß. Auf ihrer Stirn baumelt ein kleines, goldenes Auge von einer zierlichen Kette. Doch all der Schmuck kann nicht verstecken, wie blass sie ist. Ruhig wendet sie sich unseren Schwestern zu. »Die Zukunft, die ich sehe, ist nur ein Beispiel der unendlichen Versionen.«

»Was heißt das?«, knurrt die Drachenreiterin.

»Alles ist möglich«, erwidert das Orakel.

»Du sagtest, sie wäre gebannt für alle Zeit!«, krächzt die Schwester mit der Federkrone.

»Das war die Version, die ich sah, ja.«

»Aber sie ist erwacht!«

»Weil sich die Zukunft verändert hat.«

»Und das hast du nicht gewusst?«

»Doch, natürlich«, antwortet das Orakel ruhig.

»Dann hast du uns betrogen!«, zischt die Drachenreiterin.

»Ich sehe die Zukunft, ich gestalte sie nicht«, behauptet das Orakel, doch niemand außer mir weiß von ihrem Verrat.

Neben mir steht der große Globus, den ich bei meiner Ankunft der Eishexe entgegengeschleudert habe.

Sie alle herrschen über meine Welt. Sie herrschen mit meiner Macht.

Die Letzten Sieben – und der Fremde.

»Sie ist erwacht. Jetzt gilt es, eine Lösung zu finden.« Die Eishexe sinkt auf ihrem purpurnen Thron nieder, die Hände gekreuzt.

»Die Antwort ist einfach«, sagt die Drachenreiterin. »Sie muss sterben.«

»Du weißt, dass wir sie nicht töten können«, tadelt die Eishexe ruhig.

»Wir nicht, er schon.« Sie zeigt zum Mogul. »Soll er seine Nützlichkeit beweisen und seine Macht, damit er sich den Platz in unserem Kreis auch verdient!«

»Er ist nicht wie wir«, faucht Haruko mit heller Stimme. Akiko drückt ihre Hand. »Wieso ist er eingeladen worden?«

»Er hat ein Recht hier zu sein, wie jede von uns«, sagt die Eishexe. »Denn wäre er nicht jenseits der großen Berge aufgewachsen, sondern hier bei uns, würde er heute in unseren Reihen stehen und wäre unser Bruder.«

Haruko will widersprechen, doch Akiko hindert sie sanft daran.

Einst kamen auch die Zwillinge über die Berge, sie kamen aus dem Morgenland. Sie haben mehr gemeinsam mit dem fremden Zauberer als wir alle.

Sie wissen es.

Und vielleicht fürchten sie ihn deshalb umso mehr, weil sie die Welt kennen, aus der er kommt.

»Er kann sie töten«, ruft die Drachenreiterin erneut. »Er steht als Einziger nicht unter dem Fluch des Mals. Er kann uns von ihr erlösen.«

Die Eishexe nickt, dann sieht sie ihn an: »Nun?«

Lächelnd neigt er den Kopf. »Ich bevorzuge Jungfrauen.«

»Sie dient nicht eurem Vergnügen, Mogul, sie soll lediglich verschwinden.«

Er lacht. »Alles dient meinem Vergnügen. Und wo wäre der Spaß am Töten … ohne die Freuden der Liebe?«

»Eure Lasterhaftigkeit ist uns sehr wohl bekannt«, sagt die Eishexe ruhig, doch ich sehe, wie ihre Kiefer sich anspannen. »Doch wärt Ihr bereit, von Eurem wiederkehrenden Muster abzuweichen und die Königin zu erlösen von ihrer irdischen Existenz?«

Er nickt nachdenklich. »Ich könnte sie mit mir nehmen … ich könnte eine Ausnahme machen.« Sein Blick findet meinen, seine Lippen verziehen sich zu einem breiten Grinsen. »Und Euch am nächsten Morgen ihr Herz auf einem Silbertablett servieren.«

Die Drachenreiterin knurrt. »Und woher sollen wir wissen, dass es auch wirklich ihr Herz ist und nicht das eines geschlachteten Tieres?«

»Vielleicht ist es unsere einzige Chance«, hält die Eishexe dagegen.

»Ich traue ihm nicht«, murmelt die Rabenmutter heiser.

»Orakel?«, fragt die Eishexe.

Alle Augen richten sich auf sie. Ganz vage schüttelt sie den Kopf.

Die Eishexe seufzt. »Dann muss es einen anderen Weg geben.«

»Überlasst sie mir! Ich werde zwischen meinen Vögelchen einen Platz finden«, gurrt die gefiederte Schwester. »Einen stabilen, goldenen Käfig hab ich wohl. Da soll sie bis in alle Ewigkeit verrotten.«

»Und was, wenn du vergisst, das Törchen abzuschließen?«, flötet Haruko und streicht sich ihr blutrotes Kleid glatt. Sie scheint sich gefangen zu haben, scheint den Mogul zu verdrängen.

»Das werde ich nicht!«

»Was, wenn doch?«, beharrt sie und blickt zu ihrem Spiegelbild im weißen Kleid. »Übergebt sie uns und wir werden sie in einen hohlen Baum sperren, um den wir eine mächtige Dornenhecke wachsen lassen.«

»Eure Dornenhecke hat sie letztes Mal nicht aufgehalten«, erinnert die Eishexe.

»Unser Zauber ist perfekt, es ist unerklärlich, wie er durchdrungen werden konnte.«

»Und was, wenn eine von euch unter dem Streich des Hexenjägers fällt?«, fragt das Orakel leise.

Akiko und Haruko fahren herum.

Mit ihren exotischen Augen starren sie das Orakel erschrocken an. »Hast du etwas gesehen?«

Sie hebt die Hände. »Nur eine von vielen Versionen.«

»Wir werden sterben«, murmelt Akiko.

»Niemals«, ruft Haruko.

»Wir sind die letzten Sieben«, sagt die Eishexe ruhig. »Fünf von uns sind gefallen, obwohl wir uns für unsterblich hielten. Der Hexenjäger tötete sie.«

Die Zwillinge zischen, die Drachenreiterin knurrt. Die Königin in mir lacht vor dunkler Genugtuung, weidet sich an ihrem hilflosen Leid. Nur der Mogul lächelt so stumm wie eh und je.

»Dann werden wir ihn auch töten müssen«, krächzt die Gefiederte. »Es muss einen Weg geben, sie beide zu vernichten.«

Nein, schreit alles in mir, *nur nicht ihn.*

Die Eishexe schüttelt bedächtig den Kopf und wiederholt: »Keine von uns kann sie töten.«

»Das verdammte Gesetz der Magie«, faucht die Drachenreiterin und ihre Augen glühen.

»Es hat seinen Zweck erfüllt«, tadelt die Eishexe. »Ohne diesen Schutz hätten wir einander längst vernichtet.«

»Ohne das Gesetz wäre die Königin tot«, summt Akiko mit ihrer tiefen Stimme. »Und wir wären frei.«

Zum ersten Mal erhebt die letzte und Siebte Fee das Wort: »Niemand ist wirklich frei, nicht einmal die Königin selbst.«

»Was weißt du schon?«, schnaubt die Drachenreiterin. »Du kennst weder große Macht noch den Preis, den es kostet, sie zu beherrschen.«

»Auch kleine Macht fordert ihren Tribut«, gibt die Fee leise zurück. »Anstatt zu überlegen, wie wir die Königin vernichten können, sollten wir lieber die richtigen Fragen stellen.«

»Die richtigen Fragen?«, ruft Haruko mit heller Stimme.

Der Mogul beugt sich interessiert vor und wirkt doch seltsam unbeteiligt.

Die Fee nickt. »Wenn sie erwacht ist, dann nur durch den Kuss der wahren Liebe ...«

»Liebe!«, schnaubt die Drachenreiterin.

»Und wenn es Liebe war, dann ist alles falsch, was wir bisher über die Königin wussten, über die Feenmutter, ja sogar über uns selbst.«

Auf die Worte der Siebten Fee folgt eine unbeschreibliche Stille. Die Worte sacken, und nach und nach entfaltet sich die unsägliche Botschaft. Fast kann ich das Knacken der Risse hören, das Aufbrechen der ewigen Maske, hinter der wir Feen uns seit Anbeginn verstecken. Das Zauberwort lautet Liebe. Es lässt das Fundament unseres Selbstbildnisses schwanken.

»Es gibt keine Liebe für uns Feen«, knurrt die Drachenreiterin. Acht Augenpaare starren mich an, forschend bis misstrauisch, zornig und verwirrt. Ich verziehe die Lippen zu einem grausamen Lächeln. Es ist das, was sie von mir erwarten. Mein Körper gehorcht dem Befehl der Gewohnheit. Ich bin die Königin, sie die Schwestern – und mir untertan. Und obwohl sich die Verhältnisse geändert haben, passen wir uns so leicht den alten Mustern an, fallen zurück in unsere Rollen. Haruko und Akiko senken die Köpfe.

»Der Zauber muss anders gebrochen worden sein«, krächzt die Gefiederte.

»Es war der Kuss«, entgegnet die Eishexe leise.

»Niemals!«, ruft die Drachenreiterin und reißt die Arme hoch. Flammen tanzen auf ihren Handflächen, ihr heißer Schein lässt die Zwillinge zurückweichen, doch die Drachenreiterin bemerkt es kaum. Hasserfüllt und zugleich ängstlich starrt sie mich an. Und die Königin in mir weidet sich an ihrem ohnmächtigen

Zorn. Die Magie des Feuers knistert so herrlich, sie wärmt die Fingerspitzen. Ich greife an den Splitter in meinem Herzen und spüre, wie er unter meinen Fingern feucht wird. Die Hitze des Feuers – sie lässt den Splitter tauen!

»Halte ein!«, brüllt die Eishexe und schleudert den Nordwind der Drachenreiterin entgegen, die Flammen ersticken. Ein kaltes Lachen wächst in dem Wind, es hallt von allen Wänden wider, steigt höher und höher, bis es die Kuppel mit einem gewaltigen Bersten sprengt. Eisbrocken zischen nieder, zertrümmern Treppen und Galerien, reißen Regale von den Wänden, ehe sie auf den Boden krachen. Ein Regen aus Schneeflocken und zerfetzten Buchseiten, wie zerbrochene Träume. Die letzten Funken sterben, der Wind verstummt, meine Schwestern drehen sich um, die Augen groß vor Furcht und ich begreife, dass ich es bin, die lacht. Abrupt verstumme ich, doch das Lachen der Königin hallt in mir weiter, in meinem Kopf.

»So knapp«, murmele ich leise und lasse die Finger vom schmalen Rest des Splitters sinken, der in meinem Herzen verblieben ist. »So knapp.«

Das Gesicht der Eishexe ist ungewöhnlich blass. »Mein Splitter unterdrückt ihre Macht. Doch er wirkt nur so lange er in ihrem Herzen verweilt.« Sie dreht sich zur Drachenreiterin um. »Nur zwei Dinge können ihn tauen lassen: Drachenfeuer …« Ihr Blick findet meinen. »Oder die Tränen wahrer Liebe.«

»Dann müssen wir handeln, und zwar schnell, bevor sie die Chance hat, sich zu befreien«, flüstert die Gefiederte.

»Sie muss vernichtet werden!«, haucht Akiko.

»Nur wie?«, wispert Haruko.

Die Drachenreiterin ballt die Fäuste. Ihre Stimme bebt, als sie zu sprechen beginnt: »Ich bringe sie auf den höchsten Berg – dort werde ich sie in Drachenketten legen. Dann kann sie jeden

Tag anbrechen und enden sehen und hoffen, dass es ihr letzter sein wird, während die glühende Sonne ihr die Haut verbrennt und all die Vögel sich an ihren Innereien laben werden, bis die Nacht kommt, um die Wunden mit Eis zu verschließen.«

»Eis«, murmelt die älteste Schwester und sieht mich mit einem seltsamen Blick an. Es scheint, als würde sie um Verzeihung bitten. »Nein, es gibt nur einen Weg, wie wir sie für immer besiegen können.«

»Und zwar?«, blafft die Drachenreiterin. Die anderen Feen sind ungewöhnlich blass. Der Duft ihrer Angst durchflutet den Raum. Fast wäre die Rache die meine gewesen.

»Dornröschenzauber«, sagt die Eishexe und das Orakel zuckt zusammen. Sie hat eine Vision und niemand außer mir bemerkt es, weil sie alle zu sehr mit sich beschäftigt sind, mit ihrer selbstgerechten Wut und ihrem Erhaltungstrieb.

»Wieso sollte es dieses Mal funktionieren?«, fragt die Gefiederte.

»Es ist schon einmal fehlgeschlagen – es wird wieder fehlschlagen!«, behauptet die Drachenreiterin.

»Nein.« Die Eishexe blickt mich unverwandt an und ich begreife, dass sie den Schlüssel gefunden hat. »Weil der Mann, der sie erweckte, nicht mehr existiert.«

Stille.

Die Augen des Orakels weiten sich, sie blickt zu mir und ich weiß, dass sie mein Ende sieht. Ich weiß es. Der Mogul betrachtet mich nachdenklich, die Hand am Kinn.

»Aber die Liebe …«, flüstert die Siebte Fee.

»… existiert nicht«, beendet die Eishexe den Satz. »Und wenn doch, dann gibt es von der einzig wahren Liebe der Königin nichts weiter als ein Gemälde in meiner Sammlung. Eine Erinnerung, ein Bild – mehr nicht.«

»Der Prinz ist tot?«, fragt Akiko.

»Er kann sie nicht wiedererwecken?«, flüstert Haruko.

Die Eishexe schüttelt den Kopf. »Mein Nordwind gibt keines seiner Opfer je wieder frei.«

»Dann soll es geschehen!«, ruft die Gefiederte und breitet ihre Arme wie Schwingen aus. »Wer weiß den Spruch?«

Stille.

Und kurz glaube ich, dass sie es verlernt haben, dass es niemanden mehr gibt, der sich um die Liebe schert und die Zauber, die sie erwecken.

»Ich weiß ihn.« Die Siebte Fee tritt vor.

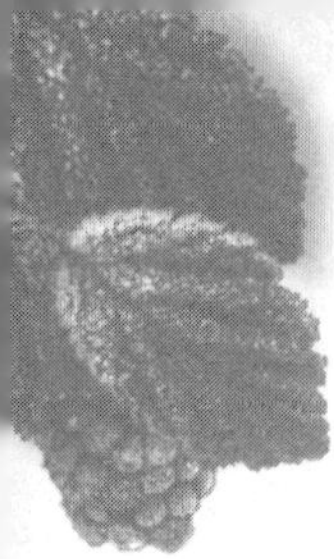

Rache

Wir waren Schwestern. Keine echten, und doch waren wir es. Gezwungen, bei der einzigen Familie zu leben, die es für uns geben konnte, entwickelten wir uns zu unerbittlichen Rivalinnen.

»Ich brauche eine Handvoll Schnee«, sagt die Siebte Fee, von der ich noch nicht weiß, welche Rolle sie spielt. Sie wirkt harmlos, fast menschlich. In ihren Augen schimmert Wärme, in ihren Gesten liegt eine ruhige, in sich gekehrte Kraft. Und doch erinnere ich mich nur vage an sie. Die Verachtung der Drachenreiterin gegenüber der schwächsten Fee ist dem so ähnlich, was die Königin in mir fühlt. Die Siebte Fee will nach mir greifen.

»Fass mich nicht an!«

»Ich brauche eine Haarsträhne von ihr.«

Schnee, Haare, Blut. Sie kennt die Formel, sie weiß um den Zauber. Langsam nähert sie sich mir. Eine Schere blitzt.

»Wag es ja nicht!«, zische ich.

Ich trete nach ihr, sie weicht.

Ich reiße an den Ästen, die meine Handgelenke halten, spüre sie unter meinem Zorn brechen, als könnten Haruko und Akiko meine Wut selbst heute noch nicht ertragen. Im nächsten Moment bin ich frei, springe auf. Ich höre die Schwestern fluchen, spüre den aufbrausenden Wind, dann presst er mich nieder auf den Sitz, raubt mir den Atem. Ich keuche, stemme mich hoch – doch der Druck ist zu stark. Schon sehe ich, wie die Siebte Fee nach dem Zopf greift, höre das Zuschnappen der Schere und mein Haar fällt zurück auf die Schultern, erneut gekürzt. Der Wind verstummt.

»Ihr wagt es, mich so zu behandeln?«, schreit die Königin in mir. Bebend erhebe ich mich, balle die Hände zu Fäusten. Die Magie pulsiert durch meine Adern und schürt meinen Zorn. Der Wunsch, sie zu vernichten, wird übermächtig.

Sie stehen da, die letzten Schwestern, und glauben mich endgültig besiegt, mich! Ein Schrei wächst in meinem Innern, so übermächtig und stark, dass die Welt vor meinen Augen zu zittern beginnt.

Ich fixiere die Siebte Fee. Eine Strähne Haar in ihrer Hand. Fehlt nur noch Blut, mein Blut. Ich knurre, dann sprinte ich los, der Tür entgegen.

Krachend fallen die Flügel des Tores ins Schloss.

»Wir können dich nicht gehen lassen«, ruft die Eishexe.

Ich weiß es, wusste es immer und drehe mich um.

Es gibt Geheimnisse, die es auf ewig zu hüten gilt, und jene, die zu bewahren sind, um sie im rechten Moment zu enthüllen, in der Absicht, den schlimmstmöglichen Schaden anzurichten.

Die Worte fallen aus dem Mund, landen auf dem zersplitterten Boden, zwischen den Scherben. Da liegen sie, ich kann sie nicht zurücknehmen, sie nicht ungeschehen machen. Sie liegen da. Die einzige Waffe, die ich hatte. Und ganz langsam nimmt die Eishexe sie auf, bis sie die Tragweite begreift. Sie schließt sie Augen, schließt sie lang. Und einen Moment glaube ich, dass alles umsonst war.

»Du hast ihn getötet?«, fragt sie so leise, dass es fast untergeht im Fallen der Flocken. »Du hast ihn getötet, obwohl du gesehen hast, dass er mir etwas bedeutet?«

Akiko und Haruko weichen zurück.

Das Orakel runzelt die Stirn. Unzählige Varianten spielen sich in ihrem Kopf ab – noch.

Es wird nur eine geben: Ich überlebe.

»Warum?«, fragt die Eishexe und hebt den Blick zur Drachenreiterin.

Nur ein Wort, doch es trägt ein Leid in sich, das tiefer noch sitzt als mein Schmerz um Elle.

»Weil er ein Mensch war«, zischt die Drachenreiterin.

»Er war mein Bruder«, flüstert die Eishexe.

»Unser Befehl lautete, die Stadt zu zerstören, mit allen Lebewesen darin.«

»Warum?«, fragt sie erneut und eine glitzernde Perle löst sich aus ihren Wimpern, zeichnet eine einsame Spur über die gemeißelte Wange. »Warum konntest du ihn nicht verschonen?«

»Weil er ein Mensch war!«, brüllt die Drachenreiterin. »Und du und ich – wir sind Feen, wir sind besser, wir sind anders! Hast du vergessen, was sie uns antaten? Hast du vergessen, wie sie damals versuchten, dich zu töten? Hast du das vergessen? Das waren die Menschen – dieselben, die in dieser Stadt wohnten, dieselben, die noch heute in den Städten wohnen. Sie hassen uns. Und wir hassen sie.«

»Ihn nicht. Ihn hasse ich nicht.«

Die Drachenreiterin reckt das Kinn. »Dann bist du nur zu blind, um die Wahrheit zu sehen.«

»Ich war noch nie so klar.« Sie hebt den Blick und sieht mich an. Unendliche Qual spiegelt sich in ihm, aber auch etwas anderes: eine Botschaft. Dann fixiert sie die Drachenreiterin und alles an ihr verändert sich. Sie kneift die Augen zusammen, ballt die Fäuste. Die Magie beginnt zu fließen, beginnt ihren Körper zu durchströmen, eiskalt und tödlich.

»Schwestern«, krächzt die Gefiederte nervös, doch da lecken schon die ersten Flammen an den Armen der Drachenreiterin.

Ihr Blick glüht. Draußen im Hof höre ich ihren Drachen schnauben, höre seinen schweren Schritt, den Schlag seiner Flügel. Er wird kommen, um seiner Herrin im Kampf beiseite zu stehen.

Das Orakel sieht mich flüchtig an, dreht den Ring und verschwindet. Haruko und Akiko lassen ihr Tor aus Ästen wachsen, das grün schimmernde Portal. Schnell fliehen sie hindurch und verschließen hinter sich die magische Pforte, die Äste vergehen. Der Mogul erhebt sich gelassen, mit zwei Schritten ist er auf seinem Teppich, er zwinkert mir zu. »Auf ein nächstes Mal!«, höre ich ihn murmeln, dann ist er weg. Nur die Gefiederte steht noch da, blickt hin und her. Und die siebte Fee, mit der Strähne in der Hand. Mein Urteil scheint vergessen. Meine Schuld gering gegenüber der Drachenreiterin.

»Du hast ihn getötet. Du hast mich betrogen, um das Einzige, was mir lieb und teuer war«, ruft die Eishexe und ihre Stimme schwillt gleichsam mit dem Tosen des Sturms.

»Haltet ein!«, krächzt die Gefiederte, doch die Drachenreiterin beginnt zu lachen.

»Du willst dich mit mir schlagen? Wegen eines erbärmlichen Menschen? Nur zu! Ich warte schon viel zu lange auf diese Gelegenheit, Schwester.« Sie lodert auf wie eine gleißende Fackel. Hell und heller strahlt ihr heißes Feuer. Der Sturm reißt an den Flammen und zerrt sie mit sich in einen steilen Sog. Bücher um Bücher entflammen, bilden ein senkrechtes Flammenmeer. Hoch oben, in der zerborstenen Öffnung der Kuppel, erscheint der Schatten des Drachens. Er kreischt und stürzt hinab. Die Tür hinter mir bricht auf und der Wind der Eishexe stößt mich hinaus, fort von dem Feuer, das meinen Stachel zu schmelzen begann. Gerade noch sehe ich, wie sich die Gefiederte ihre Flügel überstülpt, dann knallen die Türen zu und ich bin draußen.

Doch der Wind treibt mich weiter, fort von dem Bersten und Krachen der einstürzenden Bibliothek. Fort von dem Kampf der

Urmächte: Feuer und Eis. Sie können einander nicht lieben – sie sind zu verschieden.

Ich fliehe vorbei an den Totenbildern, entfliehe dem Grab meiner Schwester. Das Grab, das eine jede sich selbst schuf. Schwarze Flocken fallen auf den zerstörten Hof. Asche, die Luft schmeckt nach Asche. Und nach Verrat.

Jemand stürzt mir entgegen, packt mich an den Schultern, zerrt mich fort. Worte werden gesprochen, viele, so viele. Ich höre kaum hin. Der Hof ist überschüttet mit Trümmern, zerstörten Büchern und den Tränen der Eishexe. Etwas Blaues glänzt, halb vom Schnee begraben – doch der Wind frischt auf, vertreibt die Flocken, fährt durch die Seiten des Buches, das die Eishexe so fest umschlungen hielt. Ich reiße mich los, knie neben dem Buch nieder. Zögernd strecke ich die Hand danach aus, befühle den weichen Einband, die zerschlissenen Seiten.

Unter lautem Krachen stürzt ein Turm ein und reißt einen weiteren mit sich. Ein glühender Feuerball steigt auf und kurz erstrahlt die dämmrige Welt des Nordens im hellen Glanz.

»Wir müssen gehen, schnell!«, herrscht mich eine vertraute Stimme an. Ich fahre herum.

Olga starrt aus goldenen Augen feindselig zu mir nieder. Hinter ihr explodiert ein weiterer Turm – sie zuckt zusammen.

»Olga?«

Sie schnaubt.

»Du lebst?«

»Sieht so aus.«

»Was machst du hier?«

»Dich retten«, knirscht sie und zerrt an meinem Mantel. »Komm schnell!«

»Aber …?«

»Heb dir deine Fragen für später auf.«

Das Buch fest an mich gepresst, folge ich Olga zur Mitte des Hofes. Sie schwingt sich auf den Brunnenrand und sieht mich erwartungsvoll an.

»Bist du so weit?«

Der Brunnen: Reich meiner verlorenen Schwester. Ich begreife, dass er sie geschickt hat. Er hat ihr das Geheimnis verraten, wie die Tür zu finden ist, die das Brunnenreich verbirgt vor den Augen der Welt. Olga blickt mich an, dann lässt sie sich hintenüberfallen, und noch im Sturz beginnt sich ihr Körper aufzulösen zu feinem, goldenem Staub. Ich werfe einen letzten Blick zurück auf die Trümmer. Hoch oben zeichnet sich die gewaltige Silhouette des Drachens ab. Ihm gegenüber, auf den letzten Pfeilern der Bibliothek, steht die schmale Gestalt der Eishexe. Die Hände hoch erhoben, leistet sie dem Höllenmonster Widerstand, während ihr Palast stirbt. Plötzlich dreht sie den Kopf. Es kommt mir so vor, als würde sie mich ein letztes Mal anblicken. Sie gibt mich frei. Dann falle ich hinab in den Schlund des Brunnens. Die zerstörte Welt aus Schnee und Feuer verschwindet aus meinem Blickfeld.

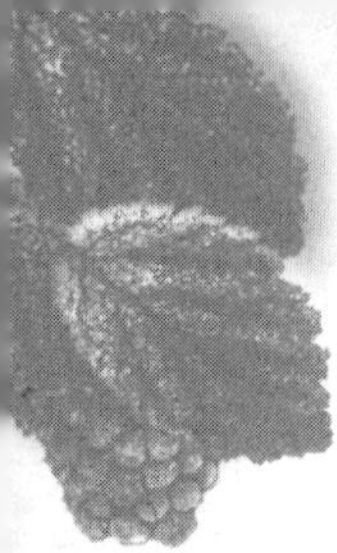

Goldkinder

»Bäumchen, rüttel dich und schüttel dich, wirf Gold und Silber über mich.«

Manchmal werden Träume wahr, alles verwandelt sich in Gold, alles wird schön, und was vorher trist und grau war, erstrahlt in neuem Glanz. Es wird, wie es immer sein sollte.

»Ich gebe dir die Chance auf die Liebe«, flüstert die gute Fee und lässt das einst schmutzige Mädchen in einer goldenen Kutsche zum Schloss fahren. Vielleicht wird das Mädchen nie verstehen, warum ausgerechnet ihr diese Gnade zuteilwird. Eine zweite Chance … auf das Glück. Auf die Liebe.

Manchmal ist das Leben so. Wir erwachen und wissen nicht, warum wir diese Gnade verdienen, wir wissen nicht, was wir besser machen müssen, um uns dieser Chance würdig zu erweisen. Nicht das Aschenputtel aus dem Märchen … nicht ich.

Ich begreife nicht, warum die Eishexe mich gehen ließ, warum sie mich rettete vor dem sicheren Ende. Vielleicht hat sie etwas in mir gesehen, das ich selbst noch nicht wahrnehme. Sie und ich – wir waren die Ersten. Sie ist die Einzige, die das Mädchen Lilith kannte, bevor die Magie es auffraß. Ich glaubte, es wäre verloren und sie glaubte es auch.

Ich hebe die Hände und mustere sie. Sie sollten triefen vor Blut, aber keine Spur meiner Taten ist an ihnen zu sehen, ganz so, als wären sie ungeschehen, und ich wünschte, die Erinnerungen ebenso auslöschen zu können. Fest umklammere ich das Buch meiner Schwester, frage mich, was in ihm steht und weiß doch, dass jetzt nicht der richtige Zeitpunkt ist, es herauszufinden.

»Komm«, ruft Olga und dreht sich zu mir um. Sie schimmert seltsam, als sei ihre Haut von einer feinen Schicht Goldpulver überzogen. Ihre kurzen, blonden Haare glänzen wie flüssiges Metall, ebenso ihre dunklen Augen.

»Was bist du?«, frage ich argwöhnisch.

Ohne zu antworten, läuft sie weiter über die saftigen Wiesen des Brunnenreiches. Mohnblumen schwanken im Wind, Insekten summen und brummen um uns herum. Die unterirdische Welt gleicht der oberen und ist doch ganz anders. Statt eines Himmels spannt sich dunkler, grauer Felsen über die Wiesen. Kein Mond existiert, keine Sonne, kein Tag, keine Nacht. Das Licht dieser Welt kommt aus ihr selbst. Das Gras leuchtet, die Mohnblumen funkeln. So wie Olga.

Und ich begreife, dass sie einst Teil des Brunnenreiches war, ein hinabgefallenes Kind.

Hier also hat der Hexenjäger sie gefunden. Nicht er verriet ihr den Weg, nein, sie kannte ihn schon.

Wie ein Schatten folge ich der Frau, die den Hexenjäger ebenso begehrt wie ich.

»Wie konntest du den Angriff der Meerhexe überleben? Gibt es noch andere Überlebende?« Elles Name liegt mir auf den Lippen, doch ich bringe ihn nicht hervor. Er brennt in meinem Mund.

»Ich verschwand kurz nach euch«, sagt Olga knapp. »Erst durch den Hexenjäger erfuhr ich, was passiert ist.«

Ich schließe die Augen und kämpfe gegen Elles Bild an. Ich will sie nicht mehr sehen. Muss sie vergessen. Als ich die Lider wieder öffne, ist Olga ein Stück voraus, die Schultern verkrampft. Sie ist nicht freiwillig hier.

»Warum willst du mich retten?«, rufe ich ihr hinterher. »Du hasst mich, du hasst alle Feen.«

Sie verharrt unter einem großen, goldenen Baum. Mit wenigen Schritten hole ich auf. Sie blickt in die goldbelaubte Krone, die glänzenden Lippen fest zusammengepresst.

»Will er beenden, was er begonnen hat?«, frage ich leise und spüre seinen letzten Kuss noch auf den Lippen, die Hände an meinem Nacken.

»Was zwischen euch war, weiß ich nicht und es geht mich auch nichts an«, knurrt sie und wendet sich ab.

»Du liebst ihn …«, flüstere ich.

»Was weißt du schon von Liebe!«, faucht sie und ihre Augen sind dunkel vor Zorn.

»Warum schickt er dich? Warum kommt er nicht selber?«, frage ich und werde mir der leisen Geräusche um uns herum bewusst. Atem, schlagende Herzen, wispernde Stimmen.

»Weil er selbst nicht willkommen ist. Nicht, seit er die Brunnenhexe tötete.« Glänzte ihre Haut vorhin noch matt, so strahlt sie jetzt wie die Sonne.

»Er war vorher schon hier?«

Olga sieht mich ausdruckslos an.

»Was ist das für ein Ort?« Ich drehe mich in der Runde, betrachte die blühende Wiese, die tanzenden Schmetterlingsschwärme und die Bienen, die von einem blutroten Blütenkopf zum nächsten summen. Niemals kann die Brunnenhexe dieses Reich erschaffen haben. Ihre Macht war viel zu gering. Ihre Macht war eine andere. Gold, sie besaß den Goldfluch. Alles, was sie berührte verwandelte sich in kühles, glattes Metall. Selbst Fleisch. Ich schlucke schwer und blicke hinauf in die vergoldeten Zweige des Baumes. Olga folgt meinem Blick und pflückt einen der zahlreichen, schimmernden Äpfel aus den Ästen mit dem glänzenden Laub. Kurz wiegt sie ihn in der Hand, ganz so, als wäre sie unsicher, ob oder ob nicht. Dann wirft sie ihn mir zu.

»Iss!«, fordert sie mich auf.

Ich hebe den Apfel an die Lippen, der die Spur der Berührung meiner Schwester trägt. Er duftet nach Erde, nach warmer, feuchter Erde, aus der alles geschaffen ist.

»Was ist das für ein Zauber?«, frage ich und drehe die Frucht in meinen Händen. Makellos und perfekt rund.

»Es ist der Baum der Schöpferin«, sagt Olga leise und beobachtete mich genau.

»Schöpferin«, wiederhole ich. Es kann nur Haruko sein. »Wieso steht ihr Baum hier?«

»Soweit ich weiß, war er ein Geschenk. Iss!«

Haruko, die Schenkende, Beginn eines jeden Kreislaufes. Ihre Werke sind nicht zerstörend, nicht tückisch. Nein. Sie ist lebensbejahend. Im Gegensatz zu ihrer Schwester, die das Ende eines jeden Werkes von Haruko darstellt. Akiko gibt der Erde zurück, was Haruko ihr nahm. Anfang und Ende. Sie sind eins.

Ohne zu zögern, beiße ich in den goldenen Apfel und schließe die Augen. Und der Baum schenkt mir seine Geschichte.

Ich sehe Haruko vor mir, wie sie den Samen in die Erde pflanzt, ihm zuspricht und Wärme schenkt. Er beginnt zu keimen, ihre Fürsorge lässt ihn wachsen, seine Blätter entfalten. Er reckt sich hoch bis zur Sonne und nimmt ihr strahlendes Licht in sich auf, um es aufzuheben für einen besonderen Ort. Harukos Worte umgeben ihn und ihre Magie durchfließt ihn. Er ist ihr Herzblut. Er ist sie. Ich sehe, wie sie ihn ausgräbt. Sie trägt ihn fort von dem Garten, in dem alles vergeht. Sie will ihn erhalten, will ihn schützen vor dem Zerfall. Sie kommt an einen Brunnen. Eine summende Stimme dringt zu ihr hinauf. Marie sitzt am Grund und wiegt sich vor und zurück.

»Komm, Schwester«, sagt Haruko und steigt zu ihr hinab. »Ich zeige dir einen Ort, an dem du dich wohlfühlen wirst.«

Sie legt die Hand an die raue Brunnenwand, und das Erdreich weicht dem Befehl, es öffnet sich zu einer großen Halle, weit und frei. Sie schafft eine verborgene Welt.

Inmitten der dunklen Höhle pflanzt sie den schimmernden Baum. Sein Licht ist matt, es erhellt gerade die Gesichter der Schwestern.

»Berühre ihn!«, fordert Haruko Marie auf.

»Was …?« Marie weicht, ihre Stimme zittert. »Ich kann nicht … Du weißt, was passiert … Ich würde ihn töten!«

Haruko lächelt. »Berühre ihn!«

Und langsam hebt Marie die Hand mit den vergoldeten Fingerspitzen und berührt die zartgrünen Triebe. Seufzend fließt die goldene Magie durch die Blätter und Zweige, durch die Äste und den kräftigen Stamm, hinab ins Erdreich und zu den Wurzeln. Alles beginnt zu leuchten, hell strahlt der Baum, heller noch als die Sonne und sein Licht durchflutet die Höhle.

Ich öffne die Augen und begegne Olgas goldenem Blick. Hinter ihr und um uns herum, stehen Dutzende Mädchen und Jungen, auch Frauen und Männer sind unter ihnen, ihre Haut schimmert wie der Baum – wie Olga.

»Der Baum hat entschieden«, flüstert eine Frau.

»Sie hat den Test bestanden«, murmelt ein Mann.

»Willkommen!«, wispern die anderen.

»So soll es sein«, sagt Olga bitter und seufzt.

Sie setzt sich unter den Baum, lehnt sich an seine Rinde und schließt die Augen. »Lass uns rasten! Meine Reise war überstürzt und hastig.«

»Ist sie die Königin?«, höre ich die Frau fragen.

»Ist sie die verschollene Fee?«, fragt der Mann.

»Bist du es?«, fragt ein kleiner Junge.

»Das war ich einmal.« Hier unten, fern ab von der beeinflussenden Magie meiner Schwestern, bin ich einfach nur ich selbst. Der Apfel in meiner Hand, er knistert matt und ich spüre einen Hauch der Macht in ihm, doch sie berührt mich kaum. Die Königin interessiert sich nicht dafür.

»Wir haben schon so viel von dir gehört!«, ruft die Frau aus und klatscht begeistert in die Hände.

»Marie redete so viel von dir!«, fügt der Mann hinzu.

»Dann könnt ihr mich ja nur hassen«, sage ich leichthin, doch in meinem Hals wächst ein Kloß.

»Hassen?«, fragt die Frau erstaunt, schüttelt dann lachend den Kopf. »Warum sollten wir dich hassen?«

»Weil …« Ich verstumme.

»Ohne dich wäre Marie gestorben. Du hast sie gerettet.«

»Sie ist tot, oder nicht?«, sage ich leise.

Das Lächeln auf dem Gesicht der Frau schwankt, dann nickt sie. »Schlimm war es.«

Sie blicken zu Olga und ich spüre, dass sie ihr mit unterdrückter Abneigung begegnen. »Sie hat ihn zu uns gebracht.«

»Hexenjäger«, murmele ich und die Goldkinder fixieren mich plötzlich wachsam.

»Du kennst ihn?«, fragt der Mann.

»Oh, ja.«

»Hüte dich vor ihm«, flüstert der Junge, »denn er trachtet den Feen nach dem Leben.«

»Ich weiß.« Das ist alles, was ich sage, dann sinke ich neben Olga am Stamm nieder, das blaue Buch in der einen, den angebissenen Apfel in der anderen Hand. Das Gras ist weich, es duftet nach Honig. Alles hier duftet nach Honig – und nach Brot.

»Fürchtest du dich nicht?«, fragt der Junge und hockt sich vor mir hin.

Die anderen folgen seinem Beispiel. Aufmerksam beobachten sie mich.

»Nein und ja«, antworte ich und denke an die grünen Augen, den Ausdruck der Zuneigung darin und die Entschlossenheit mich zu jagen – bis zum Schluss. »Warum hat er dich geschickt, mich zu retten?«, frage ich Olga.

»Das musst du ihn selbst fragen«, antwortet sie mit geschlossenen Lidern.

»Retten?«, ruft die Frau überrascht. »Wovor?«

»Die anderen Hexen wollen sie umbringen«, sagt Olga an meiner Stelle.

»Warum wollen die Feen sie töten?«, fragt sie verwirrt.

»Was weiß ich«, faucht Olga. »Und es interessiert mich auch nicht. Jede verdammte Hexe, die von der Erdoberfläche verschwindet, ist ein Segen für uns Menschen.«

Der Junge schluckt schwer. »Du irrst dich. Sie sind nicht böse. Haruko schuf diese Welt. Marie rettete uns.«

»Ich wusste es«, sage ich und schließe die Augen. »Ich wusste es immer. Marie ist eine der Guten, sie war es seit Anbeginn.«

»Alle Feen sind gut«, sagt der Junge.

Ich hebe die Lider und sehe ihn an. Er glaubt, was er sagt, behütet in dieser goldenen Welt, in der es kein Ende und keinen Anfang gibt, keinen Hunger und kein Leid. Er kennt nicht den Nordwind der Eishexe oder das Feuer der Drachenreiterin, ja nicht einmal die Schlangen der Giftmischerin. Er weiß nichts von der Not der Welt.

»Was ist mit der Prinzessin, die hinabfiel und als schwarzes Aschenputtel heimkehrte?«, frage ich, und schlagartig verschließen sich die Gesichter der Goldkinder. Ich erinnere mich an das, was im Haus der Hexenjäger über sie gesagt wurde, über ihre schwarze Haut und die Schreie in der Nacht. Sie war hier, sie hätte wie sie ein Goldkind werden können – und wurde doch ein Aschenputtel.

»Sie war eitel und gemein«, sagt die Frau.

»Sie schrie Marie an«, sagt der Junge.

»Sie hat bekommen, was sie verdiente«, bestätigt der Mann.

Ich betrachte die Goldkinder und frage mich, wieso sie noch hier sind, obwohl die Brunnenhexe vergangen ist. »Warum kehrt ihr nicht zurück zu euren Familien?«

»Warum sollten wir?«, fragt der Mann und hebt die Brauen. »Hier geht es uns gut. Wir haben alles, was wir brauchen. Wir müssen nicht arbeiten und haben keine Pflichten.«

»Sie führen ein Leben ohne Sinn und Verstand«, knurrt Olga und wendet sich demonstrativ ab. Die Goldkinder verstummen.

Ich lehne mich zurück.

»Nimm noch einen Bissen!«, flüstert der Junge. »Sie hätte gewollt, dass du es weißt.«

»Was weiß?«, frage ich und blicke zum Apfel in meiner Hand.

Doch er nickt nur zum Apfel, dann erheben sie sich alle und lassen mich alleine. Ich sehe, wie sie zu einem großen Ofen laufen. Brot, sie wollen Brot backen. Äpfel und Brot. Lasst sie singen und tanzen … und alles scheint vergessen.

Ich hebe die Frucht an die Lippen, spüre, wie sich Olga neben mir entspannt, als würde sie erst jetzt aufatmen können, wo die Distanz zu den anderen wächst. Dann beiße ich hinein. Honig, es schmeckt nach Honig. Und der Baum nimmt mich mit auf eine weitere Reise in die Vergangenheit.

Ich blicke hinauf in goldschimmerndes Laub, sehe die Äste, wie sie sich groß und alt in den himmellosen Raum erstrecken. Es sieht genauso aus wie eben – alles sieht aus wie eben und doch ist es ganz anders.

Es riecht nach Tod.

Selbst der Duft des frischgebackenen Brotes vermag den Gestank nicht zu überdecken. Die Goldkinder, sie tanzen, sie spielen und hüpfen, als würden sie es nicht riechen. Und doch schimmert in ihren blanken Augen eine Spur der Panik, die das Herz der Brunnenhexe bis zum Hals füllt.

Marie … sie schreitet auf und ab, um den Baum herum. Olga weicht ihr nicht von der Seite, als würde sie ihre Unruhe spüren, und vielleicht weiß sie, was kommt.

Marie. Ich strecke die Hand nach ihr aus und kann nicht glauben, dass sie wirklich da ist. »Schwester«, flüstere ich und präge mir jeden ihrer Züge ein, die Linien um den Mund, die Fältchen um die Augen. Sie sieht alt aus, wesentlich älter als die anderen Feen. Menschlicher. »Schwester«, rufe ich und widerstehe dem Drang, sie anzuschreien, denn sie würde mich nicht hören – und doch scheint es einen winzigen Moment, als hätte sie meinen Ruf vernommen.

Denn sie bleibt stehen und blickt suchend über die glänzenden Wiesen. Ihr Reich, so hell wie die Sonne, so prächtig wie das funkelnde Spiegelbild am Grunde des Brunnens.

Und doch hat Marie die Sonne seit ewigen Zeiten nicht mehr gesehen.

»Ich werde sie nie mehr sehen«, flüstert sie, und ich weiß nicht, ob sie die Himmelskörper mit all ihrer Herrlichkeit … oder doch jemand anderen meint, jemanden, der verloren geglaubt war und doch niemals ganz verschwand.

Mich … Meint sie mich?

»Ich werde es nicht mehr erleben«, sagt Marie mehr zu sich selbst als zu sonst jemandem. Sie weiß es, sie weiß, dass er kommt. Ein letztes Mal hebt sie die Hand zu den strahlenden Früchten am Baum, greift nach einer. Zaghaft löst sich der Apfel vom Ast. Die Schale glänzt golden, so wie alles.

Sie hebt den Blick. In der Ferne sieht sie ihn nahen. Er ist gekommen. Er ist hier, um seinen ersten Mord zu begehen, den ersten, ohne den es keinen weiteren geben kann.

Ich springe auf, starre ihn an, kann es kaum fassen. Dann stürze ich los, ihm entgegen. Nein, möchte ich brüllen, tu es nicht! Doch er läuft weiter, er sieht mich nicht, denn nichts hier ist real, nicht mehr. Es ist eine Erinnerung, die Erinnerung der Brunnenwelt. Alles ist vergangen.

Dann bleibt er stehen, nur einen Hauch neben mir. Ich hebe die Hand, lege sie an seine Brust.

»Hexenjäger«, flüstere ich und für einen winzigen Moment, dreht er den Kopf, als hätte er meine Stimme gehört. »Ich bin hier«, flüstere ich und lege die zweite Hand an seine Wange. »Ich bin hier.«

Seine Augen sind unendlich grün, ich höre den Schlag seines Herzen. So echt … so nah.

»Tu es nicht!«, flüstere ich und weiß doch, dass er es längst getan hat, dass ich nur hier stehe, weil sie tot ist. Weil er sie tötete und damit den Bann des Turmes brach.

»Ich muss sterben«, flüstert Marie leise, als hätte sie meine Gedanken gehört. Nur mit Zwang schaffe ich es, den Blick von ihm zu lösen und zu ihr zu blicken, meiner Schwester, die gestorben ist, durch ihn. »Ich bin der Anfang – ich bin das Ende«, sagt sie rau und lächelt ihn an und doch glaube ich, dass ihr Lächeln mir gilt. Tränen glänzen in ihren Augen, spiegeln unendliches Leid. Zärtlich reibt sie mit dem Daumen über den Apfel, die schimmernden Wangen. Der Apfel bleibt, alles hier bleibt, auch wenn sie vergeht. Wochen später werde ich kommen, um einen Apfel wie diesen zu pflücken. Vielleicht weiß sie es. Vielleicht kennt sie die Pläne des Orakels.

»Schickt sie dich?«, fragt Marie.

Er nickt. Seine Augen sind so dunkel wie der Wald der Geister.

»Mach, dass es schnell geht, ja?« Ihre Stimme bricht mir das Herz. Ihre Hand sinkt und die Frucht fällt mit einem leisen Plumps ins Gras.

»Nein«, flüstert Olga, doch er zieht schon den Dolch. »Nein«, schreit sie.

Die Kinder halten ein in ihrem Tanz, beginnen zu kreischen.

Die Fee unter der Erde lächelt nur. Dann schließt sie die Augen.

Der Hexenjäger hebt seinen Dolch und macht den letzten Schritt. Und ich beginne zu schreien.

»Was hat sie? Warum schreit sie?«

»Er hat ihr das Ende gezeigt.«

»Oh!«

»Die Arme.«

Ich schlage die Augen auf, spüre die Rinde des Baumes im Rücken, den Apfel in der Hand. Sein Geschmack liegt noch auf meiner Zunge. Honig – und doch zeigte er mir den Tod. Ich hole tief Luft, ersticke den Schrei. Mein Herz rast.

»Oh Gott!«, keuche ich.

»Der Tod ist furchtbar, nicht wahr?«, flüstert der Junge und legt mir die Hand aufs Knie. Ich spüre einen seltsamen Trost in seiner Berührung und kann doch nicht anders, als ihn fortzuschlagen.

»Lasst mich!«, fauche ich. In mir tobt weiter der Schrei. Ich sehe Marie, sehe das Blut, höre, wie er ihr den Dolch ins Herz rammt, wie sie keucht und dann für immer verstummt. Ich höre die Schreie der Kinder, Olgas Schluchzer und das triumphierende Lachen der Prinzessin.

Sie war da, sie war auch da. Das Äußere so schwarz wie ihre Seele. Und ich begreife, warum die Goldkinder sie hassen, weil ich eine Spur desselben Hasses spüre.

Der Hexenjäger nahm sie mit, hinauf in die Menschenwelt. Die Prinzessin, Olga und den Fetzen von Maries Haut: ihr Mal. Warum sammelt er sie? Warum nur?

Ich schließe die Augen, öffne sie sofort wieder, weil ich sie sehe, wieder und wieder, nicht nur Marie, sondern auch die anderen: Elle, Eva, Gretchen … Sie alle starben meinetwegen. Es begann mit Marie. Sie war die Erste.

»Er hat sie getötet, um mich zu befreien«, flüstere ich.

Die Goldkinder verstummen. Vielleicht hassen sie mich, wenn sie die Wahrheit erfahren. Sie sollen mich hassen, sie müssen. Bin ich denn nicht schuld an Maries Leid?

»Komm!«, sagt die Frau und reicht mir eine Hand. Sie ignoriert meine Worte, vielleicht wollen sie die Wahrheit nicht wissen. Oder … wissen sie sie schon? »Wir haben frisches Brot gebacken, komm und iss mit uns! Es wird dir Kraft geben.«

»Kraft?«, frage ich und fühle mich plötzlich unendlich erschöpft.

»Du hast noch einen langen Weg vor dir«, sagt sie nur und lächelt mich an.

Zögernd lasse ich mir hochhelfen, folge ihnen über die goldene Wiese, hinüber zu einer großen Tafel, die fast im hohen Gras verschwindet. Eine weiße Tischdecke weht sanft im Wind, Krüge und geschwungene Kannen aus Porzellan stehen darauf, feine Tassen und zierliche Tellerchen, dazwischen bunte Blumensträuße.

Die Frau führt mich zu einem Platz auf der Bank. Ich blicke zurück zu Olga. Sie schläft. Oder vielleicht tut sie auch nur so.

Dann setze ich mich, lege das Buch auf die Bank.

Die Frau holt das Brot aus dem steinernen Ofen, reicht es herum. Jeder bricht sich ein Stück ab und doch scheint es nicht weniger zu werden.

»Hier!«, der Junge reicht es mir. »Koste es.«

Ich greife nach dem warmen Laib, breche ein Stück ab. Es dampft und duftet.

»Danke.«

»Koste es!«, ruft er lachend.

Die Goldkinder um mich herum beginnen zu speisen, gießen sich dunkelroten Tee ein, der nach Blut riecht. Sie geben auch mir davon, Blut und Brot.

Dann beginne ich zu essen, mein einziges und letztes Mahl in der Brunnenwelt. Es schmeckt nach Abschied.

Schon bald werden wir aufbrechen und Maries Reich hinter uns lassen und mit ihm den seltsamen Schutz, den es bietet. Es erscheint mir fast wie ein Paradies – und doch ist es keines.

Das Brot schmeckt nach Nüssen, es wärmt mir den Magen, es steigt mir zu Kopf. Ich spüre eine seltsame Hitze, eine seltsame Kraft. Die Goldkinder lachen, alle lachen, und kurz lache auch ich, berauscht vom süßlichen Aroma des Tees, verführt von dem Zauber des Brotes. Falsches Glück, wie es auch der Elfennektar verspricht.

Ich sehe Olga zwischen den anderen, sie nimmt sich Brot, ohne zu fragen, bricht es entzwei. Ihr Blick fixiert mich.

»Was werdet ihr ohne Marie tun?«, frage ich.

Der Mann mir gegenüber legt sein Brot beiseite und verschränkt die Finger. »Was sollen wir schon tun? Wir führen ihr Werk fort.«

»Ihr Werk?«

Er nickt. »Retten jene, die hinabfallen oder gestoßen werden.«

»Warum?«

Er sieht mich einen Moment an, dann beugt er sich vor: »Weil es vielleicht das einzig Gute war, das Marie von der Feenmutter lernte: die Schwachen zu schützen und ihnen ein Zuhause zu geben.«

»Marie wurde wie die Feenmutter«, sagt die Frau neben mir und greift nach meiner Hand.

»Nein«, hauche ich und weiche zurück.

Sie sieht mich mit einem matten Lächeln an. »Es ist ihr Erbe, sie bekam es von der Feenmutter und wir bekommen es jetzt von ihr.«

»Retten die Hinabgefallenen«, wiederholt der Mann und nickt bekräftigend. Alle nicken.

Nur Olga schnaubt. »Ihr vergesst, wie viele die Brunnenwelt wieder verlassen mussten, gezeichnet fürs Leben mit aschschwarzer Haut.«

Die Frau neben mir versteift sich. »Weil sie das Gleichgewicht gefährden!«

»Marie fürchtete sich vor jenen, die Misstrauen im Herzen tragen«, erklärt der Junge neben mir leise. »Deshalb der Test mit dem Apfel. Wer durchfällt … wird verbannt.«

Und langsam beginne ich zu verstehen, warum sie aussortierte, warum sie sich vor Verrat fürchtete. Denn vor langer, langer Zeit wurden wir einst verraten …

»Komm, Hexe, wir reisen weiter. Dieses Geschwätz ertrage ich nicht!« Ohne einen Abschiedsgruß an die Goldkinder schreitet Olga mit großen Schritten durch die Wiese. Fast habe ich den Eindruck, sie flieht.

»Du musst sie verstehen, sie ist anders als wir«, sagt der Junge, als ich mich erhebe, um ihr zu folgen. »Kurz nachdem sie in den Brunnen gefallen ist, kam der Hexenjäger, um sie zu retten. Sie folgte ihm, und doch kam sie nach kurzer Zeit zurück. Seitdem besuchte er sie hin und wieder und Marie ließ es zu. Manchmal besuchte auch Olga ihn, oben in der Menschenwelt. Sie konnte sich nie ganz von ihrer irdischen Existenz lösen. Sie konnte nie werden wie wir.«

»Er war hier und wurde doch nicht zu einem Goldkind?«, frage ich nachdenklich.

»Er aß von dem Apfel, so wie du. Doch Wesen mit eigener Magie, magische Wesen, verändern sich nicht. Nicht so wie wir. Sie erhalten lediglich ein Geschenk.« Der Junge lächelt mich aus unschuldigen, goldenen Augen an. Er ahnt nicht, dass er mir gerade das womöglich größte Geheimnis des Hexenjägers verraten hat.

»Warum warst du früher noch nie hier?«, fragt er und sieht mich aufmerksam an. »Es gab die Brunnenwelt auch schon zu deiner Zeit.«

»Ich war beschäftigt«, antworte ich und weiß doch, dass es mir einfach nicht wichtig genug erschienen war, nach der verwirrten und ängstlichen Brunnenhexe zu sehen, die sich vor der Welt verborgen hielt, aus Angst sie könnte jemanden in Gold verwandeln.

»Der Baum ist das letzte Opfer ihres Fluchs«, sagt der Junge, ganz so, als habe er meine Gedanken gelesen. »Er nahm ihre Magie in sich auf und befreite sie von ihrer Last.«

»Sie war keine Fee mehr?«, frage ich sofort.

»Oh doch, nur ohne Magie.« Der Junge winkt mir und gemeinsam mit den anderen erhebt er sich vom Tisch. Dann tanzen die Goldkinder wieder Hand in Hand über die Wiesen. Sie singen ein unbeschwertes Lied. Sie kennen kein Leid und doch wissen sie so viel darüber. Schnell folge ich Olga, die mit jedem Schritt weniger glänzt und ich begreife, dass sie zwischen den Welten lebt und doch in keiner wirklich zuhause ist.

Liebe, Leid und Leidenschaft

Grell blendet das Sonnenlicht, als wir aus dem Brunnen klettern. Ich beschirme die Augen mit einer Hand, blinzele die Tränen fort. Es ist nicht mehr weit bis zum oberen Ende des Schachtes, vielleicht vier Ellen, doch die Distanz erscheint unendlich. Nicht zurückblicken, zurück in den tiefen Schacht. Olga schwingt sich über den Brunnenrand und verschwindet aus meinem Sichtfeld. Sie reicht mir keine helfende Hand. Ihretwegen könnte ich tot zur Erde stürzen. Kurz frage ich mich, ob sie mir deshalb den goldenen Apfel anbot – in der irrsinnigen Hoffnung, er würde mich in das verwandeln, was die Prinzessin wurde. Und ich begreife, dass – so schön die Brunnenwelt auch scheint – sie nicht besser ist als die irdische. Sie sortiert aus, unterteilt die Menschen in zwei Klassen: die Goldkinder und die Aschenputtel.

Ich taste mich langsam vor, finde mit den Fingerspitzen den kleinen Mauervorsprung, der seit ewigen Zeiten von Olga als Leiter genutzt zu werden scheint, und ziehe mich hoch. Der Abstand zur rettenden Oberfläche verringert sich. Ich suche mit dem Fuß nach dem nächsten Loch in der Wand, dem nächsten Platz, an dem mal ein Stein geklemmt hatte. Das blaue Buch der Eishexe zwischen meinen Zähnen taste ich mich vor. Es ist mein wertvollster Schatz.

Entsetzt erkenne ich, dass ich sowohl Elles Puppe als auch den Splitter der sieben Männer verloren habe. Zurückgelassen auf meiner Irrfahrt. Ich halte inne, schließe kurz die Augen. Dann hole ich, so gut es geht, Luft und strecke die Hand nach dem nächsten Absatz aus. Was bringt es, dem Verlorenen nachzutrauern, es kommt nicht zurück.

Meine Finger rutschen auf den schleimigen Steinen ab. Ich greife nach, finde Halt und löse den Fuß. Wo ist das nächste Loch? Meine Hand beginnt erneut abzuglitschen. Verzweifelt taste ich mit dem Fuß nach der Stufe, dann verliere ich den Kontakt zur Mauer und rutsche ab. Ein Schrei löst sich aus meiner Kehle und ich sacke hinab, dem Grund entgegen und mein Körper beginnt, sich in tanzende Goldfunken aufzulösen. Zurück ins Zauberreich – das schönste der erwählten Gräber, sind meine letzten Gedanken. Dann schließt sich eine Hand um meinen Arm und der Zauber erlischt. Ich blicke hinab in die Tiefe, dem flatternden blauen Buch hinterher. Kräftige Hände ziehen mich hoch und über den Rand. Am Grunde höre ich den Aufschlag des Buches. Erschöpft lehne ich mich an die Brunnenwand und schließe die Lider. Verloren. So wie all meine anderen Schätze, als sei es mir nicht vergönnt, etwas zu behalten, an das ich mein Herz hängen kann – und ich verstehe, warum ich mein Herz bisher so sorgsam hütete, denn es schmerzt. Verlust schmerzt.

»Hallo, Hexe.«

Ruckartig hebe ich den Kopf und erblicke das Gesicht des Hexenjägers. Dunkel ragt er über mir auf, links und rechts am Brunnenrand abgestützt. Das Sonnenlicht umstrahlt ihn und fast sieht es aus, als würde er eine Krone aus Licht tragen, einen Heiligenschein.

»Du«, flüstere ich und kann nichts anderes tun, als ihn anzustarren. Es ist nur wenige Tage her und fühlt sich doch wie eine Ewigkeit an. »Hexenjäger«, wispere ich und frage mich, ob er diesmal real ist oder nur ein Wunschbild meiner Seele.

Sein Blick ist ernst. Er wollte mich töten, er wollte mein Ende, aber ich kann nicht anders, als mich auf seltsame Art zu freuen.

Er und ich. Wiedervereint.

»Was ist mit meinem Gold?«, fragt Olga bissig. Ohne sich umzudrehen, zieht er die goldene Kugel der Prinzessin aus seinem Rucksack und wirft sie ihr zu. Ich höre Olga schnauben, höre ihre wütenden Schritte und kann trotzdem den Blick nicht von ihm lösen. Sein Haar, seine Augen – so vertraut. Dann beugt er sich vor, ganz langsam und mein Atem stockt. Er kommt so nah, sieht mich fest an. Eine Hand greift nach meinem gekürzten Zopf. Kurz runzelt er die Brauen, dann fixiert er mich fest, seine Lippen den meinen so nahe, dass nur ein letzter Hauch zwischen uns verbleibt. Als würde er mich küssen wollen …

»Wag es nie wieder, mir davonzulaufen!«

Ich schaffe es nicht zu nicken, ich kann mich nicht rühren, weil ich Angst habe, dass er weicht, dass er nur ein Traum ist. Doch er ist real.

Er ist hier bei mir.

»Ja«, hauche ich, weil es die Antwort ist, die er hören will, und doch sehe ich in seinen Augen, dass er die Wahrheit weiß. Er will mich jagen, doch der Tag wird kommen, an dem ich mich ihm erneut widersetze. Nicht heute. Nicht jetzt, wo ich ihn endlich wiedersehe.

Aus dunklen Augen blickt er auf mich herab. Er empfindet etwas für mich. Nur ist es nicht genug, um mir meine Existenz zu verzeihen und mich zu verschonen.

»Warum hast du Olga geschickt?«, frage ich.

»Weil sie die Einzige war, die dich retten konnte«

»Retten?«, rufe ich und schüttele den Kopf. Niemals hat er mich gerettet – nein. Er hat mich aus den Fängen meiner Schwestern befreit, damit ich erneut seine Gefangene bin. »Wirst du mich jetzt töten?«

»Nein.«

»Warum nicht?«

»Weil ich jetzt weiß, dass der richtige Zeitpunkt entscheidend ist«, antwortet er.

»Zeit«, murmele ich und sehe die tickenden Uhren des Uhrmachers vor mir. Sie laufen noch, doch unermüdlich ziehen die Zeiger ihre Runden, bis zum großen Schlag.

Er wendet sich ab. »Komm, Hexe. Ich habe zwei anstrengende Tage hinter mir. Morgen geht unsere Reise weiter. Jetzt werden wir rasten und den Tod einer Hexe feiern.«

»Tod?«, rufe ich erschrocken. »Wer?«

»Olga erzählte von dem Kampf der Eishexe und der Drachenreiterin.«

Mein Mund klappt auf. »Olga …?« Ich schüttele leicht den Kopf, schließe den Mund und unterdrücke ein Lachen. »Du glaubst, sie würden sich gegenseitig töten?«

Er zieht eine Braue hoch. »Nicht?«

»Nein.« Ich lache lauter.

Olga, die bei einer Gruppe Männer steht, dreht sich zu uns herum und kneift die Augen misstrauisch zusammen. Ihr Anblick erstickt das Lachen. Ich räuspere mich.

»Feen töten einander nicht.«

»Ach«, macht der Hexenjäger. »Und warum bekämpfen sie sich dann?«

»Du verstehst das falsch. Sie würden sich sofort töten. Aber sie können nicht.«

Olga hinter uns lacht nun ebenfalls und zeigt in unsere Richtung. Die Männer sagen etwas, stoßen sich an. Ich weiß, was sie sagen und es verletzt mich.

Er greift nach meinem Arm, fordert meine Aufmerksamkeit: »Warum können sie das nicht?«

»Weil ich es verboten habe«, antworte ich schlicht.

Und ganz allmählich versteht er. »Das Gesetz der Magie.«

Ich nicke. Die Idee begann an jenem fernen Tag zu reifen, als die Goldene Stadt fiel und der kleine Bruder der Eishexe starb. Damals, vor so vielen Jahren, erkannte ich die seltsame Konkurrenz, die unter den Feen wuchs. Sie brauchten, aber sie misstrauten sich. Und ich begriff, dass der Tag nahte, an dem sie sich gegeneinander erheben würden.

Ich streife den Ärmel der Rüstung hoch und fahre mit dem Finger über das schwarze Mal.

»Wir schworen in Blut uns niemals zu töten – uns niemals zu verraten.«

Der Hexenjäger sieht mich an. »Das Hexenmal.«

Erneut nicke ich. »Es verbindet uns. Es war die einzige Chance, sie voreinander zu schützen.«

Er kneift die Augen zusammen. »Aber du – du tötest sie.«

»Ich?« Überrascht fahre ich hoch. »Ich töte sie nicht … Ich …« Rache. Ich schließe kurz die Augen. Ich versuchte, sie zu schützen, nur um mich selbst zur Mörderin aufzuschwingen. Mörderin. Das Wort klingt in meinen Ohren. Ich weiß, hätte ich im Eispalast über meine Macht verfügt, so wären auch die letzten meiner Schwestern der Parade der Toten gefolgt. Zurückgeblieben wäre alleine ich – ohne Macht, ohne Träume, ohne Zukunft.

»Wieso kannst du sie töten?«

»Nicht ich töte sie, sondern du«, flüstere ich und es ist viel leichter zu lügen, als mich der Schuld zu stellen. Ich töte sie. Denn – der Fluch, er bindet uns so sehr aneinander, dass wir nicht einmal den Tod in Auftrag geben können. Und doch töte ich sie, weil ich ihm helfe.

Der Hexenjäger schüttelt den Kopf. Er glaubt mir nicht. Er ahnt nicht, wie nah er der Wahrheit ist. Ich schuf das Gesetz der Magie. Ich kann es ändern und formen, ich kann es nach meinem Belieben gestalten, im Vollbesitz meiner Kräfte. Ich habe das Mal und doch stehe ich über ihnen, weil ich sie betrogen habe und mich selbst aus einem Teil des Schwurs ausließ. Ich kann sie töten. Vielleicht ahnen sie es. Vielleicht nicht.

»Du bist die Königin.«

»Ja«, hauche ich.

»Und doch versuchen sie, dich zu vernichten. Warum?«

»Vielleicht wussten sie es nicht besser … Vielleicht waren sie auch zu verzweifelt, um klar darüber nachzudenken.« Ich sehe ihn einen Moment schweigend an, ehe ich fortfahre. »Ich bin die Königin. Ich bin … so unbeschreiblich böse. Du glaubst ja nicht, was meine Auferstehung für sie bedeutet haben muss. Ich bin zurück und ich kann ihnen allen das Leben zur Hölle machen. Oder es schnell beenden. Ist es da verwunderlich, wenn Eva versucht mich zu vernichten? Ich kam in ihre Stadt. Wahrscheinlich dachte sie, ich sei auf dem Weg zu ihr … Wahrscheinlich dachte sie, sie hätte keine Chance zu überleben, nur die Chance mich mit in den Tod zu nehmen.« Die letzten Worte sind kaum mehr als ein Flüstern.

»Und Gretchen?«, fragt er. Kurz stocke ich, weil er ihren Namen nutzt, ihren echten Namen.

»Sie ist verwirrt gewesen, verwirrt und verloren, schon lange, bevor ich zu ihr in die Gruft kam«, antworte ich leise und versuche nicht an all die Jahre zu denken, die sie da unten in absoluter Finsternis hockte und die Schädel streichelte.

»Hm«, macht der Hexenjäger.

»Ich denke, die Eishexe griff an, um mich im verwundbarsten Moment zu erwischen, nackt und gefesselt, all meiner Kräfte beraubt.« In seinen Augen schimmert ein Funken. Er erinnert sich an die Nacht bei den Sieben. Als wir uns liebten, rein aus einer Notwendigkeit heraus. Er rettete mich an jenem Tag, an dem meiner ältesten Schwester der Anschlag fast gelungen wäre. Er rettete mich, indem er mich liebte. *Liebe mich, Jäger, liebe mich!* Doch er schweigt und so fahre ich fort zu erklären, was ich eigentlich nicht zu erklären vermag: Wieso waren meine Schwestern bereit sich zu opfern, um mich zu vernichten, und sind es jetzt nicht mehr?

»Der Splitter«, murmele ich und taste automatisch nach ihm. »Natürlich.«

Ich kann ihnen nichts mehr anhaben, ich stelle keine akute Gefahr dar. Jetzt haben sie Zeit, sich eine Lösung zu überlegen, weil ich sie nicht töten kann, nicht ohne Magie. Ich schließe kurz die Augen und lache. Und doch sind zwei der mutigsten Schwestern verloren, da sie mir bereitwillig entgegengetreten sind, um nicht nur sich, sondern alle Schwestern zu retten.

»Es gibt etwas, das sie noch immer verbindet.«

»Wovon sprichst du?«, fragt er und lässt mich nicht aus den Augen.

»Zum Scheitern verurteilt.« Ich lache leise und traurig. »Sie haben ihre Leben sinnlos geopfert.«

»Wer?«

»Die Meerhexe und Eva natürlich«, sage ich nur. Gretchen, Gretchen war ein Unfall.

»Sie hätten dich nicht töten können?«, fragt er sofort nach.

»Nicht, ohne den Fluch auf sich zu ziehen.«

»Fluch?«, fragt er und mein Magen wird flau. Ich muss an das Orakel denken, an Kassandras Verrat. Sie wird leiden. Sie wird siechen.

So wie es der Fluch verspricht.

Weil sie ihm verraten hat, wie sie zu töten sind.

Ob er es weiß?

»Ich will nicht darüber sprechen …« Meine Stimme versagt.

Für einen kurzen Moment glaube ich, dass er weiter bohren wird, doch er belässt es dabei. Die Hand um meinen Arm führt er mich zu der Gruppe.

»Na, Schätzchen«, ruft mir ein dicker Mann entgegen. Er hat kaum Zähne und trägt eine Augenklappe. Das verbliebene Auge mustert mich lüstern. »Was hast du dir da für ein nettes Biest eingefangen. Eine Hexe, meint Olga, eine ohne Macht?«

Ich versteife mich. Sie wissen es. Kurz mustere ich jedes Gesicht. Sehe ich Furcht? Sehe ich Hass? Oder gar den Wunsch, mich zu töten? Nein, nur lüsterne Gier. Was sind das für Leute?

Der Dicke mit der Augenklappe lacht. »Was für eine nette Abwechslung von den langweiligen Bauersfrauen mit den rauen Händen und den schmutzigen Füßen. Ai, Hexenjäger, heute werden wir uns richtig vergnügen!«

»Ja«, ruft ein Zweiter und verschlingt mich mit seinen Augen. Er ist unrasiert und riecht schmutzig. »Eine außergewöhnlich schöne Hure hast du da.«

»Das muss man ihnen lassen, den verdammten Hexen: Prachtweiber sind sie«, ruft ein Dritter mit Glatze und dunklen Augen. »Ich verstehe nur zu gut, dass du sie unbedingt haben musstest! Verrat uns, wo zum Teufel du sie herhast.«

Die anderen murmeln zustimmend, doch der Hexenjäger schweigt.

»Teile deine Hure heute Nacht mit uns, Hexenjäger!«, fordert der Mann mit der Augenklappe. »Du wirst auch anständig entlohnt. Olga, gib ihm die goldene Kugel zurück!«

»Was?«, ruft sie aus und verschränkt die Arme vor der Brust. Ihre Augen funkeln. »Vergiss es! Meine Arbeit, mein Lohn. Bezahl deine Huren selbst, Vater!«

Die Männer lachen, auch Olgas Vater. Er schlägt ihr auf den Rücken. »Bist ein Miststück, Olga. Ganz wie deine Mutter!«

Das also ist Olgas Heimatdorf und der Brunnen, in den sie fiel. Ich blicke über die Schulter zurück. Ein kleines, düsteres Dorf. Schwarz sind die Häuser und Dächer, schwarz sind die Böden, als wären sie verbrannt, als hätte ein Feuer gewütet. Und plötzlich werde ich mir des durchdringenden Gestanks bewusst. Rauch, Asche und verbranntes Fleisch. So viel Asche. Und die Erinnerung an das Dorf meiner Kindheit stürzt auf mich nieder. Ich reiße die Hand zum Mund, keuche. Schwarz sind meine Finger, schwarz von Ruß. Ich schüttele die Hände, versuche das Schwarz abzureiben. Doch es klebt an meiner Haut, es klammert sich fest. Ich beginne zu wimmern.

»Hilf mir«, rufe ich erstickt. »Hilf mir!«

Lauf, mein Herz, lauf.

Ich kann nicht! Meine Füße, sie stecken in Asche!

Ich stolpere zurück. Dicke Staubflocken wirbeln auf, treiben auf mich zu, um mich herum.

Du bist anders, du hast ein gutes Herz.

Der Hexenjäger greift nach meinen Händen, er reißt mich fort. Asche, überall ist Asche!

Nicht, Lilith. Nicht!

Und die Stimme meiner Mutter reißt mich zurück in die Vergangenheit. Zurück in ein Dorf aus Menschenleibern. Und Flammen.

Überall sind Flammen.

»Nicht«, schluchzt meine Mutter, doch es ist zu spät. Zitternd stehe ich vor dem Scheiterhaufen, während um mich herum die Menschen schreien. Das Feuer leckt ihnen das Fleisch von den Knochen, schmilzt ihre Haut. Es ist heiß. Unerträglich heiß. Es stinkt so sehr, dass ich kaum atmen kann. Ich keuche und blicke hinauf zu Mama. Durch die Tränen kann ich sie kaum sehen, durch die

Tränen und die Flammen. Aber ich weiß, dass sie da ist. Ich höre ihren Herzschlag. Schwach, aber er ist da. Und ich klammere mich an die Vorstellung, dass alles ein Traum ist. Ich schließe die Augen und versuche die Schreie zu verdrängen, das Weinen und Wimmern der sterbenden Körper. Ich konzentriere mich ganz auf das Schlagen ihres Herzens. Solange sie da ist, solange ich es höre.

Ich liege in meinem Bett, sie hält mich im Arm.

Ich träume. Es ist ein schlimmer Traum. Ich habe Menschen verletzt.

Mama? Bist du da?

Und so verzweifelt ich mich an meine kindlichen Hoffnungen klammere, bringt mich die Stille doch zurück in die Realität. Und es ist eben diese Stille, die mir verrät, dass es vorbei ist. Das Dorf in den Bergen gibt es nicht mehr. Und der Herzschlag meiner Mutter ist verstummt.

Doch als ich die Augen öffne, ist da nichts als matte Dunkelheit um mich herum, erleuchtet durch das Flackern zweier Kerzen, die träge auf einer kleinen Truhe ihr Dasein fristen. Wachs rinnt in müden Sturzbächen auf das Holz der Truhe und von dort auf den in Dunkelheit getauchten Boden.

Ich liege auf einem Bett aus Kissen und Fellen. Die vagen Umrisse eines Tisches zeichnen sich vor mir ab. Ich setze mich auf. Dies ist nicht das Dorf meiner Heimat. Ich bin kein Kind, nicht mehr. Ich bin Lilith, eine erwachsene Frau. Und noch so viel mehr.

Ich schließe die Augen und atme tief durch. Der Schreck weicht aus meinen Gliedern. Es war nur ein Traum, eine Erinnerung, mehr nicht. Ich hebe den Kopf und lausche dem leisen Knistern im Wind. Eine Plane. Ich befinde mich unter einer Zeltplane. Dies ist ein Zelt.

Am Ende des Bettes liegt der Rucksack des Hexenjägers. Über der Truhe hängt sein Mantel. Sein Zelt?

Eine Bewegung im Schatten lässt mich innehalten. Jemand tritt hinter dem Tisch hervor, hat dort im Dunkeln gesessen und meinen Schlaf bewacht.

Ich kneife die Augen zusammen. Es ist nicht der Hexenjäger, nein, es ist Olga. Sie tritt in den Schein der Kerze, das Gesicht ausdruckslos.

Sie sagt kein Wort. Ich auch nicht. Was hätte ich ihr auch zu sagen?

Ich schiebe die Füße aus dem Bett. Gras. Es gibt keinen Boden, keinen Teppich, ganz so, als wäre das Zelt unter großer Hast aufgerichtet worden. Ich denke zurück an die verkohlten Häuser, die schwarzen Böden und Spuren der Verwüstung.

»Es war die Drachenreiterin, nicht wahr?«

Olga nickt, nimmt sich Zeit mit ihrer Antwort. »Vor einigen Tagen zerstörte sie unzählige Dörfer, doch sie nahm sich nicht einmal die Zeit, die Überlebenden zu töten. Nein, sie flog weiter zum nächsten Dorf und verwüstete es, als habe sie jemand sehr, sehr wütend gemacht.« Sie kneift die Augen zusammen. Sie ist ein Goldkind, sie versteht mehr von der Welt als die anderen Menschen.

»Sie hat Angst«, antworte ich.

»Warum?«, fragt Olga sofort. »Der Hexenjäger hat mir erzählt, was du ihm über das Gesetz der Magie sagtest. Ihr könnt euch nicht töten – warum also fürchtet sie dich? Sie fürchtet dich doch, nicht wahr?«

»Ja«, sage ich und blicke auf meine Hände. Sie schimmern weiß im Kerzenschein, rein und sauber. Jemand hat mir die Asche abgewaschen.

»Was, ja?«, reißt Olga mich zurück zu ihrer Frage.

»Sie fürchtet mich.«

Ob er mir die Hände gewaschen hat?

Oder sie?

»Warum?«, fragt Olga erneut.

Ich hebe den Blick und sehe sie an. Liegt die Antwort nicht auf der Hand? Ist sie denn nicht offensichtlich?

»Weil ich böse bin«, sage ich leise. »So unbeschreiblich böse.« Und weil ich sie töten kann, da ich das Gesetz zu meinen Gunsten änderte, damals, vor langer Zeit. Weil ich ihnen nie traute.

Es scheint, als wollte Olga etwas erwidern, doch sie tut es nicht. Schließlich nickt sie. »Ich habe viele Geschichten über dich gehört.«

»Ja?«, frage ich nur. Natürlich. Sie war bei Marie, der Brunnenhexe. Marie erzählte gerne Märchen. Auch die bösen.

»Weiß er es?«, fragt sie kalt.

Ich runzele die Brauen. »Weiß er was?«

Sie mustert mich lange, forscht in meinem Blick. »Du weißt es selbst nicht mehr«, stellt sie tonlos fest, »oder du willst es nicht wissen.«

»Ich weiß was nicht?« In meinem Bauch wächst ein seltsames Unbehagen. Worauf will sie hinaus?

Olga kommt langsam näher, ihre Hand gleitet über die schemenhafte Tischplatte, den Blick auf mich fixiert. »Als ich vor etlichen Jahren in den Brunnen fiel und die Brunnenhexe mich in ihrem Reich willkommen hieß … damals hasste ich euch Hexen so sehr wie heute. Ich hasste jede Einzelne. Doch mit der Zeit begann ich zu verstehen. Marie sprach über eure Kindheit, darüber wie ihr gerettet wurdet und zusammenfandet. Sie sprach über die Feenmutter.«

Olga bleibt stehen und legt den Kopf schief. Sie erinnert mich kaum noch an das Goldkind unter Tage.

»Feenmutter?«, frage ich und spüre, wie meine Zunge taub wird.

»Ja. Ich verstand, warum die Hexen wurden, wer sie heute sind. Für eine Zeit empfand ich Mitleid mit den Feenkindern von einst und hasste die Feenmutter umso mehr für das Übel, das sie über uns alle brachte, indem sie die Feenkinder verdarb.« Sie blickt mich an und neben Verachtung liegt auch etwas anderes in ihrem Blick. Etwas, das ich nicht deuten kann. »Heute weiß ich, dass jeder selbst verantwortlich ist für seine Taten. Die Feenkinder haben die Wahl, zu werden wie die Feenmutter oder einen anderen Weg zu gehen.«

»Wie Marie«, sage ich.

»Wie die Brunnenhexe«, bestätigt Olga. »Sie erlöste sich von ihrer Macht und wurde glücklich. Sie führte ein anderes Leben. Sie wollte Leben retten, so wie einst …«

»Bis der Hexenjäger sie tötete«, unterbreche ich sie und sofort verschließt sich Olgas Gesicht. »Wusstest du davon?«

Sie wendet sich ab. Ich höre die Zähne knirschen, so fest presst sie die Kiefer zusammen. »Er war lange nicht mehr da gewesen. Wie hätte ich wissen können …« Sie verstummt, dann findet ihr Blick den meinen. »Sein Weg ist ein guter Weg. Er befreit uns von den Hexen. Er erlöst uns von ihrer Herrschaft. Das Opfer der Brunnenhexe ist ein Preis, den ich bereit bin zu zahlen.«

Doch die Tränen in ihren Augen sprechen eine andere Sprache. Fast bin ich versucht, sie zu trösten und in den Arm zu nehmen. Aber ich weiß, dass sie es zurückweisen würde. Ich bin der Feind.

»Warum hat er sie getötet, wo sie doch gar keine Gefahr darstellte?«, frage ich stattdessen und sehe, wie Olga mühsam die Emotionen runterschluckt.

»Weil das Orakel es prophezeite«, faucht sie und fährt sich über die Augen.

»Das Orakel?«

Olga schnaubt. »Seit sie aufgetaucht ist, hat sich alles verändert. Zum Guten und zum Schlechten.« Ich weiß, was sie meint: Sie hat ihre Zuflucht verloren – die Wurzeln im Paradies. Heimatlos, so wie ich. »Das Orakel kam nicht nur zu ihm, sie kam auch ins Brunnenreich. Sie sprach lange mit Marie, sie weinten viel. Dann ging sie. Am Tag darauf kam er und ich folgte ihm.«

»Sie wusste es«, sage ich und denke zurück an die Erinnerung des Brunnenreiches, daran, was Marie sagte: *Ich bin der Anfang, ich bin das Ende.*

»Was hat das Orakel noch prophezeit?«, frage ich und fürchte mich doch vor der Antwort.

»Du musst überleben, damit sie sterben«, sagt sie und sieht mich an. Ihr Blick ist so tief, dass ich mich darin verlieren könnte. Ich wünschte, sie würde meine Freundin sein. Oder zumindest nicht mein Feind.

»Und was, wenn ich sie nicht töten will?«

»Ich glaube, dir bleibt keine Wahl«, murmelt Olga. »Jedem von uns liegt ein Schicksal auf. Und wir haben es zu tragen.«

»Warum hast du mich gerettet?«, frage ich und sehe sie direkt an. Ihr schimmernder Blick, ein Hauch von Gold. »Du hasst mich.«

»Ich hasse alle Hexen«, sagt sie nur. »Und du wirst uns von ihnen befreien. Du bist die Waffe. So, wie das Orakel prophezeite.«

»Das Orakel irrt sich bisweilen.«

Olga lacht. »Tatsächlich? Ich glaube kaum. Manipulieren? Ja. Irren? Nie!«

Und plötzlich muss ich sie fragen, warum sie die Brunnenwelt verließ, obwohl sie dort alles hatte, ein Leben in Frieden.

»Weil es ein Leben ohne Sinn ist«, antwortet sie knapp. »Ohne Ziel und ohne Verstand.«

»Und doch lebtest du dort viele Jahre.«

»Ich war ein Kind, ein hilfloses Kind.« Sie dreht sich um. »Komm, Hexe, lerne mein Volk kennen. Versteh, warum ich ein Leben in der Brunnenwelt dem diesen vorgezogen habe. Zumindest für eine Weile.«

Ich folge ihr aus dem Zelt, hinaus in die finstere Nacht. Unzählige Zelte reihen sich aneinander gen Horizont. Olga führt mich durch schmale Gassen zwischen matt erleuchteten Tuchwänden. Ich höre private Gespräche und andere Dinge, die ich nicht hören will. Liebe und Leben, Leid und Lust. Ich fokussiere meine Aufmerksamkeit auf Olgas Rücken, ihren wiegenden Gang. Sie ist schön, erkenne ich erneut.

Anders als ich und doch weniger menschlich, als ich damals angenommen hatte.

Ich verstehe, warum der Hexenjäger sie mag. Und das macht es noch schwerer, sie zu hassen.

Vor uns öffnen sich die unzähligen notdürftigen Behausungen zu einer Lichtung. Ein kreisrunder Festplatz, umgeben von spitzen Dächern. Feuer prasseln in der Mitte. Wildschweine hängen an Spießen, das Fett tropft zischend in die Flammen. Es duftet nach Gebratenem und stinkt nach Schweiß. Hunderte Menschen tummeln sich auf der schummrigen Wiese, tanzen und lachen, schmiegen sich aneinander. Ich höre die gackernden Schreie betrunkener Frauen, heisere Versprechen und gehauchte Liebkosungen. Die Lichtung pulsiert vor Leben und Leidenschaft.

»Was sind das für Menschen?«, frage ich Olga so laut, wie ich mich traue, ohne Aufmerksamkeit zu erregen.

»Räuber«, sagt sie, »und Flüchtlinge.«

Und tatsächlich sehen all die Menschen um mich herum verwahrlost aus, heimatlos. Viele tragen nicht mal Schuhe, die Kleidung ist zerrissen, manchmal verbrannt. Ich sehe schwelende Wunden, Verbände und geschwollene Glieder. Opfer der Drachenreiterin. Doch obwohl sie alles verloren haben, feiern und tanzen sie.

»Warum tun sie das?«, frage ich.

»Was?«, knurrt Olga.

»Warum sind sie glücklich?«

»Glücklich?« Olga fährt so plötzlich herum, dass ich sie beinahe umstoße. »Das, was du siehst, ist kein Glück, Hexe. Das ist pure Verzweiflung. Schon morgen kann die Drachenreiterin ihre Runden erneut ziehen und unser letztes Lager zerstören. Doch bis dahin leben die Menschen, als wäre es ihr letzter Tag.«

Ich nicke nur, folge dann Olga weiter durch die trunkene Masse.

Sie leben, als gäbe es kein Morgen.

Um die Feuer stehen Tische und Bänke. Dutzende drängen sich eng an eng nebeneinander. Nur eine Bank ist fast leer. Olgas Vater, zwei halb nackte Frauen und der Hexenjäger sitzen dort.

»Hallo, Olga, Schätzchen!«, ruft der Vater, als er seine Tochter erblickt. Seine Hände liegen lässig auf den Brüsten der nackten Frauen. Er bemerkt meinen Blick und beginnt, sie zu kneten. Die Frauen kichern.

»Willst du auch mal, schöne Hexe?«, ruft er lachend. »Friedbert kann auch drei zugleich. Du fällst doch nicht wieder in Ohnmacht, oder?«

Ohnmacht!

Ich balle die Fäuste und ignoriere sein grölendes Lachen. Mein Blick begegnet dem des Hexenjägers. Grinst er? Findet er das lustig?

»Komm, Hexenjäger! Deine Hure scheint nicht in Stimmung zu sein. Nimm dir eine von meinen. Oder … Olga, willst du ihn heute beglücken?«

Olga schnaubt und wendet sich um. Ich sehe die Spur von Tränen, dann ist sie in der Menge verschwunden.

»Dann nimm die hier.« Friedbert löst den Arm von einer der Frauen und schiebt sie unwirsch zum Hexenjäger. Sie verzieht den Mund zu einem Schmollen, mustert dann den Hexenjäger und das Schmollen verschwindet.

»Hallo, schöner Mann«, gurrt sie. Ich kann nicht anders, ich flüchte Olga hinterher. Doch das Bild der nackten Brüste, die sich an den Arm des Hexenjägers drücken, verfolgt mich.

Ich schiebe mich durch die wogende Menge, die zu den Liedern von Liebe und Leidenschaft eng umschlungen tanzt. Ich suche Olgas Rücken, ihre fliehende Gestalt. Da packt mich jemand am Handgelenk und wirbelt mich herum. Ehe ich mich versehe, liege ich in den Armen des Hexenjägers. Er zieht mich eng an sich. Während um uns herum die Menschen tanzen und lachen, stehen wir still. Es gibt nur heute, kein Morgen. Es gibt nur diesen einen Moment. Ich sehe in seine trunkenen Augen, rieche den Alkohol in seinem Atem.

»Hexe«, flüstert er.

Dann küsst er mich. Und ich fühle die Verzweiflung der anderen, verstehe die Sehnsucht nach Nähe und Zuneigung in einer vom Ende bedrohten Welt. Ich lasse mich fallen in den Armen des widersprüchlichsten Mannes, der mir je begegnet ist. Mein Herz schlägt in seiner Brust. Es schlägt nur für ihn.

Er hebt mich hoch und löst nicht einmal seine Lippen von mir. Er trägt mich durch die Menge, fort von den Menschen, den Räubern und all jenen, die morgen schon tot sein können. Er trägt mich vorbei an den Zelten, hinter denen sich Paare lieben, Kinder schlafen und von einer besseren Welt träumen. Die ganze Zeit klammere ich mich an ihn und fürchte nichts so sehr wie den Moment, in dem er mich für immer loslassen wird, um mich zu töten. Denn er ist mein Feind. Und doch fühlt sich der Gedanke so falsch und fremd an. Ich kann nicht sein Feind sein. Nein!

Dann sind wir da, zurück im Zelt. Er setzt mich ab und für einen Moment lösen wir uns voneinander, stehen da und sehen uns an. Er schwankt leicht, doch sein Blick ist fest. Meine Wangen brennen, meine Lippen prickeln. Ich spüre noch den Kuss, will ihn weiter küssen. Doch er starrt mich nur an, mit diesen dunklen Augen und ich sehe den Kampf in ihnen. *Willst du mich lieben?*

»Du bist betrunken«, sage ich, um irgendetwas zu sagen.

»Und du bist so schön wie am ersten Tag«, entgegnet er rau und streckt eine Hand nach mir aus. Er greift nach dem Zopf, so wie er es schon Dutzende Male zuvor tat. Er runzelt die Stirn, fährt über die gekürzten Spitzen. Erinnert es ihn an meine Flucht und wie die Barriere der Eishexe uns trennte?

»Du wolltest mich töten«, flüstere ich.

Er nickt vage, fixiert weiter den Zopf. »Ich bin froh, dass ich es nicht tat.«

Ich schlucke, mein Herzschlag beschleunigt sich. *Liebst du mich?*, möchte ich fragen und tue es doch nicht.

»Was tust du nur mit mir«, murmelt er und endlich sieht er mich wieder an. Seine Augen schimmern tiefgrün, die Schwärze verschwindet. »Du hast mich verzaubert.«

»Ich habe nichts dergleichen getan«, entgegne ich und doch stimmen seine Worte zum Teil, denn meine Feenausstrahlung zieht ihn in den Bann, so wie sie alle Menschen anzieht. Es ist unsere Natur.

»Du bist eine Hexe!«

»Ja«, seufze ich. »Und doch stehst du hier mit mir in deinem Zelt und willst mich. Du willst mich küssen.«

Er lacht heiser. »Bei Gott. Ja.«

Ich hebe die Brauen. Er gibt es zu. Als wäre es die selbstverständlichste Sache der Welt, als wären wir Mann und Frau, füreinander geschaffen, nicht Feinde, die schon morgen der Tod trennen kann.

»Ich will dich küssen«, gesteht er und kommt langsam näher, die Hand an meinem Zopf wandert höher, die dicken Flechten hinauf. »Ich will dich berühren und spüren.« Seine Finger streifen sanft meine Haut, über den Hals, zum Kinn und zu den Lippen. Dann drängt er mir entgegen, eine Hand umfasst meine Taille, presst meinen Körper an seinen. Selbst durch die Rüstung spüre ich die Hitze. »Ich will, dass du mich willst«, murmelt er heiser, während seine Finger mich weiter streicheln. Ich spüre ihn überall, ich rieche ihn, den Alkohol und die Lust. Vielleicht sollte ich gehen und das hier nicht zulassen, um mein Herz zu schützen. Doch noch im selben Augenblick presst er seine Lippen auf die meinen und ich weiß, dass ich verloren bin, es vom ersten Moment an war.

Er ist mein Schicksal.

Ich weiß nicht, wie ich aus der Rüstung komme oder er aus seiner, irgendwann sind sie weg und nichts ist mehr wichtig, nur er und die geflüsterten Worte, die mir alleine gelten, seine Augen, die mich nicht loslassen und seine Hände überall. Wir schaffen es kaum bis zum Bett, ich klammere mich an ihn, flüstere seinen Namen. Verzweiflung, unsere Küsse schmecken nach Verzweiflung. Ich merke, dass ich weine und gleichzeitig lache. Er streift die Tränen fort. Ich denke an unser erstes Mal im Haus der Sieben – und dann denke ich gar nichts mehr.

Wir lieben uns oft in dieser Nacht, kaum döse ich erschöpft ein, als er mich wieder weckt, streichelt und küsst, als könnte er nicht genug von mir bekommen. Ich gebe mich ihm hin und verliere mich jedes Mal mehr.

Hexenjäger, Jäger, Jäger, du stahlst mein Herz, du nahmst es dir. Hexenjäger.

Dann schläft auch er. Ich höre den gleichmäßigen Atem. Sein Arm liegt noch um mich geschlungen, die Augen geschlossen. Ich sehe ihn an, den Mann, dem meine Seele gehört. Eine Zeit lang hatte ich geglaubt, er würde niemals schlafen und vielleicht tut er es heute nur, weil er trunken ist … von mir.

Überall auf seinem Körper gibt es Spuren von früheren Kämpfen. Sanft fahre ich die Narben mit den Fingerspitzen nach und fühle mich ihm so nah wie noch nie. Er brummt im Schlaf, zieht mich noch näher heran.

Er berührt etwas tief in mir, das selbst den letzten Hauch der Königin in mir zum Schweigen bringt. Seine Berührung, seine Arme, sie geben mir Kraft.

Seine Hände halten mich zärtlich, doch brachten sie meinen Schwestern den Tod und werden ihn weiterhin bringen. Vielleicht auch mir.

Ich streiche ihm vorsichtig durch die Haare.

»Vielleicht darf ich dich nicht lieben«, hauche ich. »Aber ich tue es … Ich tue es.«

Hinter ihm sehe ich, wie sich die Zeltplane bewegt und ich meine, einen kurzen Blick auf Olga zu erhaschen, bevor sie verschwindet.

»Und sie liebt dich auch«, murmele ich, ehe ich den Kopf an seine Brust schmiege. »Nur du … du liebst keine von uns.«

Die schwarzen Krieger der Lüfte

Das Rauschen der Flügel – ich höre es kaum. Erst die aufgeregten Stimmen holen mich zurück aus der trunkenen Sicherheit in den Armen des Hexenjägers … und aus den Albträumen. Ich öffne mühsam die Augen, kämpfe gegen die matte Müdigkeit und die Schreie in meinem Kopf, da steht er schon neben dem Bett und springt in seine Hosen.

»Was …?«

»Bleib hier!«, herrscht er mich an und greift nach dem Schwert, dann läuft er los.

So schnell ich kann, steige ich in meine Rüstung. Draußen schwillt das Rauschen zu einem Orkan an. Das ist nicht die Drachenreiterin … nein, es sind Vögel!

Ich stürze hinaus. Die Nacht hängt noch über den Zelten, mit ihren schwarzen Armen und dem mondlosen Himmel. Doch ist die Gefahr unmöglich zu übersehen, in der wir alle schweben.

Ein dunkler Rabenschwarm kreist über der Zeltstadt. Das Schlagen der Schwingen erfüllt die Luft. Überall laufen Menschen umher, brüllen sich etwas zu. Ich sehe, wie sie Waffen holen, andere weinen, verstecken sich blass in den Zelten und linsen heimlich zum Schwarm hinauf. Ich laufe los, suche den Hexenjäger.

Ich stolpere durch die Gänge, versuche, nicht über die zeltspannenden Seile zu fallen und gleichzeitig nicht die vagen Umrisse der Vögel aus den Augen zu verlieren. Es ist zu dunkel, erst in ein paar Stunden wird der Tag die Nacht vertreiben. Bis dahin wird viel passieren. Dann bin ich am Zeltplatz. Hunderte Menschen stehen noch da, gebannt von dem Schauspiel, vielleicht auch erstarrt in Furcht. Die Freude und Ausgelassenheit ist vergessen. Die Fackeln und Grillfeuer brennen noch, die Instrumente der Musiker liegen achtlos auf der Bühne: Erinnerungen an eine Nacht, deren Ende ungewiss ist.

Plötzlich wird es still und es scheint, als würden alle kollektiv den Atem anhalten.

Ich stocke und hebe den Blick, sehe zum Schwarm hinauf. Für einen kurzen Moment verharren die großen Vögel in ihrer Bewegung, als würden sie den Moment genießen.

Dann zischen sie nieder wie eine schwarze Woge und treiben die Menschen auseinander. Alle fliehen, stolpern und kreischen. Manche gehen zu Boden, andere trampeln darüber. Nur wenige kämpfen. Aus den Schreien wird Stöhnen. Wunden werden gehackt, Augenlichter genommen. Jemand rempelt gegen mich, ich werde getrieben, im Strom der Flüchtigen, die Vögel allüberall, ihre Krallen und messerscharfen Schnäbel. Irgendwo schreit eine Frau und ihr Schrei hallt endlos, treibt mir die blanke Furcht in die Knochen.

»Hexenjäger«, flüstere ich und weiß doch nicht, wohin. Inmitten der Masse werde ich weitergezogen, verzweifelt bemüht, nicht auf die am Boden Liegenden zu treten – und noch immer schreit die Frau. Ich suche ihn, doch finde ihn nicht. Tausend Gesichter, manch eines blutüberströmt

»Hexenjäger!«, rufe ich und suche einen Weg aus dem Pulk, quetsche mich an einem Mann vorbei, dessen halbes Ohr fehlt. Blut läuft ihm über die Wange. Die Augen sind schreckensbleich, als stünde der Tod in ihnen.

»Sie sind überall!«, schreit er schrill. »Wir können nicht entkommen. Wir können nicht entkommen.«

Er packt mich grob an den Schultern. Seine spitzen Finger bohren sich in mein Fleisch. Er spuckt beim Sprechen. »Sie sind hier, um uns zu töten! Sie werden uns alle töten. Wir werden alle sterben!«

»Lass mich los!«

»Wir werden sterben!«, schluchzt er, dann gibt er mich frei. Ich stolpere von ihm weg, finde ein Loch in der Masse, dann bin ich raus aus dem Strom. Ein Blick zeigt mir, dass ich noch auf dem Zeltplatz bin. Die Menschen drängen den Ausgängen zu, werden zurückgetrieben von den Raben. Überall sind sie und treiben ihre Beute zusammen, töten einen nach dem anderen. Die Frau … ihr Schrei verstummt … und ich ahne, was es bedeutet.

Der Boden ist übersät mit zerhackten Körpern. Manche bewegen sich noch, andere liegen stumm und starr.

»Oh Gott!«, wispere ich. Eine Hand greift nach meinem Knöchel.

»Hilf mir!« Die Stimme kommt von irgendwo aus einem zerfleischten Gesicht.

Ich schlage die Hände vor den Mund, unterdrücke den Schrei, unterdrücke die Übelkeit.

So nah … so nah war ich noch nie. Nicht am Leid. Ich keuche, taumele zurück, stürze über eine leblose Frau. Ihr Herz steht still.

Für sie ist der Kampf vorbei.

»Oh Gott!« Meine Stimme bricht. Ich torkele zwischen den Verwundeten, den Sterbenden, den Toten … »Hexenjäger, Hexenjäger!«

Dann ist er bei mir, zieht mich fort zu den Tischen, schubst mich darunter.

»Bleib da hocken, verstanden!«

Kurz spüre ich Erleichterung, ehe die Panik zurückkehrt.

»Aber …«

»Du bleibst da!« Er beugt sich nieder, streicht kurz mit dem Daumen über meine Lippen. »Bleib hier! Rühr dich nicht vom Fleck. Ich hole dich, sobald es vorbei ist.«

Dann ist er fort. Um mich herum taumeln erblindete Menschen. Ein Mann stolpert über die Bank und bleibt wimmernd vor mir liegen, die leeren Augenhöhlen starren mich an. Es ist der Mann mit dem fehlenden Ohr. Mir wird schlecht. Keuchend presse ich mir die Faust auf den Mund, unterdrücke ein Schluchzen. Friedberts nackte Frauen hocken unter dem nächsten Tisch. Wimmernd klammern sie sich aneinander, weit sind ihre Augen. Zwei große Raben landen auf dem winselnden Mann. Sie hacken auf seinen Kopf. Eine der Frauen kreischt. Ein Rabe sieht auf. Mit wachsamen Augen fixiert er sie, dann hüpft er hinüber. Ich höre sie schreien, sehe die Panik in all ihren Bewegungen, wie sie rückwärtsrobben, fort von dem großen Vogel, dem sie nicht entkommen können.

Hilflos sitze ich da, ohnmächtig, gezwungen zuzusehen, ohne helfen zu können. Ich balle die Hände zur Faust, rufe nach der Magie der Gefiederten. Ich spüre, wie sie die Raben umgibt, wie sie in der Luft liegt, aber sie antwortet mir nicht. Der Fluch der Eishexe hält mich gefangen. Der große Vogel hackt nach der Ferse der ersten. Ich sehe Blut spritzen und fasse einen Entschluss. Schnell winde ich mich unter dem Tisch hervor, greife nach einem Messer von den Tellern und ramme es dem ersten Raben in den gefiederten Körper. Er krächzt – der zweite fährt herum, die Augen schwarz wie die Nacht. Ich glaube, meine Schwester in ihnen zu sehen. Und sie sieht mich. Für einen Moment ist es totenstill auf dem Platz. Ich ziehe das Messer aus dem Körper des Tieres und mit ihm reiße ich den Federnmantel ab. Zurück bleibt eine blutende, nackte Frau. Sie hebt den schwarzen Blick und sieht mich an.

»Da bist du«, flüstert sie. »Da bist du ja.«

Im nächsten Augenblick schwärmen sie von allen Seiten herbei, brechen aus der Dunkelheit und ergießen sich wie ein Orkan um den nackten Körper. Ich werde zurückgestoßen. Krallen und Schnäbel und das Rauschen der Flügel. Ich kriege keine Luft, klammere mich an das Messer, meinen einzigen Halt, steche nach ihnen, doch alles, was ich erwische, ist Luft. Dann verschwinden sie und mit ihnen die verwundete Frau. Das Schlagen der Flügel verstummt am Horizont. Friedberts Frauen beginnen zu weinen. Um uns herum erhebt sich Wehklagen und Stöhnen. Tote müssen geborgen werden, Verletzte versorgt.

Ich stehe da, auf dem Schlachtfeld und die einzige Spur der schwarzen Krieger der Lüfte ist der schimmernde Federmantel in meinen Händen.

Ich taumele zurück an den Tisch. Lehne mich an, hole Luft. Versuche zu atmen. Ein und aus. Ich rieche den Tod. Überall rieche ich den Tod. Ein und aus. Ich schmecke die Angst. Sauer und bitter liegt sie auf meiner Zunge, füllt mir den ganzen Mund. Mir ist schlecht. Und der Schmerz, ich spüre all den Schmerz. Meine Augen brennen. Hastig wische ich die Tränen fort.

Friedberts Frauen schluchzen. Sie halten sich fest, wiegen sich in ihrem gemeinsamen Leid.

Wie Schwestern …

»Rabenmutter«, flüstere ich und fahre mit bebenden Fingern über die blutgetränkten Federn des Mantels. Dann stopfe ich ihn samt Messer unter mein rotes Cape.

Olga läuft mit einer Fackel über den Platz, bückt sich nach all den geschundenen Körpern, sucht Herzschläge und leise Atemzüge. *Sie sind fast alle tot*, möchte ich sagen. Doch sie wird weitersuchen, zwischen all den Verlorenen, so lange, bis sie sich selbst überzeugt hat. Einige Männer folgen ihr, befreien die Erde von den Toten, damit die Verletzten geborgen werden können. Sie bauen Bänke und Liegen auf, Dutzende Liegen.

»Steh hier nicht rum!«, faucht Olga mich an. »Hilf uns lieber!«

»Helfen?« Ich kann mich kaum rühren.

Hinter ihr wird ein Junge auf die erste Bank gelegt. Er schreit ununterbrochen. Doch sie legen ihn nur ab, denn sie müssen weiter.

Seine Schluchzer hallen über den Platz.

»Geh zu ihm!«

»Was?«

Olga erhebt sich von dem Toten zu meinen Füßen. »Geh zu dem Jungen.«

»Warum?«, flüstere ich.

»Weil ich keine Zeit habe, es zu tun und die anderen auch nicht.« Sie sieht mich eindringlich an. »Sei bei ihm!«

»Aber … was soll ich tun?«

Sie verharrt, dreht sich um. Einen Moment lang mustert sie mich nachdenklich. »Du kannst nicht viel tun. Sei einfach da. Halte seine Hand. Und dann wartest du.«

Ich schlucke. »Warten … worauf?«

Doch Olga ist schon weiter, gibt Befehle, dirigiert die Helfer.

Sie organisiert das Leid, kategorisiert es in Tote, jene, denen geholfen werden kann, und in jene … die warten müssen auf das Ende.

Zögernd blicke ich zum Jungen. Er mag höchstens sechzehn sein. Eher jünger. Er wimmert.

Halt seine Hand! Halt seine Hand!

Mir bleibt keine Wahl.

Obwohl sich alles in mir sträubt und ich nichts als fliehen will, gehe ich zu ihm und knie nieder.

Seine Augenhöhlen sind leer, der Mund qualvoll verzogen. Er hat Wunden überall auf der Brust, an den Armen und dem Hals.

Zögernd strecke ich eine Hand aus, greife nach den blutigen Fingern.

Als er meine Berührung spürt, verebbt der Schrei und er beginnt zu schluchzen.

»Psst«, flüstere ich und streiche ihm die Haare aus der Stirn, drücke seine Finger sanft.

»Ich … habe … Angst«, keucht er. Sein Atem rasselt. Ich höre das Blut in seinen Lungen.

»Ich auch«, gebe ich leise zurück. »Ich auch.«

»Wer … bist …« Er hustet, spuckt Blut.

»Lilith«, sage ich erstickt. »Ich heiße Lilith.«

»Lilith«, flüstert er.

Ich nicke, obwohl er es nicht sehen kann. Die Tränen stecken in meinem Hals. Ich schlucke, doch sie wollen nicht weichen.

»Hast du Familie?«, frage ich, weil ich die Stille nicht ertrage, nicht das Schlagen seines Herzens, das so verzweifelt kämpft.

»Nicht … mehr«, bringt er hervor. Er muss nichts weiter sagen. Ich ahne, dass er sie an eine meiner Schwestern verloren hat. Was macht es schon für einen Unterschied, ob es die Drachenreiterin, die Eishexe oder eine andere war? Seine Familie ist tot. Meine Schwestern bringen den Tod.

Ich hebe seine Hand an meine Wange.

Wie oft befahl ich den Angriff der Vögel?

Ich schließe die Augen, sehe all die Städte und Dörfer vor mir, zerstört auf meine Befehle. Ich weiß nicht, wie viele starben. Zu viele, als dass ich sie hätte zählen können. Gäbe es Listen, so wären sie endlos.

»Es tut mir leid«, flüstere ich. »Es tut mir so leid.«

Seine Hand klammert sich an meine. Er zuckt und stöhnt.

Ich streiche ihm über das Haar, dann lege ich meinen Kopf neben den des Jungen, die Finger mit seinen verschlungen. Für einen winzigen Moment begreife ich, warum die Eishexe die Bilder schafft, die Bilder in ihrem Palast aus Eis. Die Bilder all ihrer Opfer.

»Ich werde bei dir bleiben.« *Bis zum Schluss.*

Schuld

»Ach, wie gut, dass niemand weiß …«

Sie wissen nicht, wer ich bin. Sie wissen nicht, dass unter meinem roten Cape ein schwarzer Federmantel steckt. Verborgen. Relikt meiner Schwester.

Ich bin wie sie.

»Hexe«, flüstere ich. Es ist das erste Mal, dass ich mich als Hexe betrachte und nicht als Fee. »Hexe«, flüstere ich erneut und blicke von den durch Fackeln erhellten Lagern der Verwundeten zu den abgedeckten Körpern der Verlorenen im Schatten. Und die Schuld Tausender Jahre droht mich niederzudrücken, zu ersticken.

»Setz dich, hol kurz Luft und dann mach weiter«, sagt Olga und schiebt mich auf die gerade frei gewordene Bank. Der Junge hat es nicht geschafft. Das Holz ist noch warm von seinem Körper. Jetzt wird er zwischen den Toten im Dunkeln aufgebahrt und erkalten.

»Er war so jung«, sage ich und beobachte, wie sein Leichnam im Schatten verschwindet. Meine Finger suchen nach seiner Hand. Die plötzliche Leere fühlt sich falsch an.

Olga grummelt irgendetwas und geht weiter. Sie hat noch viel zu tun. Sie hat keine Zeit zu leiden. Doch ich kann nicht anders, als die Leichentücher anzustarren, deren Umrisse schwach zu erahnen sind. So viele Tote. Und es werden mehr.

»Furchtbar, nicht wahr?«

Ich fahre herum und sehe in die Augen der Siebten Fee. Sie steht neben mir und sieht zu mir nieder, der Blick klar vor Trauer.

»Es ist anders, wenn man es von dieser Seite betrachtet«, fährt sie fort und streicht einer wimmernden Frau über den Kopf. Das Wimmern weicht, die Züge entspannen sich. Dann seufzt sie und schließt die blicklosen Lider. Aber sie ist nicht tot, nein, ich höre ihren Herzschlag, kräftiger als zuvor und regelmäßig.

Die Siebte Fee lächelt und geht weiter. Sorgsam sucht sie ein nächstes Opfer der Raben und streicht ihm über die Stirn.

»Was willst du hier?«, frage ich misstrauisch und folge ihr.

»Wir Feen bringen schon immer Leid über die Welt. Meinst du nicht, es ist an der Zeit, ihr etwas Freude und Hoffnung zurückzugeben?«

»Was willst du?«, wiederhole ich und höre das Knurren der Königin. Die Magie der Siebten Fee ist schwach, aber doch stark genug, um die Königin zu wecken.

Ohne mich anzusehen, berührt sie einen jungen Mann, schenkt ihm Ruhe und Schlaf.

»Ist das nicht offensichtlich?«, fragt sie. Stirn um Stirn berührt sie die Verletzten.

»Du heilst die Sterbenden«, antworte ich.

»Heilen?« Sie lacht leise, fast ein wenig traurig. »Nein, heilen kann ich nicht. Ich gewähre Wünsche. Ich schenke letzte Träume und manchmal sogar Chancen. Verdient nicht jeder eine zweite Chance?« Sie hebt den Blick und sieht mich direkt an.

Ich presse die Lippen zusammen. Sie nickt, fährt dann fort, durch die Reihen zu gehen. Das Wimmern verstummt, die Schreie verebben. Doch niemand scheint die zierliche Frau im grauen Flickenmantel zu sehen. Niemand bemerkt ihre milden Gaben.

»Ich bin die Schenkende«, sagt sie leise und küsst ein Kleinkind auf den Scheitel.

»Die gute Fee«, flüstere ich.

»Ja, so nennen mich manche«, gibt sie lächelnd zu. »Ich komme zu all jenen, die Hilfe benötigen. Den Kindern und Schwachen. Und den Opfern meiner Schwestern. Ich habe viel zu tun in diesen Tagen.«

Ich sehe zurück über den Zeltplatz. Der Morgen beginnt zu grauen und das Ausmaß des Angriffs wird sich bald offenbaren. Das Licht des Tages wird die Schrecken der Nacht vertreiben, aber die Wunden werden bleiben. Und die Toten sind auf immer verloren. So wie der Junge … so wie meine Schwestern. In all dem Schmerz sind sie mir präsenter als je zuvor. Es ist, als könnte ich sie noch spüren. Gretchen und Eva, Marie, das Rattenbiest, die Meerhexe. Sie alle sind verloren.

Genauso Elle.

»Wohin gehen sie?«, frage ich erstickt.

»Wer?«, fragt meine Schwester.

»Die Toten«, flüstere ich, »wohin gehen die Toten?«

Ich spüre ihre Hand auf meiner Schulter, spüre die Ruhe ihres Zaubers. Die Königin in mir revoltiert, doch ich lasse es zu. Die Schenkende gibt mir einen winzigen Halt in dem Sog aus Schmerz, der mich zu verschlingen droht. »Wo sind sie alle? Wo ist Elle?«

Noch nie musste ich mich mit dem Tod auseinandersetzen, mit dem Danach.

Warum auch? Wir Feen wähnten uns unsterblich, geschützt durch das Gesetz, unbesiegbar durch unsere Macht. Ungebunden und frei.

Frei? Ich schließe die Augen, kämpfe gegen die Tränen. Und doch sterben sie, eine nach der anderen. Durch meine Hand. Und ich Stück für Stück mit ihnen.

Alles, was bleibt, ist ein Hauch von Erinnerung. Und ich falle.

»Ich töte sie«, schluchze ich und die Schuld nimmt mir die Luft. »Ich wünschte, all dies, wäre nie geschehen, nichts davon! Wenn … ich nur keine Fee wäre.«

»Wir sind, wer wir sind«, flüstert meine Schwester.

»Ich verliere sie jede Nacht. Ich verliere sie immer und immer wieder. Ich erlebe ihren Tod und kann nichts tun. Sie sind weg, sie alle …« Ich schlucke und meine Stimme ist rau. »Sie sind tot, weil ich die Königin bin.«

Sie schweigt. Was gäbe es auch zu sagen, dass meinen Schmerz lindern könnte? Meine Schuld bleibt. Sie ist gewiss. Ich weiß es und die Siebte Fee weiß es. Unsere Schwestern starben durch mich. Selbst Elle starb meinetwegen. Ich bin schuld.

»Wo ist Elle?«, frage ich und blicke zu den verblassenden Sternen. Mein Hals brennt, ich kann kaum schlucken.

»Sie ist an einem guten Ort«, sagt die Siebte Fee und drückt sanft meine Schulter, dann dreht sie mich herum, fixiert mich. »Ich wollte nicht glauben, was die Eishexe mir anvertraute. Sie sagte, Lilith sei zurück und die Königin schwach.«

Ich schlucke den Aufschrei hinunter. Die Schenkende nickt. Sie hat den Zorn der Königin in meinen Augen gesehen. »Sie ist also da.«

Ich recke das Kinn empor.

»Gut«, sagt die Siebte Fee und lächelt. »Denn was ich zu sagen habe, soll sie hören.« Sie legt ihre zweite Hand auf meine andere Schulter. Sie hält mich fest und ihre Wärme durchfließt mich. Ich fühle mich geborgen, ich fühle mich sicher. Der Schmerz wird erträglich, zumindest für den Moment.

»Sieh mich an!«, fordert die Fee und ich hebe den Blick. Ihre Augen sind meine Augen. Und ich frage mich, wie ich je die Güte in ihnen übersehen konnte? Wie ich meine Schwester nicht wahrnehmen konnte? Die eine Gute zwischen den Verdorbenen.

»Ich verzeihe dir, Lilith. Und ich verzeihe der Königin. Ja, sogar der Feenmutter.«

»Was …?«, stammele ich und sinke nieder, doch der Griff meiner Schwester hält mich aufrecht. Sie hält mich fest.

»Ich verzeihe dir«, flüstert sie und ich sehe die Tränen in ihren Augen, spüre die Tränen auf meinen Wangen. Dann beugt sie sich vor und ihre Lippen berühren meine Stirn. Ein zärtlicher Kuss, eine sanfte Erlösung, dann ist sie fort und ich sinke nieder.

Mein Herz seufzt, die Königin verstummt. Ich spüre sie nicht. Ich spüre nichts außer der Erde unter mir und dem erwachenden Morgen. Es ist, als hätte sie all mein Leid für einen Moment gebannt, all meinen Schmerz. Ich lege den Kopf in den Nacken, der Federmantel wiegt schwer. Die ersten Sonnenstrahlen tauchen das Lager in ihr sanftes goldenes Licht, streicheln mein Gesicht, wischen die Tränen fort.

»Befana«, flüstere ich, weil ich mich endlich erinnere, an sie, an ihren Namen, an ihr strahlendes Herz. »Befana.« In mir beginnt ein kleiner Funke zu schimmern, ein sanftes Licht. Hoffnung, ein Schimmer Hoffnung.

Elle geht es gut. Sie ist fort. Aber es geht ihr gut.

Es geht ihnen allen gut.

Frieden

Tod den Raben! Tod den Hexen!

Ich lese es in all den Augen, den verbliebenen.

Sie wollen frei sein von Tod und Unterdrückung, sie wollen Frieden. Dabei kennen sie keinen Frieden und doch sehnen sie sich nach ihm.

Ich glaube nicht, dass es jemals vollkommene Ruhe geben wird. Sollten die letzten Feen fallen, so werden es die Menschen sein, die sich selbst das Joch der Unterdrückung auferlegen. Menschen unterscheiden sich nicht so sehr von uns, wie sie glauben.

Ich sehe den Hexenjäger am Rande in einer Gruppe Männer stehen, während ich selbst beim Zubereiten des Essens helfe. Es geht weiter. Selbst nach einer Nacht wie dieser geht das Leben weiter. Ich schäle Kartoffeln, lausche den Worten der kochenden Frauen und kann doch nicht anders, als immer und immer wieder zu ihm zu blicken.

Einst erzählte er mir von den Menschen, ihrem Verantwortungsbewusstsein, ihrem Willen nach Verbesserung. Und doch glaube ich hier und heute, dass nicht alle so sind, wie er es gerne hätte.

Olgas Vater, ich höre wie die Frauen über ihn sprechen, wie er sich beim ersten Anzeichen der Vögel verkrochen habe, nur um seine eigene Haut bemüht. Er kennt keine Verantwortung, nicht für die Menschen, mit denen er zusammenlebt, nicht einmal für seine einzige Tochter. Für niemanden außer sich selbst.

Wir Feen … nein, wir Hexen töten. Und doch hüten wir alle etwas. Marie die Goldkinder, die Rabenmutter ihre Vögel, die Drachenreiterin den Drachen, Befana die Opfer.

»Wir sind nicht so böse, wie alle glauben«, murmele ich leise und blicke über die leeren Liegen. Nur wenige Verwundete haben überlebt – und jene, die mit dem Leben davonkamen, werden auf ewig gezeichnet sein.

Erneut findet mein Blick den Hexenjäger. Er steht seitlich zu mir. Sein Schwert hängt lässig herab, fast so, als ruhe es für einen Moment, ehe …

Er dreht sich um, fixiert mich, als hätte er meinen Blick gespürt.

»Er ist ein hübscher Mann, nicht wahr?«, kichert eine alte Frau mit Kopftuch neben mir.

»Wie bitte?«

»Der Hexenjäger«, sagt sie und nickt zu ihm.

»Er hat das Äußere eines Tigers und den Blick eines Raubtieres«, ruft die rothaarige Frau auf der anderen Seite von mir. »Sieh ihn dir an, den Mann. Wer, wenn nicht er, kann in der Lage sein, die Hexen zu vernichten?«

»Ich weiß nicht«, sage ich nur.

Die Alte gackert.

Das Mädchen uns gegenüber beugt sich über den Tisch. In den Händen hält sie blutrote Möhren, zerhackt sie mit einem Messer.

Es gleicht jenem, das verborgen unter meinem Cape im Federmantel steckt. Sein Schaft drückt sich an meinen Bauch.

Eine Waffe.

Ich bin nicht wehrlos, nicht mehr. Ich brauche nicht die Magie, solange ich meine Hände habe.

»Er hat wunderschöne Augen«, schwärmt sie. »So schwarz wie die Nacht!«

»Grün«, sage ich, »sie sind grün.«

»Was?«, fragt sie irritiert.

Hinter ihr sehe ich, wie der Hexenjäger einen Blick zu uns wirft, ehe er sich schnell abwendet – und doch meine ich, ein flüchtiges Stirnrunzeln gesehen zu haben.

»Ach, nichts.« Schnell greife ich nach der nächsten Kartoffel und beginne, die braune Schale abzuschaben.

»Na, jedenfalls ist er ein wahres Wunder«, fährt das Mädchen fort. »Man erzählt sich, er habe die Giftmischerin mit nur einer Hand erledigt, einfach so. Zack, war sie tot! Und die Brunnenhexe soll er blind enthauptet haben!«

»Dem Rattenbiest soll alleine bei seinem Anblick das Herz stehen geblieben sein!«, steigt die Rothaarige begeistert mit ein.

Ich versuche, nicht hinzuhören, die abstrusen Geschichten über die Tode meiner Schwestern. Was wissen sie schon von der Wahrheit. Und wenn sie sie kennen würden, würde es etwas ändern? Die Hexen sind tot und er hat sie getötet. Das ist alles, was zählt.

»Was meinst du?«

»Was?«, frage ich lahm, als ich begreife, dass ich gemeint bin.

Das blonde Mädchen starrt mich groß an, verdreht dann lachend die Augen. »Na, der Hexenjäger. Wir sprechen doch die ganze Zeit über ihn!«

»Mhm.«

Sie braucht einen Moment, ehe sie begreift, dass ich nicht zugehört habe. Sie schnalzt mit der Zunge, beugt sich dennoch vor. »Meinst du, der Hexenjäger sucht eine Frau?«

Die Alte neben mir lacht glucksend. »Wenn er eine will, dann nicht eine wie dich.«

»Und warum nicht?« Sie verschränkt empört die Arme. »Olga jedenfalls will er nicht!«

»Nicht?«, fragt die Rothaarige sofort und lässt ihre halb geschälte Kartoffel sinken.

Ein Lächeln stiehlt sich auf die dunkelgefärbten Lippen des Mädchens, als sie Interesse bemerkt. »Nun, er kommt ja schon lange her. Man erzählt sich …«

»Man erzählt sich viel!«, unterbricht die Alte an meiner Seite sie sanft.

Doch das Mädchen wedelt nur unwirsch mit der Hand, ehe sie fortfährt.

»Man erzählt sich, er sei als junger Mann zu den Räubern gestoßen und habe eine Zeit lang bei ihnen gelebt. Doch als Olga, die Tochter des Räuberhauptmannes, in den Brunnen fiel, war er der Einzige, der sie suchen ging. Man sah ihn viele Jahre lang nicht mehr. Natürlich hörte man von seinen Taten. Doch eines Tages kehrte er mit Olga zurück. Er hatte sie gefunden!«

Die Rothaarige nickt nur. Das Mädchen scheint etwas mehr Begeisterung zu erwarten, fährt aber trotzdem fort.

»Und erst glaubten alle, die beiden würden nun heiraten, doch sie taten es nicht. Olga verschwand wieder, mal für Jahre, mal nur für kurze Zeit. Niemand weiß bis heute, wo sie all die Jahre lebte, wohin sie verschwand. Auch der Hexenjäger zog wieder aus. Die Geschichten über ihn wurden gewaltiger, gefährlicher. Bis er es sogar schaffte, die ersten Hexen zu töten. Und jetzt sind sie beide wieder hier.«

»Hör auf, so viel dummes Zeug zu reden!«, grunzt die Alte. »Schneid lieber die Karotten!«

»Ich kann schneiden und reden zur gleichen Zeit«, ruft das Mädchen lachend, wirft sich die blonden Locken über die Schulter und funkelt uns verschwörerisch an. »Unter den Frauen des Lagers wird spekuliert, für wen sein düsteres Herz schlägt. Man munkelt, ihn gestern mit einer Frau in seinem Zelt gehört zu haben.«

»Nein!«, ruft die Rothaarige aus.

»Aber es weiß niemand etwas Genaues«, fährt das Mädchen lächelnd fort. »Nur, dass es nicht Olga war.«

Die Rothaarige lacht triumphierend.

»Im Zelt«, wiederhole ich nur, und fast ist es mir, als könnte ich seine Küsse noch spüren, seine Hände auf meiner Haut.

»Wenn du mich fragst …«

»Es fragt dich keiner!«, ruft die Alte seufzend.

»… dann glaube ich die ganze Zeltsache nicht«, fährt sie fort. »Mit Sicherheit hat sich das nur eine der anderen Frauen ausgedacht, um uns von ihm fernzuhalten. Weißt du, es gibt einige, die gerne einen so starken und mächtigen Mann an ihrer Seite wüssten.«

»Oder in ihrem Bett«, wirft die Alte ein und muss schmunzeln.

»Oder das.« Auch das Mädchen grinst.

»Ich würde alles dafür tun!«, ruft die Rothaarige inbrünstig.

Alles?, frage ich mich stumm, lächele jedoch zustimmend.

Er tötet und wird zum Helden, zum Schwarm der Frauenherzen.

»Nun sag schon, ist er nicht süß?«, flüstert das Mädchen und sieht kichernd zurück zu ihm.

»Unglaublich süß!«, stimmt die andere bei.

»Süß?« Nicht gerade das, womit ich ihn beschreiben würde. Ich sehe, wie er erneut den Kopf dreht und zu uns blickt.

»Er hat uns angesehen!«, haucht das Mädchen und greift über den Tisch hinweg nach meiner Hand, drückt sie viel zu fest. Die Alte gluckst.

»Oh Gott«, wispert das Mädchen aufgeregt und blickt immer wieder über ihre Schulter. »Ich glaube, er kommt zu uns rüber. Seh ich gut aus? Sitzen meine Haare? Ich hätte mich umziehen sollen!«

Sie streicht sich hastig über das Kleid, schiebt die Locken zurück. Am Tisch entsteht Unruhe. Nicht nur sie, sondern auch einige der anderen Frauen beginnen, sich hektisch aufzurichten, durch die Haare zu fahren und verstohlene Blicke zum Hexenjäger zu werfen.

Die Rothaarige drückt doch tatsächlich ihre Brüste höher, sodass sie fast aus dem großzügigen Ausschnitt fallen, während er um den Tisch herumschreitet.

Dann ist er da und bleibt direkt neben mir stehen. Für einen kurzen Moment frage ich mich, ob er die Aufregung überhaupt wahrnimmt. Er hebt den Blick, lässt ihn über den Tisch und die Frauen gleiten, ehe er mich ansieht.

»Wir müssen los.«

»Wohin?«, frage ich und sehe aus dem Augenwinkel, wie das Mädchen hektisch den Kopf hin und her dreht, von ihm zu mir und zurück. Die Rothaarige wird blass.

»Weiter«, ist alles, was er sagt. Er nimmt mir die halb geschälte Kartoffel aus der Hand und legt sie auf den Tisch. »Jetzt.«

Zögernd erhebe ich mich, fege ein paar Kartoffelschalen von meinem Schoß, sorgsam bemüht, nicht den Federmantel zu offenbaren, der fest unter dem Cape steckt. Die Alte nickt zum Abschied, der Mund des Mädchens steht offen.

»Auf Wiedersehen«, sage ich nur und folge ihm dann. Hinter mir höre ich, wie wilde Spekulationen aufgestellt werden über den zu blassen Teint meiner Haut und meine Art, Kartoffeln zu schälen. Und über die vergangene Nacht.

»Ob sie …?«, höre ich das Mädchen noch überlegen.

»Du hast Bewunderer«, sage ich zum Hexenjäger.

Er wirft einen knappen Blick zurück. Es spielt keine Rolle, nicht für ihn, denn er hat eine wichtigere Aufgabe. Ich mustere ihn und frage mich, ob es ihn wirklich so wenig interessiert?

»Sag mir, was wirst du tun, wenn all dies hinter dir liegt?«

»All dies?«, fragt er nur.

»Wenn du alle Hexen vernichtet hast«, präzisiere ich.

Einen Moment lang sieht er mich nachdenklich an. »Für jemanden wie mich gibt es immer etwas zu tun.« Das ist alles, was er dazu sagt. Doch so ganz glaube ich ihm nicht. Diesmal lässt ihn meine Frage nicht kalt, nicht so wie sonst.

Er führt mich zu einer Gruppe von Männern. Olgas Vater steht dort. Olga auch. Sie packt einen Rucksack: Proviant, Wasser, Ausrüstung. Und ich begreife, dass sie uns begleiten wird.

Er und ich und Olga.

»Da ist ja die Hexenhure!«, brüllt Friedbert. »Wird Zeit, dass du aus meinem Lager verschwindest. Unglück bringst du, hast die Raben zu uns gelockt. Verbrennen sollten wir dich, aber meine feine Tochter und ihr Liebhaber wollen dich lebend.« Er lacht. »Sollen sie ihren Spaß mit dir haben. Wir haben genug für ein Freudenfeuer.«

Erst jetzt sehe ich die zwei nackten Mädchen, die hinter Friedbert auf dem Boden hocken, die blutigen Arme gefesselt, die schwarzen Augen auf mich gerichtet.

»*Rette sie!*«, höre ich eine Stimme in meinem Kopf. Es ist meine Schwester, die zu mir spricht. »*Rette sie!*«

»Dummes Vogelvieh!«, knurrt Olgas Vater und tritt einem der Rabenmädchen in die Seite. Ihr Blick findet erneut den meinen und ich sehe durch sie die Rabenmutter. Ich sehe ihren Schmerz. Abseits der Mädchen liegen unbeachtet die schwarzen Federmäntel. Ein matter Haufen. Wertlos für die Räuber, weil sie ihre Macht nicht kennen.

»Wir sollten bald aufbrechen«, sagt Olga und legt dem Hexenjäger eine Hand auf den Arm. Sie sieht mich nicht an, nur ihn. Sie sprechen miteinander über die Jagd und den besten

Weg. Irgendwie stört es mich, dass er mit ihr so ungezwungen ist und mit mir niemals sein kann. Ich höre Olgas Vater scherzen, seine Männer lachen. Sie fürchten mich nicht. Sei es tollkühn oder schlicht dumm.

Dann konzentriere ich mich alleine auf die Rabenmädchen, denen die Flügel gestohlen wurden. Ich ertaste den Schaft des Messers unter meinem Cape. Langsam, sodass es niemandem auffällt, ziehe ich es hervor.

»Eine Schande, dass wir dich nicht gleich mit verbrennen können«, keucht Friedbert und greift nach meinem Arm. Er reißt mich herum und an sich heran, mustert mich mit seinem verbliebenem Auge. »Was seid ihr schöne Gestalten, ihr Hexen, und doch so verdorben. Ein Jammer.«

»Lasst mich los!«, zische ich.

»Immer so prüde«, lacht er und packt mit der zweiten Hand nach meinem Zopf. Er kommt mir nah, viel zu nah. Ich weiche nicht, sondern starre ihn an, in sein vernarbtes Gesicht mit der schwarzen Augenklappe. *Komm näher! Noch näher!* Ich spüre den Argwohn des Hexenjägers wachsen, seine Vorsicht. Ich bin seine Waffe und seine Geliebte. Und aus einem der Gründe wird er mich retten und mir die Chance geben, die ich benötige.

»Ich hätte gedacht, in einer Hexe würde mehr Mumm stecken!«

»Dasselbe habe ich von Euch gedacht.«

Er knurrt, reißt schmerzhaft an meinem Zopf. »Was sagst du da?«

Ich ignoriere das Brennen in meinen Nacken und lache leise. »Ich hörte Geschichten und wie Ihr Euch wie ein Feigling vor den Raben versteckt haben sollt!«

Um uns herum wird es schrecklich still. Er wirft einen Blick zu seinen Männern, einen zum Hexenjäger, dann hebt er die

Augenklappe und ich starre in die vernarbte Augenhöhle. Er reagiert wie erwartet. Menschen, anders als damals, und doch genauso leicht zu manipulieren.

»Siehst du mein Auge, Miststück? Nein? Weil da keines ist!«

Friedbert vergisst, wer ich bin, wer ich war. Leise, sodass nur er es hören kann, wispere ich: »Einst war ich es, die diese Angriffe befahl, nur, dass bei mir niemand überlebte.«

Ich höre seine Zähne knirschen, dann schlägt er zu. Ich taumele zurück, stürze zu Boden. Mein Kopf dröhnt, die Welt schwankt. Über mir steht der mächtige Räuberhauptmann, das Gesicht vor Hass verzerrt.

Ich spüre den Zorn des Hexenjägers, noch bevor Friedberts Kopf nach hinten gerissen wird. Ich robbe zurück. Olgas Vater geht zu Boden, der Hexenjäger ist sofort über ihm, die Männer johlen. Sie bilden einen Kreis um die Kämpfenden. Niemand beachtet mich.

Hinter meinem Rücken reiche ich das Messer weiter. Dankende Hände nehmen es entgegen.

Schwankend erhebe ich mich und weiß, dass es gelungen ist. Das kleine Lächeln auf meinen Lippen, ich kann es nicht schnell genug unterdrücken. Kurz begegne ich Olgas nachdenklichem Blick. Ob sie etwas ahnt? Doch dann greift sie nach dem Arm des Hexenjägers und ihre Berührung löst etwas in ihm aus und er lässt ab von ihrem Vater.

»Verdammter …«, brüllt Friedbert.

»Lass die Hexe in Frieden!«, sagt Olga ruhig, die Hand noch auf dem Arm des Hexenjägers, »Wir brauchen sie!«

Friedbert beginnt zu lachen, laut und heiser. »Ja, er braucht sie! Er begehrt die Hexe. Er hat nur Augen für sie. Nicht für dich! Weil du ihm nicht gut genug bist! Und trotzdem läufst du ihm hinterher wie ein dämliches Schoßhündchen!«

Olga schwankt. Ihr Gesicht brennt, als hätte er sie geschlagen. Ich höre, wie sich ihr Puls beschleunigt, spüre ihre ohnmächtige Wut. Erneut findet ihr Blick den meinen, dann wendet sie sich ab. Sie sagt nichts. Ebenso wenig der Hexenjäger.

Friedbert klopft sich mürrisch den Staub aus den Hosen, streicht sich über den dicken Bauch. Schweißperlen stehen auf seiner Stirn. Für einen Kampf ist er nicht gemacht.

»Du kommst sowieso zurück«, fährt er fort und richtet seine Augenklappe. »Du kommst immer zu mir zurück! Du brauchst meinen Schutz!«

»Schutz?« Olga fährt herum. Ihre Augen glühen. »Wag du es nicht von Schutz zu sprechen! Ich habe gesehen, wie du von dem Platz geflüchtet bist. Noch bevor die anderen ahnten, was da am Himmel kreiste, warst du im nächstbesten Zelt verschwunden!«

Sein einäugiger Blick zuckt zwischen seiner Tochter und den Umstehenden hin und her. »Ich verlor ein Auge im Kampf mit diesen Biestern. Ich weiß, dass sie nicht zu besiegen sind! Soll ich mein zweites Auge für einen ebenso sinnlosen Kampf opfern?«

Olgas Stimme trieft vor Verachtung. »Du bist eine Schande. Eine Schande für alle Räuber. Ich schäme mich, von deinem feigen Blut zu sein! Ein Segen, dass Mutter nicht mit ansehen muss, was aus dir geworden ist!«

»Wag es nicht über deine Mutter zu sprechen!«, brüllt Friedbert.

»Ich habe viel zu lange geschwiegen!«

»Halt dein Maul!«

»Nein, Vater, denn das, was ich dir nun sage, hätte ich schon viel früher aussprechen müssen: Mutter ist nicht tot. Sie ist geflohen – vor dir! Weil sie deine Gegenwart nicht ertragen hat, deine Huren, deine Feste, deine Arroganz. Ich werde jetzt ebenso gehen. Ich werde nicht zurückkommen!«

»Sie ist nicht …?«

»Nein!«, ruft Olga kalt, doch die Trauer macht ihre Stimme schwer. »Als die Raben uns damals angriffen, vor so vielen Jahren, hattest du sie blutend und weinend im Zelt zurückgelassen. Erinnerst du dich? Erinnerst du dich daran, wie sie weinte, als du sie schlugst? Du warst betrunken, wie so oft. Und sie war dir nicht gut genug. So wie dir niemand gut genug war! Auch ich nicht. Du hast nicht mal gemerkt, dass ich mit im Zelt war. Du hast mich nicht gesehen. Aber ich dich. Wie du dich an ihr vergangen hast.«

In Olgas Augen schimmern Tränen unterdrückter Wut. Der hilflose Zorn eines Kindes. *Sie ist wie ich.* Ich hänge an ihren Lippen, während sie von dem Leid ihrer Mutter erzählt. Die Männer um uns herum haben die Köpfe gesenkt. Sie blicken zu Boden, sie tun als würden sie nichts hören und doch lauschen sie jedem Wort. Auch Olgas Vater.

»Sie schluchzte. Ich traute mich nicht zu ihr, denn sie hatte das Geheimwort noch nicht gesagt, das es mir erlaubte, aus meinem Versteck zurückzukehren. Das Geheimwort, das sagte: Vater ist weg, alles ist sicher. Doch sie sagte es nicht. Und während ich wartete, kamen sie und griffen uns an. Sie kamen in unser Zelt, die Raben. Ich weiß nicht, was sie vorhatten. Ich weiß nur, dass Mutter aufsprang und sie anflehte, uns mitzunehmen. Uns aus diesem elendigen Leben zu befreien. Von dir zu befreien. Und das taten sie. Sie gaben ihr Federn. Sie gaben ihr Flügel …« Olgas Stimme wird dünn und brüchig. »Aber mir nicht.«

»Olga«, flüstert er rau.

Er sieht nicht, wie ich mit dem Fuß die Federnmäntel zur Seite schiebe. Niemand sieht es. Denn sie sind gefangen in Olgas Leid und Friedberts Schuld. Dann ist es zu spät und die Raben hinter mir erheben sich. Sie breiten die drohenden Schwingen aus und steigen mit kräftigen Schlägen in die Luft. Die Räuber brüllen, irgendwer kreischt und die Raben stürzen sich auf Friedbert. Ich höre das Schmatzen der Schnäbel, das erstickte Wimmern des rauen Räuberhauptmannes.

Der Hexenjäger packt mich am Arm und zerrt mich zwischen die Zelte. Olga folgt uns, ihr Blick ist verschleiert vor Tränen. Und ich begreife, dass sie mit uns geht, um nicht hierbleiben zu müssen. »Jetzt weißt du«, höre ich sie schluchzen, »warum ich mich für die Brunnenwelt entschied: Ich wählte den Frieden.«

Tollwut

Anstatt aus dem Lager zu verschwinden, schlagen wir den Weg zum Zelt ein. Der Hexenjäger schiebt mich zum Eingang.

»Warte hier.«

»Wieso?«, frage ich und sehe Olga hinterher, wie sie zwei Zelte weiter verschwindet. Die Schreie der Räuber hallen dumpf zu uns.

»Geh ins Zelt!«, befiehlt er, ehe er Olga folgt.

Ich sehe, wie er die Plane des Zeltes anhebt, in dem zuvor Olga verschwand. Für einen Moment meine ich, goldene und rote Bahnen zu erkennen.

Das Orakel?

»Seltsam, nicht wahr? Überall hat sie ihre Finger im Spiel.«

Ich fahre herum. Mitten im Raum, auf seinem Teppich, steht der Mogul. Seine Augen schimmern, er lächelt.

»Ihr?«

»Ich.«

»Was wollt Ihr hier?« Zögernd trete ich ein, lasse die Bahnen hinter mir zufallen und sperre die Zeltstadt mit all ihren Flüchtlingen und Räubern aus.

»Oh, reine Neugier treibt mich um.«

Ich fixiere ihn.

»Du glaubst mir nicht? Nun, ich kann es dir kaum verübeln. Doch ist es die Wahrheit. Zumindest ein Teil davon.« Er zwinkert. »Schon viel hörte ich über die Mächtigste aller Feen, selbst über die Berge hinaus warst du bekannt. Doch hier und jetzt scheinen dich die Menschen vergessen zu haben. Sie halten dich für einen Mythos.«

Ich schnaube. Sein Lächeln bleibt unberührt stehen. »Die Mächtigste aller Feen.«

Ich hebe die Hände, spüre seine Magie. Sie fühlt sich heiß und fremd an, und doch kann ich sie nicht rufen, nicht fassen, nicht wie bei meinen Schwestern. Ich spüre sie nur, wie sie mich umgibt und fast habe ich das Gefühl, als würde sie mich streicheln.

»Lasst das!«

Er lacht auf, zieht die Magie jedoch nicht zurück, sondern streichelt mich weiter. Ich reibe mir über die Arme, spüre ihn überall auf meiner Haut. Es duftet nach Zimt, alles duftet nach Zimt und nach Hitze. »Das macht Spaß«, sagt er leise. »Sonst verwöhne ich meine Frauen mit den Händen, bei dir aber könnte ich es auch so tun.« Er sieht mich lange an. Sein Blick glüht. »Du spürst mich.«

»Ich spüre Eure Magie.«

»Ist das nicht dasselbe?« Wieder lacht er. Er kommt mir näher. Seine Magie tanzt auf meinen Armen, hinauf zum Nacken, zum Hals und von dort zu meinen Lippen. Sie beginnen zu prickeln. »Fast bereue ich es, das Angebot deiner Schwestern nicht angenommen zu haben. Eine Nacht mit dir – auch wenn du keine Jungfrau bist – erscheint mir verlockend.«

»Wieso Jungfrauen?«, frage ich und ignoriere krampfhaft das Prickeln. Er konzentriert sich ganz auf meinen Mund. Als würde er mich küssen wollen … Er lockt mich, er reizt mich.

»Ich bin gerne der Erste und der Letzte«, meint er nur und ist mir plötzlich ganz nah.

»Warum seid Ihr hier?«, wiederhole ich meine Frage. Die Königin in mir ist seltsam still. Fast fehlt sie mir.

»Um dich zu warnen, vielleicht …«, meint er vage und beugt sich zu mir nieder. Er ist groß. Seine Augen funkeln.

»Vielleicht?« Ich hebe eine Braue.

»Vielleicht weißt du auch längst, was ich dir zu sagen habe.«

»Sprecht!«, fordere ich.

Er nickt und lässt die Magie von meinen Lippen weichen. Erleichtert seufze ich auf. Leise lacht er und macht einen Schritt zur Seite. Während er spricht, geht er ganz langsam um mich herum. Ich widerstehe dem Impuls, mich mitzudrehen, ignoriere seine Magie, die mich sanft an den Armen berührt, als könne sie den Kontakt nicht ganz unterbrechen.

»Die Rabenmutter will dich einfangen und in einen goldenen Käfig sperren. Die anderen wissen nichts von ihren Plänen. Außer dem Orakel natürlich, und vielleicht gehört all das ja zu ihrem Plan.« Er verharrt hinter mir, ich spüre seinen warmen Atem in meinem Nacken, dann geht er langsam weiter. »Sie trifft sich mit dem Hexenjäger. Übrigens, ein attraktiver Mann, aber etwas unter deinem Stand.«

»Was will sie von ihm?«, übergehe ich seinen Kommentar.

»Sie lenkt ihn natürlich, so wie sie ihn seit Anbeginn lenkt.«

»Deswegen …«

»Deswegen tötet er dich noch nicht, ja«, vollendet er. »Weil sie es ihm verboten hat.«

Ich runzele die Brauen, mustere den Mogul, wie er wieder vor mir steht, mit dem halben Lächeln, das dunkle Geheimnisse verspricht, und diesen Augen, in denen der Schatten lebt.

»Und wieso erzählt Ihr mir all das?«

»Vielleicht … gefallen mir die Pläne des Orakels nicht«, antwortet er vage.

»Ihr kennt die Pläne?«, frage ich überrascht.

»Ich ahne das Ziel.« Seine Stimme ist nicht mehr als ein Flüstern. Seine Magie kriecht mir in den Nacken, kitzelt mich sanft. Dann ist sie zurück auf meinem Mund. Ehe ich reagieren kann, beugt er sich vor und küsst mich. Die Wirkung ist überwältigend. Alles explodiert, meine Lippen brennen, als stünden sie in Flammen. Ich verliere den Halt, meine Beine geben einfach nach, doch er fängt mich, er hält mich fest, mit seinen Händen, während seine Magie mich einhüllt und vollkommen umschließt. Er küsst mich. Willenlos hänge ich in seinen Armen und begreife nicht, was passiert, und kann nichts tun, kann mich nicht wehren, kann an nichts denken als an meine brennenden Lippen und den Kuss, der mich versengt.

Dann ist es vorbei. Der Mogul dreht den Kopf, im Gesicht ein dunkles Grinsen. »Ich sollte gehen«, haucht er, dann lässt er mich los. Haltlos stürze ich zu Boden, fühle mich unendlich benommen. Nur vage nehme ich wahr, wie er auf seinen Teppich steigt und entschwindet.

Ich zittere, überall zittere ich. Meine Beine, meine Hände. Ich versuche aufzustehen, sinke wieder nieder. Alles in mir scheint aus Gummi. Dann hebe ich den Kopf und sehe, weshalb der Mogul verschwand. Denn im Zelteingang steht er, der Blick so schwarz wie die Nacht.

Er sieht mich nur an und sagt nichts.

In meinem Bauch wächst ein schmerzhaftes Ziehen. Ich hebe ihm eine Hand entgegen, doch sie zittert so stark, dass ich sie nicht halten kann.

»Hexenjäger«, keuche ich.

Hinter ihm erscheint Olga. Sie runzelt die Brauen, kommt dann rein und greift nach meinem Arm. Sie zieht mich hoch.

»Wir müssen los«, sagt sie. »Wir müssen uns beeilen, sie werden schon bald nach uns suchen.«

Ich klammere mich an ihren Arm, meine Beine sind so schwach wie Gras im Wind. Ich kann kaum stehen, geschweige denn laufen.

»Was ist mit ihr?«, fragt Olga misstrauisch. Sie blickt von ihm zu mir. »Was ist hier los?«

Ich versuche einen Schritt, doch meine Füße knicken weg, sie tragen mich nicht. Olga greift nach mir, bevor ich erneut zu Boden stürzen kann. Plötzlich verändert sich ihr Blick. Sie begreift. »Er war hier.«

»Er?«, frage ich matt.

Sie sieht mich furchtsam an. Ist das nackte Angst in ihren Augen? »Kein Wunder, dass sie kaum stehen kann. Weiß sie denn nicht, was er tut?«

»Was tut er denn?« Meine Lippen brennen noch, das Sprechen bereitet mir Mühe. Alles in mir wird matt und grau. Ich fühle mich müde und erschöpft. Unglaublich müde.

»Er stiehlt Lebenskraft, wusstest du das nicht?«

»Nein«, hauche ich, dann sinke ich nieder. Olga versucht, mich zu halten.

»Los, du musst sie tragen, wir dürfen keine Zeit verlieren.«

Hexenjäger. Ich spüre, wie er mich hochhebt, spüre seine Arme. Er sieht mich nicht an. Sein Gesicht verschwimmt. Mir wird schlecht. Alles dreht sich um mich herum, alles wird grau und schwarz. Kurz sehe ich den Himmel, höre aufgeregte Rufe durch das Lager schallen, dann sehe ich nichts mehr. In den Armen des Hexenjägers dämmere ich weg und spüre nichts als ihn.

Ich bin alleine, so furchtbar alleine. Meine Füße sind kalt und blau. Doch meine Beine tragen mich weiter, über die schneeweißen Wiesen und Felder, egal wohin, nur weit weg. Ich kann an nichts denken und doch drehen sich meine Gedanken so schnell, dass mir schlecht wird. Ich stolpere durch den Schnee, ohne Ziel und ohne Hoffnung. Mir folgt die Angst wie ein dunkler Schatten und direkt neben ihr schreitet der Tod. Ich spüre sie bei mir: Angst und Tod. Irgendwo hinter uns sind die Feuer schon längst vergangen, der Rauch verweht. Niemand wird sich an das kleine Dorf in den Hügeln erinnern. Es wird sein, als hätte es nie existiert. Nur in meinem Kopf, in meinem Kopf, da lebt es weiter, es lebt und stirbt, immer und immer wieder. Während ich über die verschneiten Wiesen laufe und mit meinen glänzenden Schuhen winzige Fußspuren hinterlasse, höre ich in meinem Kopf die nicht endenden Schreie.

»Mama«, flüstere ich erstickt und weiß doch, dass sie mir nie wieder antworten wird.

»Na, Kleine, hast du dich verlaufen?«

Hinter mir steht ein Pferd, auf ihm sitzt ein Mann. Ich wage nicht, mich umzudrehen.

»Meine Füße tun weh«, jammere ich. »Mir ist so kalt.«

»Wo ist deine Mama?«, fragt er und klingt ganz lieb. So lieb, dass alles in mir schreit, er möge mich in den Armen nehmen, mich halten und mir sagen, dass alles gut wird.

Mir kommen die Tränen, die ich so verzweifelt unterdrücke. Ich wimmere, dann drehe ich mich um und sehe ihn an. Sofort wandelt sich der gütige Ausdruck auf seinem Gesicht in Entsetzen. Das Pferd scheut.

»Ein Wechselbalg«, keucht er. Im nächsten Moment reißt er sein Tier herum und galoppiert davon. Ich bleibe weinend im Schnee zurück und begreife, dass ich etwas bin, das sie fürchten und hassen zugleich.

Ich ahne, dass er zurückkommen wird, mit vielen anderen, um mich zu jagen.

»Mama«, schluchze ich und fliehe weiter, so schnell mich meine Beine tragen. Mein Herz schlägt bis zum Hals, die Tränen rinnen aus meinen Augen, brennen auf meinen Wangen. Ich habe furchtbare Angst. Ich stolpere, rutsche einen kleinen Abhang hinab, überschlage mich. Für einen Moment weiß ich nicht, wo oben und wo

unten ist. Dann liege ich da, starre hinauf in den hellblauen Himmel.

»Mein kleiner Schnee-Engel«, meine ich Mama flüstern zu hören.

Ich strecke die Arme aus, so wie sie es mir im letzten Winter zeigte. Ich zeichne mir Flügel, Schnee-Engelflügel und möchte nichts als zu ihr zu fliegen.

Alles ist kalt, ganz furchtbar kalt.

Früher … früher rieb sie mir die Füße, rieb sie, bis das Blau wich, die Kälte schwand. Sie sang für mich. Sie hielt mich im Arm. Sie gab mir einen Kuss, bevor sie mich ins Bett legte. Und kurz bevor sie die Kerze löschte, durfte ich mit der kleinen Flamme spielen, ich durfte sie tanzen lassen, tanzen und hüpfen. Manchmal formte ich Schiffchen, die auf dem Docht der Kerze schwammen, einem entfernten Ziel entgegen. Mama lächelte dann. Es war ein trauriges Lächeln. »Schön machst du das«, wisperte sie jedes Mal und griff nach meiner Hand. Meine kleine in ihrer großen. »Das ist unser Geheimnis, mein Schatz, niemand darf es wissen. Versprichst du mir das?«

»Es tut mir leid«, flüstere ich erstickt und öffne meine Hand, zaubere einen winzigen Funken. Er wärmt mich, er schimmert sanft. Ich lasse ihn wachsen, bis ein Schiff auf meiner Hand schwebt, die Segel aus flammenden Funken. »Ich habe unser Geheimnis verraten.«

Ich weiß nicht, wer es war, der mich mit dem Feuer spielen sah. Eine misstrauische Nachbarin, die durch das Fenster geblickt hatte. Sie lief ins Dorf. Ich hörte ihre Schreie. Ich hörte Mama schluchzen. Sie führte mich zu unserem geheimen Versteck. Ehe ich mich versah, musste ich ihr versprechen hier zu bleiben, so lange, bis alles ruhig geworden sei. Und dann … dann sollte ich laufen und nicht zurückblicken.

»Lauf immer weiter, Liebling«, hatte sie unter Tränen geflüstert und mich ein letztes Mal geküsst. »Du hast ein gutes Herz, Lilith, vergiss das nie.«

Dann schloss sie die Bretter und ich blieb alleine in der Kammer hinter dem Ofen. Nur die kleine Flamme in meiner Hand spendete mir Licht und Wärme, während ich Mama weinend im Haus auf und ab gehen hörte. Dann wurde es still und sie kamen …

Sie kommen auch jetzt. Die Hufe der Pferde, ich höre sie im Schnee. Ihre Rufe. Sie folgen meiner Spur, so wie ich damals den Spuren ins Dorf folgte. Die kleine Flamme in meiner Hand, sie wächst und wächst. Ich spüre die Macht durch meine Adern rauschen.

»Du hast ein gutes Herz, Lilith.«

»Sie nicht, Mama, sie haben kein Herz.«

Dann richte ich mich auf und warte auf die Reiter.

Als der Schatten von mir weicht und ich aus der Dunkelheit auftauche, rieche ich als Erstes das Meer: Salz und Tang und Freiheit. Dann spüre ich seine Arme. Er trägt mich noch. Ich blinzele die letzten Schatten fort und linse zu ihm hoch. Er sieht mich nicht an, sondern blickt stur geradeaus. Sein Gesicht ist verschlossen, und ich frage mich, ob es Eifersucht ist oder ob er sich nach dieser Nacht so oder so von mir distanziert hätte, weil ich der Feind bin und es bis zum Schluss bleiben werde.

Ich bin seine Bestimmung.

Seine Waffe.

Ich habe es immer gewusst und doch tut es unglaublich weh, in sein Gesicht zu sehen und nichts von der Liebe zu erkennen, die ich mir letzte Nacht so sehr gewünscht habe, dass ich fast meinte, sie in den Tiefen seiner grünen Augen schimmern zu sehen. Liebe. Nicht für ihn. Nicht für mich.

Ich hebe meine Hand, lege sie zögernd an seine Brust. Kurz stockt er, für einen winzigen Moment sieht er zu mir, dann setzt er mich einfach ab und lässt mich stehen und ich begreife, dass er nicht mit mir sprechen will. Nicht hier und nicht jetzt, vielleicht niemals.

Er ruft nach Olga. Sie blickt kurz zurück, wartet dann auf ihn. Neben uns rauschen die Wellen heran, brechen sich am Strand.

Ich verharre, sehe ihm hinterher. Der Abstand vergrößert sich. Er entfernt sich von mir und ich kann ihn nicht aufhalten.

Ich wende mich zum Meer. Meine Beine tragen mich erstaunlich gut. Meine Kraft ist zurück, als wäre sie nie entschwunden.

Der Mogul erscheint mir so weit weg, die Begegnung mit ihm wie ein entrückter Traum. Surreal. Das Meer, das ist real. Ich greife mit den Händen in den nassen Sand, spüre sein Alter und all die Jahre, die er erlebt hat, sehe sie an mir vorbeiziehen. Und plötzlich erscheint mir alles so einfach. So selbstverständlich.

Warum versuchen wir Rätsel zu lösen, die wir nicht zu lösen vermögen? Das Orakel hat Pläne. Es lenkt das Schicksal, es lenkt mich. Doch, was bin schon ich, was sind wir alle im Vergleich zur Erde und ihrer uralten Beständigkeit? Sie ward gemacht vor langer Zeit. Niemand weiß, woher sie kommt. Niemand hat je versucht, sie zu ergründen. Sie war immer da. Sie wird es immer sein. Und selbst die mächtigsten Feen werden ihr Geheimnis nicht enthüllen. Nein, wir werden eines Tages von ihrem Angesicht verschwinden und sie wird weiterbestehen, immer weiter.

Ich höre das leise Donnern der heranrauschenden Wellen, spüre den Sog des Meeres, wie er alles mit sich zieht, fort in den Ozean, nur um dann mit geballter Macht zurückzuschlagen und den Strand unter einer weiß schäumenden Schicht zu begraben.

Nixen. Ich kann nicht anders, als an die Nixen zu denken. An die Meerjungfrauen, die ihr Leben ließen und lassen werden. Sie sind verbannt von der Welt. Verbannt … und alles, was bleibt, sind die Erinnerungen. Bis auch sie verblassen und zu Legenden werden. Zu Mythen. Bis niemand mehr an ihre Existenz glaubt. Sie schwinden wie der Schaum auf den Wellen. Und nichts kann sie retten. Das Wasser umspielt meine Knöchel, tanzt mit den Sandkörnern. Ich habe sie vernichtet. Ich habe ein Volk ausgelöscht, das so alt war wie die Erde selbst.

Schuld? Ich weiß nicht, ob ich Schuld empfinde.

Ich blicke über den grauen Horizont, sehe den fliehenden Wolkenfetzen hinterher. Möwen kreisen am Himmel. Leise verklingen ihre krächzenden Rufe. Der Federmantel unter dem Cape. Ich könnte ihn überstülpen. Ich könnte die Schwingen ausbreiten und mich von dem Wind tragen lassen. So wie sie. Und doch würde ich niemals frei sein. Denn es gibt einen Weg, den ich zu gehen habe und den ich gehen werde. Sie hat ihn bestimmt. Ich folge ihrem Ruf.

Ich höre Olgas Stimme, wie sie leise mit dem Hexenjäger spricht. Ihre Mutter hat sie verlassen und doch kann ich mir nicht vorstellen, dass sie jemals aufhörte, an Olga zu denken und bei ihr zu sein. So wie ich bei den Feenkindern, meinen Schwestern … Und fast scheint es mir, als würde ich in Olgas Brust zwei Herzen schlagen hören. Ihres und das der Mutter, die sie als Kind zurückließ.

»Du kannst nicht …«, zischt Olga, doch er unterbricht sie.

»Ich muss.«

»Aber …«

»Ich habe keine Wahl!«

So ist es. Er ist gebunden und ich bin es auch. Und auf seltsame Weise scheint auch Olgas Leben mit den unseren verknüpft zu sein. Wir haben keine Wahl. Er kann mich nicht gehen lassen. Ich kann nicht ändern, wer ich bin. Und doch will ich nichts als die Frau an seiner Seite sein.

Für einen Moment schließe ich die Augen, lasse mich tragen von dem salzigen Geschmack des Meeres, lasse mich tragen von dem Moment, bevor es vorwärtsgeht, dem Ende entgegen.

»Los«, ruft mich der Hexenjäger und ich weiß, dass die Reise weitergeht. Zur nächsten Schwester. Bis sie alle gefallen sind. Bis unsere Existenz vom Angesicht der Erde getilgt wurde. Wie Schaum …

Ich folge ihnen den Strand entlang. Nordwärts. Wen immer wir suchen, ist im Norden.

Olga läuft eng neben ihm. Sie sucht seine Nähe und doch bleibt sie auf Distanz, anders als im Heim der Hexenjäger. Und ich frage mich, was die beiden verbindet? Ist es Liebe? Sie hebt den Kopf und sieht ihn an. Ihr Blick – wie meiner! Ich wende mich ab, ertrage den plötzlichen Schmerz nicht. Sie liebt ihn, sie liebt ihn, so wie ich es tue! Ich kann nicht hinsehen, ich kann nicht und doch muss ich ihnen folgen.

Wellen und Strand und Schaum. Der Sand voller Perlen. Aneinandergereiht wie Ketten. Dazwischen die Fußspuren des vor mir laufenden Paares.

Hexenjäger, möchte ich rufen, *Hexenjäger!*

Ich setze meine Füße in seine Spuren, ich gehe, wo er geht. Doch hört er meine stummen Schreie nicht.

Wer ist sie? Wer ist sie für dich? Und wer bin ich?

So setzten wir sie fort, unsere Irrfahrt. Zu dritt. Und doch waren wir nie einsamer.

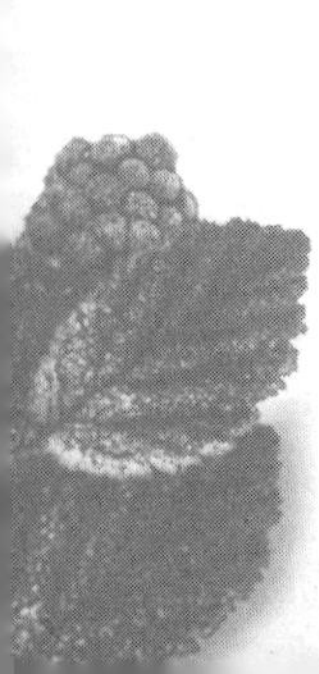

Traumfänger

Die Gaststätte ›Der Traumfänger‹ liegt auf dem letzten Zipfel einer steil abfallenden Klippe. Unter ihr das tosende Meer, darüber der endlose, vom Sturm gepeitschte Himmel. Die ersten Tropfen zischen hinab, während wir uns gegen den Wind zum Eingang kämpfen.

Die Gaststätte hat ihre besten Zeiten hinter sich. Überall blättert Farbe ab. Die Sprossenfenster, die sich etliche Stockwerke hoch aneinanderreihen, sind blind vom Salz und verbergen die Albträume im Innern vor den Blicken der Welt. Weit oben fackelt unermüdlich ein Feuer in einem Aussichtsturm, der sich bedrohlich zur Seite neigt. Das ganze Gebäude ist schief, gezeichnet von all den Jahren, in denen es dem stetigen Sturm trotzte. Und doch steht es da, ungebrochen in seinem alten Stolz und seiner majestätischen Überheblichkeit. Mit den blinden Fenstern, der blassen Fassade und der übergroßen schwarzen Tür starrt es uns entgegen, und es scheint mir, als habe es ein Eigenleben, als warne es mich näherzukommen.

Und tatsächlich lässt sich die mächtige Tür kaum öffnen, so sehr presst der Sturm sie in den Rahmen. Aber vielleicht will sie uns nicht hineinlassen?

Vielleicht sollten wir umkehren?

Genau in dem Augenblick schafft Olga es, sie einen spaltbreit zu öffnen und quetscht sich hinein, sie wird verschluckt. Der Hexenjäger stemmt die Tür weiter auf, er sieht mich nicht an, er wartet nur. Der Wind zerzaust ihm die Haare, seine Augen schimmern so dunkel wie der Himmel über uns. Alles an ihm wirkt bedrohlich … wie das Haus.

Ich wünschte, ich könnte in seinen Kopf gucken und verstehen, was er denkt, begreifen, was er fühlt – ob er überhaupt fühlt.

Doch ohne etwas zu sagen, presse ich mich an ihm vorbei ins Innere der Gaststätte auf den Klippen. Er folgt sofort, hinter uns knallt die Tür ins Schloss, und für einen winzigen Moment bin ich ihm so nah, dass ich seine Wärme spüre. Ich höre sein Herz. *Sag, was ist geschehen?*

Dann schiebt er sich an mir vorbei und der Zauber erlischt.

Olga lehnt an der Theke. Rauch hüllt sie ein, füllt den ganzen Raum. Nur das spärliche Licht einiger verlorener Kerzen enthüllt die vagen Umrisse dutzender Gestalten, dicht gedrängt in den Nischen, fast verborgen in Schatten und Dunst.

»Wir brauchen Unterkunft«, sagt Olga zu einem Mann, der hinter der Theke steht. Groß und breitschultrig, ein Nacken wie ein Stier.

»Fünfhundert die Nacht«, knurrt er. Olga beginnt zu feilschen. Der Hexenjäger trinkt ein erstes Bier. Ich setze mich auf einen der Hocker. Fort von ihm. Er am einen Ende der Theke, ich am anderen. Ich spüre, dass er mich beobachtet, doch wenn ich ihm einen Blick zuwerfe, sieht er mich nicht an.

»Und was kann ich dir bringen?«, fragt ein zweiter Mann. Er lächelt, seine Augen funkeln. »Kalt draußen. Wie wäre es mit was Warmem?«

Ich nicke nur. Kurz darauf reicht er mir einen dampfenden Becher. »Trink das! Ist gutes Zeug.« Der Wirt ist hübsch, erkenne ich, während ich an dem heißen roten Saft nippe, der nach Tomaten duftet. Scharf brennt er auf der Zunge. Aber er wärmt. Wie sanftes Feuer fließt er durch meine Adern, bis in die Fingerspitzen. Ich hebe sie an.

Sie fühlen sich … lebendig an.

»Gutes Zeug«, stimme ich leise zu und lächele dankbar. Er hat warme Augen, umrahmt von Lachfältchen. Er scheint ein fröhlicher Mensch zu sein. Unbekümmert?

»Wie heißt du?«, fragt er und bleibt bei mir stehen.

»Lilith«, antworte ich, ohne zu zögern. Wozu soll ich mich noch schützen? Niemand kann mich schützen. Denn mein Ende sitzt nur wenige Meter weiter. Ich lächele, obwohl ich weinen möchte und mein Lächeln erinnert an das der Giftmischerin. Es ist eine Maske. Entsetzt begreife ich, dass wir alle nur Masken tragen, weil wir nicht verkraften, wer wir wirklich sind. Meine Schwestern und ich …

»Jim, der dritte Sohn des Wirtes.« Er reicht mir seine Hand, ich ergreife sie und einen Moment länger als notwendig hält er sie fest. »Freut mich wirklich, dass es heute Sturm gibt und du dich in den ›Traumfänger‹ verirrt hast.« Er lacht.

»Ja«, sage ich und entziehe ihm nur langsam meine Finger. Ich sollte aufpassen. Ich muss aufpassen. Kurz denke ich an den Mogul und an den brennenden Kuss. »Ja, ich mich auch.«

»Reist du alleine?«

»Nein.«

Er blickt über seine Schulter, sieht kurz Olga und dann den Hexenjäger an. »Nette Gefährten«, meint er nur und zwinkert.

Ich lächele vage. Wenn du wüsstest!

»Bist du hungrig?«

»Kaum«, antworte ich, doch schon stellt er mir eine Schüssel mit dampfender Suppe hin.

»Geht aufs Haus«, raunt er mir mit einem weiteren Zwinkern zu, ehe er sich einem anderen Gast zuwendet. Er lacht und scherzt, während Dunst aus unzähligen Pfeifen den Raum flutet. Ein seltsamer Lichtpunkt in diesem trostlosen Dunkel. Ich folge ihm mit meinem Blick, sehe wie sich zwei Grübchen auf seinen

Wangen bilden, wenn er lächelt. Er lächelt viel. Die schemenhaften Gestalten lachen zurück, ganz so, als könnten sie nicht anders, als besäße er eine eigentümliche Macht. Als sein funkelnder Blick den meinen trifft und er begreift, dass ich ihn beobachte, wird sein Strahlen noch stärker.

»Lass ihn in Ruhe«, warnt Olga mich im Vorbeigehen.

»Ich weiß nicht, was du meinst«, frage ich ehrlich überrascht.

»Den Jungen, lass ihn. Du hast schon genug angerichtet!« Sie nickt unauffällig zum Hexenjäger und drückt mir einen kleinen Schlüssel in die Hand. »Dein Zimmer, zweiter Stock.« Damit eilt sie weiter, setzt sich zurück neben ihn. Sie reicht ihm keinen Schlüssel, nichts.

Ob sie sich ein Zimmer teilen?

Ich zwinge den Blick nieder, esse die Suppe, esse, damit ich nicht schreie.

»Schmeckt es dir?«

Jim lehnt neben mir an der Theke. Sein Blick ist so aufmerksam.

»Mmh.«

Er lacht leise. »Du musst nicht essen, wenn es dir nicht schmeckt.«

»Doch«, würge ich hervor und bin froh, dass er mir die Sicht auf den Hexenjäger verstellt. Den Blick auf Olgas Hand neben seiner. Kurz davor, sich zu berühren. Ich stopfe weiter und verschlucke mich fast.

»Nicht so hastig«, ruft Jim und klopft mir auf den Rücken.

Mit Tränen in den Augen sehe ich zu ihm auf. Die vergangene Nacht mit dem Hexenjäger ist so weit weg, wie all die gemeinsamen Nächte zuvor. Seine Art – so kalt. Ich verliere ihn. Ich weiß nicht, wieso, aber ich verliere ihn. Er entgleitet mir, bis er nichts mehr ist als das, wozu er bestimmt ist: mein Feind.

»Es erscheint mir fast, als seist du vor etwas auf der Flucht«, murmelt Jim und runzelt kurz die Brauen.

»Ja, vielleicht bin ich das«, gestehe ich und kippe den Rest des inzwischen erkalteten Saftes hinunter. Er kribbelt und wärmt trotzdem. »Ist das nicht jeder?«

»Ja.« Plötzlich ist er sehr ernst. Auf seiner Schulter liegt ein Handtuch, um seine Hüfte ist eine Schürze geschlungen. Sohn eines Wirtes. Und doch liegt in seinem Blick eine Sehnsucht, die mich ahnen lässt, dass auch er fliehen wird. Fort von diesem Ort und diesem Leben, das ihm nicht zu reichen scheint. Nicht ihm.

»Wohin geht deine Reise?«, fragt er.

»Nach Norden«, ist alles, was ich sage. Er nickt, als verstünde er.

»Seit die Städte frei von den Ratten sind, kommen viele Menschen an die Küste. Sie wittern das große Geschäft mit der See. Fischerei, Handel. Alles was vorher unmöglich schien, ist jetzt machbar. Ein Glück, dass das verdammte Rattenbiest tot ist.«

»Ein Glück«, wiederhole ich und finde kurz den Blick vom Hexenjäger. Seine Augen sind so dunkel. Ich kann nichts in ihnen lesen. Nichts. *Bleib bei mir!*

»Ich selbst werde auch in die Städte ziehen«, fährt Jim fort. »Heute ist meine letzte Schicht. Schon morgen werde ich das alles hier hinter mir lassen und mein Glück in Murano suchen.«

Diesmal bin ich es, die nickt. Murano, erinnere ich mich, und das Bild meiner Schwester auf ihrem Thron zwischen den Kinderkäfigen lässt mich nicht los.

Jim lacht leise. »Du bist zu schön, um so ein trauriges Gesicht zu machen. Sag mir, was betrübt dich so sehr?«

Bevor ich es verhindern kann, legt er eine Hand an meine Wange, tröstend. Und seltsam gerührt von dieser ungewohnten Geste, schließe ich für einen Moment die Augen und gebe mich dem Gefühl hin. Wann war jemand das letzte Mal zu mir einfach nur freundlich? Wann durfte ich schwach sein, wann durfte ich mich an jemanden anlehnen?

»Egal, was es ist, so schlimm kann es nicht sein«, flüstert Jim ganz nah. »Komm, ich will dir etwas zeigen.«

Er lächelt mich an. Die Hexe. Die Königin der Feen, die diese Welt tyrannisierten und es noch tun. Er erkennt mich nicht. So, wie mich niemand mehr erkennt. Weil niemand den Wolf unter dem roten Cape vermutet. Schönheit ist nichts als eine perfide Täuschung. Er erliegt ihr, so wie ihr alle erliegen. Und ich lege meine Hand in die des ahnungslosen Mannes. Er führt mich fort, er führt die Königin.

»Du wirst bezaubert sein«, verspricht er. Fort von der Theke und den Schatten, hin zu einer hölzernen Wendeltreppe mitten im Raum. Ich folge ihm die knarzenden Stufen hinauf. Ich höre den Wind an den Wänden zerren, höre ihn ächzen und lachen. Er ist anders als der Nordwind der Eishexe. Er ist fröhlich und launisch, voller Lebensenergie.

»Komm«, ruft Jim und seine warmen Finger lassen mich nicht los. Höher und höher. Vorbei an abzweigenden Fluren, weiter hinauf, bis zum Ende. Ein warmer Schein lotst uns. Eine Laterne. Dann sind wir da. Ich drehe mich in dem kleinen Raum, der Spitze des Gasthauses mit dem Leuchtfeuer in der Mitte, und blicke durch die großen Scheiben hinaus in die aufziehende Nacht. Blitze zucken zwischen den schwarzvioletten Wolken, zeichnen Schemen und Silhouetten wie das Abbild eines göttlichen Krieges. Dahinter, am Horizont, weit, weit im Westen, brechen die letzten Sonnenstrahlen aus den aufgetürmten Wolken, tauchen das Meer in goldenes Licht und funkeln auf den stürmischen Wellen.

»Ist es nicht wunderschön?«, fragt er.

»Ja«, hauche ich und lege die Hand auf die matt beschlagene Scheibe, spüre die Kraft des Windes, seine Lebenslust.

»Normalerweise tanzen um diese Zeit die Meerjungfrauen im letzten Licht der Sonne«, flüstert Jim direkt hinter mir, »doch seit einigen Tagen kommen sie nicht mehr.«

Ich unterdrücke ein Stöhnen und blicke auf die schimmernde See, dorthin, wo sie tanzen sollten, baden und leben … Jim scheint meinen Kummer zu spüren. Er legt mir eine Hand auf die Schulter und dreht mich um. Er zieht mich in die Arme. Ich schaffe es nicht dieser sanften Berührung zu widerstehen, dem Trost. Den Kopf an seine Schulter gelehnt, gebe ich mich der ungewohnten Nähe hin. Anders als die des Hexenjägers. Beruhigend. Freundschaftlich. Tröstend.

»Warum bist du so traurig?«, fragt Jim und hält mich einfach nur. »Wer hat dich so sehr verletzt?«

»Niemand«, gebe ich leise zurück. Niemand. Dann höre ich die Schritte auf der Treppe. Er kommt. Natürlich kommt er. Langsam löse ich mich aus Jims Armen.

Doch er ist es nicht. Es ist Olga.

Sie sieht mich über das Geländer seltsam an, ihre Augen glänzen, die Hand auf dem Schaft des Messers, das sie nie beiseitelegt. Jim blickt von ihr zu mir, eine unausgesprochene Frage zwischen uns.

Ich werfe einen letzten Blick zurück auf das tobende, verwaiste Meer, dann folge ich Olga. Sie lässt mich nicht aus den Augen. Sie passt auf. Jemand muss aufpassen. Bin ich doch die Böse.

Ich kann nicht anders als zu lachen. Erst leise und matt, dann lauter. Ich kichere und es bricht aus mir heraus. Ich greife mit der Hand nach dem Geländer und halte mich fest, während das Lachen in meinem Körper wächst und sich ausbreitet.

»Was ist mit dir?«, zischt Olga.

»Nichts«, kichere ich und lasse mich am Geländer niedergleiten, setzte mich auf die Stufe. Ich muss mich setzen, japse nach Luft. »Nichts«, wiederhole ich und schließe die Augen. Nur diese verdammte Ironie des Schicksals. Es will mich verdammen. Es will mich lenken. Ich soll meine Schwestern töten und will ich es nicht, so schickt es den Hexenjäger, um es an meiner statt zu tun. Das ist sein einziger Zweck. Seine Bestimmung. Die meine und seine. Wir sind zusammengeführt, um zu töten. Wir bringen den Tod.

»Es muss nicht so sein«, flüstere ich und das Lachen lässt nach. »Es muss nicht so sein.« Ich hole tief Luft und öffne die Augen. Er steht da, neben Olga.

Verschlossen und feindlich.

Ich fühle noch die Wärme des Lachens, das berauschendes, trügerisches Glück. Ich fühle den Schmerz in meinem Magen, wenn ich ihm in die Augen blicke.

Natürlich können Feen lieben.

Ich liebe dich, möchte ich flüstern. Fast meine ich, dass er es weiß, dass er es längst weiß. Doch er sagt nichts, er steht nur da, gefangen vom Schicksal. Gefangen und getrieben. Zeit, sich davon zu befreien.

»Wo ist sie?«, frage ich. Olga runzelt die Brauen.

»Wo ist wer?«, fragt sie zurück.

»Wo ist das Orakel?«

Hinter mir spüre ich Jim erstarren. Seine Furcht ist so greifbar. Der Name einer Hexe und schon beginnen sie zu stinken, die Menschen, sie stinken nach Furcht. Seltsam, früher habe ich den Geruch genossen. Aber heute …?

»Wo ist das Orakel?«, wiederhole ich fest. In dem Blick des Hexenjägers beginnt der grüne Funke zu tanzen. Das Schwarz weicht. »Ich weiß, dass ihr sie im Lager der Räuber getroffen habt. Ich weiß, dass ihr mit ihr zusammenarbeitet. Nun, ich muss sie sehen.«

»Warum?« Ein einziges Wort. Seine Stimme ist warm und wohltuend.

»Um zu verstehen«, antworte ich ruhig.

Olga runzelt die Brauen. »Ich halte das für keine gute Idee.«

»Warum bin ich hier?«, unterbreche ich sie und blicke nur ihn an. »Sie verriet dir das Rattenlied, sie befahl dir, zwei meiner Schwestern zu töten, damit ich erwachen konnte. Jetzt bin ich da und weitere Feen fallen. Sie alle sterben durch dich und mich. Warum? Warum will sie das? Sollen wir alle sterben? Eine von Feen befreite Welt? Ist das ihr Ziel?« Ich sehe von Olga zu ihm. »Warum sollte sie das wollen? Warum?«

Für einen Moment glaube ich, dass er mir nicht antworten wird, dann spricht er und erst meine ich, mich zu verhören.

»Was?«

»Sie hat keine Wahl«, wiederholt er.

»Wer könnte sie schon zwingen?«, frage ich rhetorisch. »Es gibt niemanden, der mächtiger ist als wir Feen.«

Er starrt mich nur an, er antwortet nicht und doch bin ich mir sicher, dass er die Antwort kennt.

»Warum befiehlt sie dir, mit mir zu jagen?«, hake ich nach.

»Sie befiehlt mir gar nichts!«

Ich schüttele den Kopf, belasse es aber dabei. Er glaubt nicht an das Schicksal, und doch ist er wie kein anderer mit ihm verbunden.

»Du willst alle Feen töten?«

Er nickt.

»Auch das Orakel?«

Er zögert nur kurz, bevor er ein zweites Mal nickt. Er will jagen, noch will er jagen. Aber ich nicht mehr.

»Ich will sie sehen und mit ihr sprechen, um zu verstehen und dann … dann werde ich sie töten«, sage ich leise und die Lüge kommt mir glatt über die Lippen.

Wie immer. Wie früher. Es ist das Einzige, was er hören will. »Führ mich zum Orakel!«

»Sie wird uns nicht empfangen«, fährt Olga dazwischen, »nicht, wenn sie weiß, was euer Plan ist.«

»Sie weiß es nicht.«

»Sie ist das Orakel!«, beharrt Olga.

Da ist es wieder, das leise Lachen der Königin, tief in mir. *Oh ja, führe uns zu ihr. Sie wird ihr Ende finden. Du kannst es nicht verhindern. Sie alle sterben. Sie sterben durch dich. Lass mich einen letzten Blick auf sie werfen, lass mich ihr Leid sehen …*

»Sie kann es nicht wissen, nicht mehr … weil sie ihre Macht verliert.«

»Was?«, flüstert Olga und erbleicht.

Ich hebe den Arm, drehe das Handgelenk und ziehe den Ärmel hinauf. Das schwarze Mal. »Sie hat uns verraten. Sie bezahlt den Preis.«

»Aber …«

»Es hat bereits begonnen«, sage ich. »Der Fluch des Verrats. Sie wird sterben.«

Sie stirbt durch deine Hand, deinen Fluch, murmelt die Königin. *Sie stirbt, weil sie dich befreite, weil sie will, dass alle Feen sterben.*

Will sie das?

»Ich muss wissen, warum«, sage ich und blicke auf. »Ich will verstehen. Ich habe geschlafen. Ich war gebannt. Und doch holte sie mich zurück. Sie erweckte die Königin!« Langsam erhebe ich mich, Jim hinter mir ist zur Salzsäule erstarrt. »Weißt du, wo sie ist?«

Der Hexenjäger zögert. »Du willst sie nicht töten, nicht wirklich«, erkennt er.

»Ich wollte keine meiner Schwestern töten!«

»Und doch starben sie deinetwegen.«

Die Königin gratuliert ihm stumm. Sie summt etwas von gerechter Strafe, von Macht und dem Privileg zu herrschen. Ich höre ihr nicht zu.

»Bring mich zu ihr. Bring mich einfach zu ihr.«

Einen Augenblick lang glaube ich, dass er meine Bitte abschlagen wird, doch plötzlich nickt er. Ohne ein weiteres Wort kehrt er um und verschwindet aus meinem Sichtfeld. Olga blickt hin und her. Ihre Augen funkeln und ich sehe Hass in ihnen, weil mich etwas mit ihm verbindet – keine Liebe, aber wir sind verbunden.

Sie beneidet mich, so wie ich sie.

»Geh auf dein Zimmer, wir brechen früh auf.« Das ist alles, was sie sagt. Sie starrt weiter zu mir und ich begreife, dass sie mir folgen wird. Sie wird aufpassen, dass ich auch wirklich mein Zimmer erreiche, nicht mit Jim verschwinde. Doch wohin sollte ich mit ihm gehen, jetzt wo er weiß, was ich bin?

Er zittert wie Espenlaub. Ich spüre die Vibrationen durch das Holz der Treppe. Ich wage es kaum, ihn anzusehen, den Abscheu und die Furcht in dem Blick zu erkennen. All die Gefühle, die wir Feen bei Menschen erzeugen, den Normalsterblichen. Und doch hebe ich ihm den Blick entgegen. Seine Augen sind ungewöhnlich groß, sein Gesicht blass, Schweißtropfen auf seiner Stirn.

»Du … du bist …«, stammelt er.

»Ja«, seufze ich und berühre ihn am Arm. Er weicht erschrocken, sein Herz rast wie das eines verschreckten Kaninchens. Er atmet flach, er atmet schnell.

»Ja, ich bin eine Fee und doch bin ich nicht wie die, die du zu kennen meinst. Sie sind nicht alle böse.«

Er antwortet nicht. Was sollte er auch sagen? Er ist nur ein Mensch.

Mit schwerem Herzen steige ich die Stufen empor, hinauf in den zweiten Stock, den Schlüssel fest in der Hand. Olga folgt mir, sie lässt mich nicht aus den Augen. Dann bin ich da, vor der Tür mit meiner Nummer: 13. Fast muss ich lachen.

»Gute Nacht«, sage ich und schließe die Tür, lasse Olga auf dem düsteren Flur zurück. Es ist mir egal.

Das große Himmelbett lässt sich kaum in der Dunkelheit erahnen und wieder einmal fällt mir auf, wie ungewöhnlich schwach und menschlich ich bin. Dunkelheit. Beängstigende Dunkelheit. Ich taste mich vorsichtig vor, greife nach dem gedrechselten Balken, fühle den groben Stoff der Vorhänge und der rauen Laken. Ich lasse mich nieder, sitze da in dem schwarzen Zimmer, die Nacht vor den blinden Fenstern. Dann krieche ich unter die Decke, mit meinen Schuhen, ja selbst mit dem Mantel, als könnten sie mich schützen vor dem, was in der Nacht lauert. Ich wünschte, der Hexenjäger würde bei mir sitzen, ich wünschte, seine Nähe und Wärme zu spüren. Vielleicht … würden sie mich dann eine Nacht verschonen. Die Erinnerungen.

Doch er ist nicht da. Ich rolle mich zusammen und umfasse die Beine mit den Armen. Alleine. Ich bin alleine in diesem riesigen, einsamen Bett, starre mit großen Augen in die Schwärze und kann nicht anders, als stumm zu weinen.

»Verzeiht mir«, flüstere ich, doch niemand hört mich. Und so weine ich, bis da keine Tränen mehr sind und der Schlaf mich ruft.

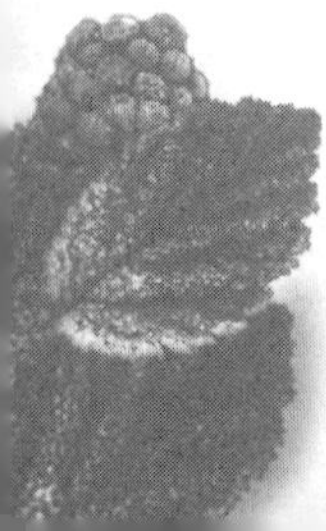

Traumlos

Ich liege in dem breiten Bett und starre zur nachtschwarzen Decke hinauf. Der Nachhall des Albtraumes ist noch in meinem Blut. Mein Herz rast. Ich höre sie schreien. Noch höre ich sie. Aber mit jedem Atemzug, mit jedem mühsamen Ein- und Ausatmen werden die Stimmen leiser, bis die Schreie verklingen und nichts als Stille um mich herum verbleibt und die bittere Erkenntnis, dass ich selbst schuld bin an ihrem Tod.

Ich hebe langsam die Hand, taste mit den Fingern über das schweißnasse Laken, nur um festzustellen, dass der kleine Körper nicht da ist, nie wieder da sein wird. Ich balle die Finger zur Faust. Schließe kurz die Lider, sehe ihr Gesicht, sehe es immer. Die Leere neben mir.

»Elle«, wispere ich.

Wenn nicht sie es ist, dann sind es die anderen, die mich heimsuchen, als könnten sie sich noch nicht von mir trennen … traumlos. Was wünsche ich mir die alte Zeit zurück, die ruhigen Nächte, die wenigen, in denen ich schlief, traumlos. Ich wünschte, ich müsste nie wieder schlafen. Nie wieder die Toten sehen.

Etwas knarrt und ich erstarre. Jemand ist da! Jemand ist in meinem Zimmer, verborgen im Dunkeln. Ich kneife die Augen zusammen und sehe doch nichts als schwarze Schatten im schwarzen Raum. Aber ich höre den Atem. Ich höre ein Herz. Links von mir. Oder doch rechts?

Eine Bewegung? Ein leises Huschen?

Etwas Dunkles, Langes, fliegt auf mich zu. Ich höre die Luft sirren, dann explodiert die Welt um mich herum, strahlt gleißend auf, weiß und heiß. Ich spüre Hände, höre leise Stimmen.

Ich werde aus dem Bett gezerrt, falle, spüre den Boden unter mir – oder über mir? Alles dreht sich, um mich, in mir. Mein Bauch … mir wird flau, mir wird schlecht. Alles dreht sich.

»Ist es die Richtige?«, murmelt jemand.

»Sie muss es sein.«

»Bist du dir sicher?«

»Sie sagte Zimmer 13. Das hier ist die 13.«

»Dann los.«

Meine schwankende, gleißende Welt fällt in sich zusammen. Morpheus umfängt mich mit seinen warmen Armen, trägt mich in sein schwarzes Reich. So wie ich einst die Meerhexe trug. Sie und Elle, zwei Kinder in meinen Armen, ein Jahrtausend dazwischen.

Ich tauche, hinab in den Weiher der Nixen, um ihnen das Kind zu entreißen, das als Opfer dagelassen wurde. Die kleinen Hände geballt zu panischen Fäusten, die Augen groß wie Ozeane, die Haut weich wie Seetang. Ich presse es an mich, das Kind, während die Nixen vor mir weichen. Prustend breche ich durch die Oberfläche, das blaue Kind fest in meinen Armen. Ich bringe es ans Ufer. Sie wartet dort auf mich, meine Schwester.

»Sie ist tot«, sagt sie nach einem Blick auf das kleine Bündel.

»Nein«, flüstere ich und presse auf die kleine Brust, presse in Stößen, so wie es die Heiler im Dorf meiner Mutter taten, als der Nachbarsjunge im Weiher ertrank. Er erwachte nicht wieder. Was macht das schon?

Kurz darauf waren sie alle tot. Wiedervereint. Die Heiler und der Junge, den sie nicht retten konnten.

»Sie ist tot!«, wiederholt die Älteste leise und greift nach meiner Schulter. »Du kannst nichts mehr tun!«

Doch ich presse, ich presse weiter.

»Sieh sie dir an!«, flüstert sie neben mir. »So klein und wunderschön.« Ihre Stimme ist rau. Sie steckt einen Finger in die winzige, schlaffe Hand des Kindes. »So wunderschön.« Mit der anderen Hand schließt sie die eisblauen Augen, fährt kurz über die selbst im Tod rötlich schimmernden Lippen.

Ein weiteres Feenkind, das wir nicht retten konnten. Ein weiteres Opfer der Menschen. Sie legten es an den Weiher, nackt und weinend. Sie blickten nicht zurück. Nur die Mutter, die Frau, die es getragen hatte, küsste es auf die Stirn. Sie küsste es und doch folgte sie den anderen. Mit schimmernden Augen blinzelte sie über ihre Schulter zu dem im Gras liegenden, wimmernden Kind, dann wandte sie sich ab. Ihr Schritt war steif, ihre Schultern verspannt. Ihr Herz blutete. Ich sah, wie sie es mit jedem Schritt verlor. Ich sah es und doch ging sie. Selbst, als sich das Wasser teilte und die Nixen zu singen begannen. Sie ging und das Kind blieb.

»Schlaf gut, kleines Feenkind«, haucht die Eishexe neben mir. Sie streicht dem Mädchen über die schwarzen Haare. Sie singt ein Wiegenlied, dasselbe, das meine Mutter für mich zu singen pflegte. Sie singt es bei jedem Kind, das wir nicht retten können. Sie singt und ich weine. »Guten Abend, gute Nacht …«

Und während ich weine, züngeln im Dorf gleich hinter den Bäumen die ersten Flammen. Sie fressen sich durch die Häuser, durch das Stroh der Dächer. Es erklingen die Schreie, und wie eine leise Melodie begleiten sie das Totenlied des verlorenen Feenkindes.

»… morgen früh, so Gott will …«

Der Himmel erstrahlt im heißen Glanz. Das Feuer, es frisst, bis nichts bleibt, es frisst und niemand entkommt seiner Schuld.

»… wirst du wieder geweckt …«

»Lass uns ein Grab ausheben«, sage ich und erhebe mich, das kleine Kind in den Armen. Ich trage es an meinem Herzen. Ich trage es nah. Während wir laufen, fort von dem verlöschenden Dorf, singt *die Eishexe, und ich wiege das Kind, als würde es schlafen. Sie singt, bis wir die Lichtung mit den Gräbern erreichen. Dutzende Reihen, ein Grab neben dem anderen, eines frischer als das nächste. Ich trage das kleine Bündel durch die Reihen, spüre den im Tod so schweren Körper, die schwindende Wärme. Grab an Grab. Die Geister steigen ein in das Lied. Sie singen mit der Eishexe, sie singen für das Kind, das wie sie sein Ende fand. Verraten, verloren und allein gelassen. Getrieben von ihrem Gesang schaffe ich ein Grab, lasse die Erde weichen, gerade weit genug, um den kleinen, schmalen Körper zu fassen. Dann küsse ich es, küsse es auf die Stirn, so wie seine Mutter es tat und lege es nieder. Hinab in die feuchte Dunkelheit.*

»Schlaf gut und träum süß«, wispere ich.

Die Stimme der Eishexe hinter mir bricht, dann weint auch sie. Und ich befehle der Erde, das Kind aufzunehmen, seinen Schlaf zu hüten.

Doch ein Wimmern unterbricht den Gesang der Geister, leise und hell. Ich starre auf das Kind im Grab, in die blauen Augen und sie starren zu mir.

»Halt!«, schreie ich und die Erde verharrt. »Halt!« Ich stürze hinab zu dem Kind. Es wimmert, der Mund unendlich qualvoll verzogen.

»Oh Gott«, wispert die Eishexe, dann ist sie bei mir und dem ersten Feenkind, das wir retten konnten.

Meerhexe. Meerhexe. Tanz mit den Nixen!

Ich kämpfe gegen die Übelkeit. Ich weiß nicht, ob es von der Erinnerung an die Meerhexe herrührt oder von der schwankenden Welt um mich herum. Alles schwankt. Mein Kopf rollt kraftlos zur Seite. Ich höre das Wiehern eines Pferdes, das gleichmäßige Schlagen einiger Herzen. Ich rieche Fisch. Alles riecht nach Fisch und Salz. Ganz allmählich erwache ich aus der Dunkelheit, tauche aus meinen Erinnerungen auf und begreife, dass ich gefangen bin. Jemand hat mich überfallen, geschlagen und fortgezerrt. Ich blinzele, doch alles, was ich sehe, sind matte Lichtpunkte und winzige Lichtfetzen. Ich spüre etwas Raues an meinem Gesicht, auf meiner Haut. Etwas Weiches in meinem Mund. Alles ruckelt, wie bei einer Kutschfahrt. Eine Kutsche. In meinem Kopf entsteht ein Bild, wie ich auf der Ladefläche eines Wagens liege, geknebelt und gefesselt, mit einem Sack über dem Kopf. Ich versuche mich zu bewegen, doch ein grober Tritt in die Seite lässt mich innehalten. Ich werde bewacht. Jemand sitzt neben mir. Ich spüre die Stiefel in meinem Rücken.

»Die Hexe ist wach«, knurrt er.

Jemand weiter vorne – oder hinten? – antwortet: »Sorg dafür, dass sie stillhält!«

»Na klar …«, brummt der Mann neben mir. »Tu dies, tu jenes … Sitz neben der Hexe. Sag Bescheid, wenn sie aufwacht.« Einen Augenblick später trifft mich erneut ein Schlag auf den Kopf und ich versinke in Dunkelheit. Die schwankende Welt um mich herum verblasst. Alles verblasst. Ich weiß nicht, wohin sie mit mir wollen. Ich kann nicht darüber nachdenken, denn in der Dunkelheit warten sie schon auf mich, um erneut zu sterben.

Und Elle beginnt zu schreien.

Täubchen

»Wach auf, Schwester«, flüstert eine raue, vertraute Stimme. »Komm, mein Vögelchen, schlag die Augen auf …«

Ich kämpfe mit der Dunkelheit, während die Schreie in meinen Ohren verblassen.

»Öffne die Lider, ja, so ist es gut. Sieh mich an, Schwesterherz, sieh mich an!«

Ich hebe den Blick. Nein, nicht ich, es ist die Königin in meinen Augen, die Königin in meinem Mund.

»Schwester«, knurre ich und richte mich auf. Sie. Ich. Wir. Die Wut der Königin brodelt so heiß unter meiner Haut, dass sie mich von innen zu versengen droht.

»So sehen wir uns wieder«, krächzt die Rabenmutter und kreuzt die Arme wie Schwingen vor ihrem Körper. Der Federnmantel fällt in schwarzen Wellen von ihr herab. Sie sitzt auf einer Stange. Sie sitzt wie ein Rabe, die Knie an der Brust. Ihre Augen sind fast schwarz. Sie legt den Kopf schief. Sie sieht die Königin. Ich weiß, dass sie mich sieht.

»So sehen wir uns wieder«, wiederholt sie und wippt leicht vor und zurück. Die Federn rascheln, als würden sie flüstern. Vielleicht tun sie es auch.

Ich greife nach den goldenen Stangen des Käfigs, in dem ich sitze. Ein goldener Käfig. Das Metall schmiegt sich kühl in meine Hand. Es knistert unter der Haut, unter der Magie der Rabenmutter, die mir so nah ist und die ich doch nicht befehligen kann.

Ich ziehe mich hoch, fixiere die Rabenmutter kurz, ehe ich mich umblicke. Käfige über Käfige baumeln von rußschwarzen

Balken, die sich hin- und herziehen, von einer Seite des kreisrunden Schachtes zur anderen. Doch es gibt kein Ende, nicht oben, nicht unten. Ich blicke hinab in einen ewigen Abgrund, hier und da durch Fackeln erhellt, bis er sich weit unten in tiefster Schwärze verliert. Mein Blick zuckt nach oben, das gleiche Bild, nur spiegelverkehrt. Fackeln, Balken, Käfige und dahinter … nichts.

Dies also ist ihr Grab. Ein Schacht. Ein mondloser Ort. Dabei liebte sie den Mond, damals, vor all den Jahren …

»Gefällt es dir?«, krächzt die Gefiederte.

Dieselbe Frage wie die der Eishexe, und wieder bleibe ich stumm, weide mich an ihrem seltsamen Bedürfnis, mir zu gefallen. Mögen sie auch revoltiert haben, so sind sie mir doch untertan.

Sie gehören mir!

»Was willst du?«, frage ich kalt.

Sie zuckt kurz mit den tiefschwarzen, langen Wimpern und zögert. Sie werden schwach und unsicher, wenn sie mir alleine gegenüberstehen.

»Sie wollen dich töten«, antwortet sie. »Doch niemand kann dich töten. Nicht einmal der Dornröschenzauber wird dich besiegen können. Versagte er doch einst und versagen würde er wieder.«

»Also entführst du mich?«

»Ich entführe niemanden!«, ruft sie schärfer als notwendig.

Ich horche auf. In den Käfigen um mich herum erkenne ich vage Umrisse. Dunkle Schatten, starr und leblos. In der Luft liegt Leid, und fast meine ich all die Schluchzer zu hören, die diesen Ort je erfüllten. Was sitzt in den hängenden Gefängnissen, der Freiheit beraubt? Vögel oder Menschen?

»Warum bin ich hier?«, frage ich sie.

»Ich schlug ihnen vor, dich in einen Käfig zu stecken, doch sie wollten nicht auf mich hören«, krächzt die Rabenmutter. »Sie trauen mir nicht! Den Schlüssel verlieren? Sie ahnen nicht, wie tief mein Schlund reicht, wie groß meine Macht in meiner Welt ist. Niemand, niemand entkommt mir, es sei denn … ich lasse ihn gehen!«

Sie wiegt sich auf ihrem Stab vor und zurück. Er beginnt zu schwingen wie eine Schaukel. Sie schwingt in den Schatten, wird fast vollkommen von ihm verschluckt, taucht dann wieder in das Licht der Fackel, die hinter mir an der Wand befestigt ist. Sie kommt mir ganz nah, sodass ich mein Spiegelbild in ihren Augen sehen kann, ehe sie zurückgerissen wird, zurück in den Schatten. So schwingt sie hin und her, verschwindet und erscheint.

»Ich wollte dich tot sehen, will es noch, und doch stehe ich in deiner Schuld«, ruft sie mir zu. »Du hast meine Rabenmädchen gerettet, also werde ich dich verschonen, zumindest für eine Weile. Ich werde dich bei mir behalten, dich hüten wie meinen Augapfel. Du wirst es gut haben. So, wie ich es gut hatte bei dir …« Die Rabenmutter kichert wie über einen alten Scherz. »Du wirst mir Gesellschaft leisten. Mir und meinen Täubchen, meinen Turteltäubchen. Einsam ist es hier unten manchmal. Still und einsam.« Sie verstummt und außer dem leisen Surren ihres Schwingens höre ich kein Geräusch. Nur unser Atem und unsere Herzschläge füllen die Leere. Wie das Ticken einer Uhr.

Ich drehe mich im Kreis. Der Käfig schwankt unter meinem Schritt. Er hängt im Nichts. Er hängt in ihrem Reich.

»Niemand entkommt mir«, höre ich sie wispern und es klingt wie ein altes Lied, das sie auf immer zu singen scheint.

»Du hast die Raben geschickt, um mich zu töten!«

»Nein«, krächzt sie und fliegt mir entgegen, das Gesicht halb im Schatten. »Ich trug ihnen auf, dich zu suchen. Doch … du hast einen meiner Lieblinge verletzt und sie mussten fliehen.« Kurz lodert ihr Blick auf und ich begreife, wie sehr sie ihre Raben liebt, dann vergeht das Feuer und sie lächelt vage. »Doch diese Frau, sie half mir, dich wiederzufinden. Sie schickte dich zu mir.«

»Olga«, knurre ich und kneife die Augen zusammen, mustere die stillen Käfige.

»Wer ist sie?«, fragt die Rabenmutter neugierig. »Warum hasst sie dich?«

»Sie ist ein Goldkind.«

»Goldkind?«, ruft sie und ihre Augen werden groß. »Ein Kind der Brunnenhexe?«

»Ja.«

»Warum ist sie nicht im Brunnenreich?«

Weil sie den Hexenjäger liebt, murmelt die Königin in mir. *Weil sie, schwach wie sie durch die Liebe ist, alles für ihn tun würde. Selbst* … Sie verstummt.

Selbst was?

Einen ewigen Moment glaube ich, dass die Antwort ausbleibt. Doch dann höre ich ihre Stimme, meine Stimme, in meinem Kopf.

Selbst die Frau retten, die er begehrt.

Die Königin schreit auf. Ich schreie auf. Nur kurz. Und für einen winzigen Moment weiß ich nicht, wer ich bin. Bin ich sie? Bin ich die Königin?

Du liebst ihn. Ich liebe ihn.

Oh Gott!

Ich verdränge sein Gesicht, seine vertrauten Züge. Der Gedanke an Olga hilft mir dabei. Sie hat mich verraten, verkauft an die Rabenmutter. Um mit ihm alleine zu sein, um ihn für sich zu haben.

»Sie ist ein Nichts!«, knurre ich. »Sie ist ein Nichts gegen mich!« Und doch ist sie an seiner Seite und ich bin hier, gefangen in der Dunkelheit.

»Ah«, murmelt sie und beobachtet mich genau. »Es geht um den Mann, den Jäger.«

»Was weißt du schon?«

»Oh, nicht viel und doch genug.« Sie kichert erneut. »Wir werden viel Spaß haben«, krächzt sie und stößt sich ab. Ihre Schwingen breiten sich aus, die Federn fressen sich in ihre Haut, und sie erhebt sich in die Dunkelheit. Ich höre den kräftigen Schlag der Flügel, wie er leise verklingt, während sie immer höher und höher steigt, einem unsichtbaren Ausgang entgegen und mich alleine zurücklässt. Eine einzelne Feder tanzt in den Lichtkreis der Fackel. Sie schimmert schwarz. Ich strecke die Hand aus und fange sie. Hoch oben höre ich die Rabenmutter ihr Lied singen.

Niemand entkommt mir.

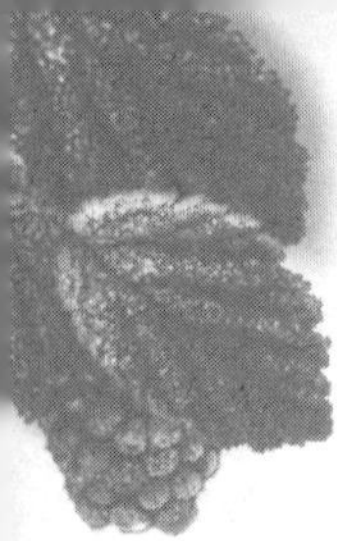

Rabenmutter

Ich weiß nicht, wie viele Stunden vergehen, vielleicht auch Tage. Hier unten, in den Käfigen des Rabenschachtes, steht die Zeit still.

Nur die verzauberten Vögel, sie kommen und gehen. Manchmal umkreisen sie mich, schreien und krächzen. Fast meine ich dann, ihre menschlichen Stimmen zu hören, wie sie mich auslachen oder beschimpfen. Manchmal sitzen sie auch nur stumm auf den Balken und Käfigen und starren mich mit ihren nachtschwarzen Augen an, als wären sie sich nicht sicher, was sie von ihrer neuesten Gefangenen halten sollen. Die Königin in mir verflucht die Vögel, verhöhnt sie für ihre Einfältigkeit. Aber ich beneide sie, denn sie sind frei.

Meine Schwester kommt nicht wieder. Manchmal vermute ich sie in dem Schwarm, spüre einen schwachen Hauch ihrer Magie, doch ehe ich danach greifen kann, ist sie fort und mit ihr der Zauber. Und so sitze ich in der matten Dunkelheit. Ich sitze und warte und weiß doch nicht, worauf. Ich schlafe und träume von Elle. Ich träume von der Meerhexe, von all den Kindern, die ich verloren habe, die ich nicht retten konnte. Ich erinnere mich an die Stimmen der Geister, wie sie im Wald tanzten. Die Geister. Ich vermisse sie.

Und ich vermisse ihn.

Den Hexenjäger. Meinen Hexenjäger.

Ich frage mich, ob er mich sucht, ob er ahnt, wo ich bin und ob er kommen wird, um mich zu retten? Doch wenn ich hinaufblicke in den endlosen Schacht aus Finsternis, weiß ich, dass niemand mich retten kann. Nur ich selbst.

Ich taste mit meinen Fingern nach dem Splitter, zerre daran. Ich versuche, ihn hinauszuziehen, doch er steckt fest. Er rührt sich nicht.

Er alleine hindert mich und hält mich gefangen.

Ich öffne die Rüstung, starre auf das schmale Stück Kristall, das aus dem Fleisch ragt. Ich beginne, mit den Fingernägeln an der Haut um den Splitter zu schaben. Der erste Riss schmerzt höllisch, ich keuche, kralle mich mit der einen Hand an die Gitterstäbe, während die andere unermüdlich weiterschabt und bohrt. Meine Finger werden feucht. Ich spüre die Wärme des Blutes, kann es riechen. Ich stöhne, schließe die Augen. Die Königin wartet. Sie wartet auf ihre Rettung.

Ja, lass mich raus, befreie mich, erlöse mich.

Mein Finger bohrt sich bis zum ersten Knöchel in das Fleisch, tastet nach dem Ende des Splitters. Doch da ist keines. Ich schiebe ihn weiter hinein, in meine Brust. Tief und tiefer. Der Schmerz wächst. In Wellen schwemmt er über mich, reißt mich mit. Nur meine Hand an den Stäben, nur die Königin in mir hält mich aufrecht. Alles dreht sich. Alles schwankt. Die Wunde brennt. Ich bohre tiefer, spüre die erste Rippe, spüre den Knochen.

»Oh nein«, keuche ich, denn der Splitter führt weiter, an der Rippe vorbei, mitten ins Herz. Tiefer komme ich nicht. Einem furchtbaren Impuls folgend, beiße ich die Zähne zusammen und presse gegen den Splitter, drücke ihn mit aller Macht zur Seite. Ich schreie, schreie durch die Zähne, und mein Schrei hallt in dem Schacht tausendfach, füllt ihn aus. Die Spitze bricht ab. Ich höre es krachen, spüre den Schmerz, als sie in mein Fleisch schneidet. Dann kann ich sie fassen, zerre sie zitternd hervor. Da liegt sie, blutend, in meiner bebenden Hand. Mir wird schwarz vor Augen. Mir wird schlecht. Ich klammere mich ans Gitter, doch alles schwankt, alles dreht sich. Und ich sinke nieder. Falle fast. Selbst als ich liege, schwankt die Welt weiter. Mein Herz blutet. Die abgebrochene Spitze des Splitters liegt in meiner Hand. Dann wird alles schwarz.

»Ist sie tot?«

»Atmet sie noch?«

Jemand dreht mich herum. Ich würge, schmecke Blut auf meiner Zunge. Mir ist schlecht. Und schwindelig.

»Sie lebt.«

»Aber … alles ist voller Blut.«

Ich blinzele, versuche oben und unten auseinanderzuhalten. Die Welt schwankt.

»Wach auf!« Jemand berührt mich im Gesicht. Kühle Hände. Tröstend.

»Sie wird toben, sollte sie sterben«, ruft jemand. »Wir sollten auf sie aufpassen.«

»Sie wird nicht sterben.«

»Sieh sie dir an!«

Ich blinzele, kämpfe gegen die Schatten und die Übelkeit, die mir bis zur Kehle reicht, meinen Kopf benebelt. Ich rolle zur Seite, alles rollt sich, alles dreht sich. Und ich breche. Ich spucke und würge.

Hände halten mich, streichen mir die Haare aus dem Gesicht. Ich höre flüsternde Worte, bis die Übelkeit nachlässt. Ich sinke zurück, lasse mich fallen, in die weichen Arme aus Federn.

»So ist es besser«, flüstert die Stimme.

»Vergiss nicht, wer sie ist!«, zischt jemand.

Ich öffne die Lider, blicke zur Decke des Käfigs, sehe die Raben überall hocken, auf den Stäben, auf den Balken. Sie beobachten mich … und die zwei Gestalten, die bei mir sind.

»Sie lebt, also lass uns gehen!«

Langsam drehe ich den Kopf, suche die Quelle der Worte, finde sie.

Eine Frau starrt mich aus feindseligen Augen an. Sie fürchtet sich, weil sie weiß, wer ich bin. Sie alle wissen es. Auch die Frau, die mich in den Armen hält. Die Federnmäntel fließen in schwarzen Wellen von ihren Schultern, reflektieren den Kerzenschein wie flüssiges Feuer. Ich versuche, mich aufzurichten, die Frau hilft mir lächelnd. Ihre Augen schimmern. Ihr Gesicht, ihr Gesicht. So vertraut.

»Ich weiß, wer du bist«, flüstere ich.

»Ich bin eine Rabin«, antwortet sie nur, doch ihr Lächeln gefriert.

Um uns herum krächzen die Vögel. Sie sind nervös.

»Deine Wunde … sie wird schnell heilen, der Splitter weiß sich selbst zu schützen«, erklärt sie mir und beginnt das Blut abzustreifen. Die aufgerissene Haut auf meiner Brust beginnt sanft zu schimmern.

»Und das heißt?«, frage ich.

»Du kannst ihn nicht herausholen.«

Die Königin lacht. *Nur zwei Dinge können den Splitter zum Tauen bringen*, erinnere ich mich an die Worte der Eishexe. *Drachenfeuer oder die Tränen wahrer Liebe.*

Und plötzlich kommt mir die erschreckende Erkenntnis, dass ich hier auf ewig gefangen bin.

In einem Käfig. In einem endlosen Schacht ohne Grund.

»Was ist da unten?«, frage ich und blicke hinab.

»Niemand weiß es«, gesteht die Rabin. »Niemand flog je tief genug, um das Geheimnis des Schachtes zu enthüllen. Nur die Rabenmutter … nur sie weiß es.«

Ich strecke den Arm aus, die Splitterspitze in meiner Hand gleitet zwischen den blutgetränkten Fingern hindurch, hinab in die ewige Dunkelheit. Ich höre sie fallen. Ich höre sie lang. Es gibt kein Ende.

»Wir sollten die Rabenmutter holen«, krächzt die zweite Rabin und mustert mich misstrauisch.

Zwei junge Vögel erheben sich, strecken die großen schwarzen Schwingen aus und streifen knapp den Käfig, ehe sie sich in Kreisen höherschrauben. Sie werden sie holen. Doch wenn sie kommt, werde ich nicht mehr da sein.

»Warum hast du sie verlassen?«, frage ich leise.

Die Rabin an meiner Seite erstarrt. Ihre Hände verharren für einen winzigen Moment über meiner Wunde, ehe sie fortfahren, sie zu säubern. »Ich weiß nicht, wovon du sprichst.«

»Sie war noch ein Kind.«

»Du kennst sie?«, zögert die Rabin und blickt mich an, Neugier, Schmerz aber auch Hoffnung im Blick. Sie hat ihr Kind zurückgelassen. Sie ist anders als ich, denn ich wäre niemals gegangen.

»Sie hat mich einst gerettet, und doch ist sie der Grund, warum ich jetzt hier bin.«

»Olga?«, wispert sie. »Sie lebt?«

»Ja.«

Für einen Moment schließt sie die Augen. Ich sehe eine schimmernde Träne, dann ist sie fort.

»Erzähl mir von ihr.«

Na los, erzähle ihr von der Frau, die dich hasst, die dich töten würde, wenn sie nur könnte. Ja, sie hat dich gerettet, weil er sie darum bat. Weil sie alles für ihn tut, einen Mann, der sie nicht liebt, niemals lieben wird. So wie ihr Vater sie nie geliebt hat!

Die Königin lacht.

Erzähl ihr von Olgas Verrat!

»Olga ist ein Goldkind.«

»Sie …«, die Rabin verstummt.

»Sie fiel in den Brunnen, floh vor ihrem Vater. Sie fand eine Welt ohne Leid. Sie blieb lange. Und doch wurde sie nie wie die anderen. Vielleicht, weil sie schon zu viel Leid erlebt hatte?«

Ich erzähle ihr von Olga, von ihrer Art zu sprechen, von ihren Augen, wie sie golden schimmern und dann wieder nicht. Ich erzähle von ihr und den Goldkindern und den Hexenjägern in der Mühle. Sogar von dem einen Hexenjäger. Nur von dem Verrat spreche ich nicht.

Die Augen der Rabin, die so sehr denen von Olga gleichen, hängen an mir. Sie saugt jedes Wort auf, ich sehe, wie sie alles sorgsam einschließt in ihrem Herzen.

»Ich wusste, dass du sie noch immer liebst«, schließe ich endlich.

»Sie ist meine Tochter«, ist alles, was die Rabin sagt und wendet sich ab. Sie streift ihren Federnmantel über die Schultern, aber sie verwandelt sich nicht. Noch nicht. Sie steht da, den Kopf gesenkt und sieht ein Kind in einem Zelt in einer anderen Zeit.

»Warum bist du gegangen?«

»Ich wollte sie schützen«, höre ich sie flüstern. »Ich wollte mich schützen.« Sie dreht sich um, ihr Blick ist seltsam in sich gekehrt. »Hatte ich denn eine Wahl? Ich wollte sie mitnehmen, aber sie war zu jung, um eine Rabin zu werden. Doch war es mein einziger Weg hinaus aus dieser Hölle. Also ging ich und versprach wiederzukommen, sobald sie alt genug sein würde. Um sie zu holen. Zu mir. Zu uns.« Für einen Moment wird es totenstill und fast ist es, als würden sich die Raben kollektiv an etwas erinnern. »Aber sie war fort.«

»Sie war in der Brunnenwelt.«

»Ich dachte …«

»… sie sei tot.«

Die Rabin nickt. Sie legt den Kopf schief. Sie ähnelt sehr den Vögeln um uns herum und ich frage mich, wie viel wirklich noch von dem Menschen in ihr steckt, der sie einst war. Oder ob sie ganz und gar eine Rabin geworden ist, mit Haut und Haar. Mit all ihren Federn.

»Träumst du von ihr?«, frage ich, ehe ich mich hindern kann.

»Jede Nacht.«

Ich schließe die Augen, höre Elle lachen. Höre sie schreien.

»Hört es je auf wehzutun?«

»Niemals.«

Ich schlucke, nicke dann.

»Wird mich die Rabenmutter gehen lassen?«

Sie zögert, dann schüttelt sie den Kopf. »Nein.«

Hoch oben höre ich die entfernten Flügelschläge heimkehrender Vögel. Sie kommen zurück. Mit ihnen die Rabenmutter. Die zwei Rabenfrauen hören sie ebenfalls. Sie heben die Köpfe und blicken hinauf. Das ist der Moment. Die einzige Chance. Meine letzte.

Ich gleite zwischen ihnen hindurch, und ehe sie begreifen, was ich tue, stürze ich durch die geöffnete Käfigtür hinab in den Schacht. Ich höre sie krächzen. Ich sehe, wie sie mir folgen, wie sie sich von den Stangen und Käfigen, den Balken und Wänden als schwarzer Schwarm erheben und sich hinabstürzen. Mir nach. Sie ergießen sich in den Schacht. Eine schwarze Flut. Die Fackeln zischen an mir vorbei, die Flammen sind nicht mehr als ein schwacher Hauch in der dicken Luft. Ich falle, ich falle tiefer. Alles in mir schreit.

Ich könnte die Augen schließen und mich dem Gefühl der Schwerelosigkeit ergeben. Auf das Ende warten, am Grunde des Bodens. Zerschmettert. Endlich. Begraben in Vogelkot und Federn.

Ich höre meine Schwester schreien. Sie stürzt zwischen den anderen Raben hindurch. Sie ist größer und stärker. Ich spüre ihre Macht.

Die Königin öffnet die Augen, fährt herum und streift das rote Cape von den Schultern. Es bleibt zurück, bauscht sich auf, sinkt dann langsam, so als wüsste es nicht, wohin – ohne seine Herrin. Meine Hände halten den Federmantel, er lechzt danach, mit mir zu verwachsen, sich in meine Haut zu fressen und mit mir eins zu werden. Die Augen der Rabenmutter werden groß.

»Nicht«, haucht sie, dann stülpe ich den Federmantel mitten im Fall über. Der Schmerz ist furchtbar. Die Kiele bohren sich in mein Fleisch, fressen mich. Ich verliere meine Uniform, sie zerreißt, löst sich von mir. Sie bleibt zurück wie das Cape, zerfetzt in Tausende Einzelteile. Sie tanzen hinter mir wie ein schwarzer Schweif, als würde ich verglühen. Ich verglühe. Alles in mir brennt.

Während mein Körper sich aufbäumt, bleibt der Schwarm zurück. Wir nähern uns dem Punkt, an dem sie nicht weiterkönnen oder dürfen. Nur die Rabenmutter, sie folgt mir in meinem Todeskampf.

Dann ist es vorbei. Ich breite die Arme – nein, die Schwingen aus, spüre die Macht. Spüre den Luftzug. Die Königin in mir kreischt.

Ich drehe mich leicht, sofort verändert sich mein Fall. Ich wende mich um, gleite zwischen den Balken hindurch. Die Rabenmutter direkt hinter mir. Ich höre ihr Herz zittern, während meines vor Freude schreit. *Ich bin frei!*

Die Luft und ich in ihr. Ich falle nicht mehr. Ich kontrolliere.

Hinter mir schreit die Rabenmutter. Schreit und brüllt und tobt.

Fang mich, fang mich doch!

Und sie tut es. Nur knapp verfehlen mich ihre Klauen. Ich entwische zwischen zwei Käfigen, sie folgt sofort. Ich bin stark, meine Lust unbändig, mein Drang nach Freiheit erdrückend, aber sie ist die Rabenmutter. Keine fliegt besser als sie.

Unsere Klauen verhaken sich. Ich sehe ihre Verzweiflung. Sie will mich aufhalten. Um jeden Preis.

Warum?

»Lass mich frei!«, rufe ich, während wir uns taumelnd dem Grund entgegendrehen. »Lass mich einfach gehen!«

Sie antwortet nicht. Sie hält fest. Sie hält mich fest, und während wir wie im Rausch umeinander kreisen, glaube ich, dass sie mit mir in den Tod gehen will. Sie und ich. Vereint. Weil sie mich liebt. Weil ich die Königin bin. Ihre Schwester. Ich sehe es in ihrem Blick: die Einsamkeit. Wir waren Schwestern. Einst im Turm, auf der Lichtung im Wald. Wir lachten und spielten. Ich trug sie auf meinem Rücken, zeigte ihr die Sterne. Was ist geschehen?

»Ich habe Angst.«

»Warum?«, frage ich das kleine Mädchen mit den fast schwarzen Augen.

Doch sie antwortet nicht, kuschelt sich enger an mich. Die anderen Kinder schlafen bereits. Ich singe ein Schlaflied, eines, das meine Mutter für mich zu singen pflegte. Eines, das ich Tausende Jahre später für ein kleines Kind wieder singen werde. Das Mädchen in meinen Armen entspannt sich. An mein Herz gekuschelt, schläft es ein. Ich lege es zurück in die Kissen, summe noch leise und streiche die schwarzen Haare aus der Stirn.

»Schlaf gut, mein Täubchen!«

Dann erhebe ich mich, stehe in dem kreisrunden Saal mit den strahlenförmig angeordneten Betten. Ein jedes für ein Feenkind. Ich gehe an den Betten entlang. Küsse jede Stirn, wünsche süße Träume, lasse sie ruhen. Erst, als ich auch das zwölfte Feenkind in den Schlaf geschickt habe, schreite ich zur Treppe, folge den endlosen Stufen hinauf. Sie wartet oben auf mich. So wie sie jeden Abend auf mich wartet.

Sie steht am Fenster, blickt hinaus. Ich stelle mich neben sie. Pandora schimmert im letzten Abendlicht. Die Flüsse glitzern, die Felder glühen und die Wipfel der Bäume singen ihr allabendliches Lied.

»Sie sieht friedlich aus, die Welt, nicht wahr?«

»Ja, das tut sie«, stimme ich zu und stütze mich neben ihr am Rahmen ab. »Aber sie ist es nicht.«

»Nicht für uns«, sagt sie.

»Nicht für uns«, wiederhole ich.

»Sie kommen näher, die Menschen. Der Schutzzauber des Waldes reicht nicht aus. Sie beginnen, sich zu orientieren, nutzen Steine, um Spuren zu legen, um wieder hinaus und noch tiefer hineinzufinden.« Sie seufzt, schließt für einen Moment die Augen.

»Steine?«, frage ich.

Sie nickt. »Weißschimmernde Kieselsteine aus dem Flussbett. So finden sie den Weg.«

Sinnend beobachte ich den Wald. »Sie glauben, uns besiegen zu können. Sie wissen nicht, mit wem sie es zu tun haben.« Auf einen Wink meines Armes stürzen sich die Krähen vom Sims des Daches, gleiten die Wand des Turmes hinab.

»Findet die Steine, bringt sie zu mir, vernichtet jede Spur der Menschen!«

Der Schwarm verschwindet unter den Baumwipfeln. Sie werden die ganze Nacht fliegen. Hin und her. Vor dem Turm wächst ein Berg aus blanken Kieselsteinen. Sie schimmern wie Knochen. Ich hebe die Hände, befehle dem Wald, dichter zu wachsen, befehle den

Hecken, Dornen zu bilden. Auf dass sie uns schützen. Auf dass die Menschen sich auf immer verirren.

»Sie werden einen neuen Weg finden«, meint sie nur leise und wendet sich ab und geht in den Saal. Er ist leer. Nur die Spiegel an den Wänden reflektieren die Strahlen der untergehenden Sonne. Sie schreitet an den Spiegeln entlang, berührt jeden mit den Fingerspitzen. »Sie werden einen Weg finden. Sie finden immer einen. Und eines Tages werden sie hier sein. Und dann wird sich alles verändern.«

»Nicht, wenn ich es verhindern kann.«

»Du?« Sie wendet sich um, steht in der Mitte und ihr Spiegelbild blickt mich von jeder Wand an. »Wie willst du alleine die ganze Menschheit aufhalten?«

»Sie ist nicht alleine«, wispert eine leise Stimme.

»Täubchen«, flüstere ich und das Mädchen fliegt in meine ausgestreckten Arme. »Du sollst schlafen.«

»Du bist nicht alleine!«, wiederholt sie und blickt mich ernst an. Tränen schimmern in ihren Augen, die viel zu dunkel für ein Feenkind sind. Und doch ist sie eines.

Ich schmiege mich an sie. »Ja«, flüstere ich und gemeinsam blicken wir hinaus auf den sterbenden Abend. Das Licht verblasst, die Schwärze kriecht herauf. Die Vögel huschen als dunkle Schatten über den Wald, sammeln die Steine. Sie werden von nun an jede Nacht fliegen. So lange, bis die Menschen einen anderen Weg finden, um den Wald zu bezwingen. Und dann werden wir sie erwarten.

»Täubchen«, flüstere ich. Ihre Augen werden groß wie Seen, alles in ihr schreit. Sie klammert sich an mich. Sie erinnert sich, so wie ich mich erinnere.

»Du«, keucht sie, dann lässt sie los, stößt sich ab und bleibt zurück. Einen Moment blicke ich ihr hinterher, bis ich begreife, dass wir am Grund angelangt sind und sie mir nur deshalb nicht mehr folgt. Ich fahre herum, breite die Schwingen aus. Unter mir sehe ich das Ende. Ich sehe das Licht.

Eine schimmernde Halle, ein spiegelglatter, schwarzer See. Dann verschlingt mich das Wasser. Der Aufprall raubt mir den Atem und ich verliere die Orientierung. Kalt ist es, verdammt kalt und schwarz. Die Federn, sie zerren mich schwer hinab. Ich versuche den Mantel abzustreifen, versuche dem Sog zu entkommen, der mich gefangen hält. Ich sinke nieder, sinke tief und die rettende Oberfläche schwindet aus meinem Sichtfeld. *So wirst du enden – in einem See, getötet von der einzigen Schwester, die dich retten wollte.* Die Königin keucht, auch ihr Blick klebt an dem verblassenden Lichtschimmer. *Rette uns, rette uns*, haucht sie. Da bekomme ich den Federnmantel zu fassen, zerre an ihm, zerre ihn von meiner Haut. Er will sich nicht lösen, er ist fest mit mir verwachsen. Die Dunkelheit verschluckt uns, das Wasser, überall Wasser. Ich reiße die Federn aus meinen Knochen, als würde ich mich häuten. Alles brennt, meine Haut, meine Lunge. Dann bin ich frei, strampele mit den Beinen, kämpfe mich hoch, dem blassen Licht entgegen, durchbreche die Oberfläche und schnappe nach Luft. Meine Brust hebt und senkt sich, mein Herz rast. Beinahe … beinahe wäre es mein Ende gewesen. Die Königin zischt.

Finde die Rabenmutter. Töte sie!

Ich schwimme zum Rand, den Blick auf den schwarzen Vogel gerichtet, der hoch über uns seine Kreise dreht.

»Komm nur, Schwester, lass uns spielen!«

Zwei Schwäne gleiten an mir vorbei, die Federn weiß wie Schnee, die Hälse lang und gebogen, auf den Häuptern goldene Kronen. Die Königin beginnt zu kreischen. Ich kämpfe mich zum Rand, spüre den Grund unter meinen Füßen und stemme mich in die Höhe. Das Wasser perlt von meiner Haut. Ich balle die Fäuste, unterdrücke den Schrei, der in mir tobt. Unterdrücke die Tränen. Unterdrücke alles. Ich lasse die Königin toben. Ihr Zorn lindert meinen Schmerz. Ich suche die Schwäne, ertrage ihren Anblick nicht. Ertrage es nicht!

»Oh Gott«, schluchze ich und fühle den Schmerz, als wäre es erst gestern gewesen und nicht Tausende von Jahren her. »Wie kannst du nur!«, brülle ich und drehe mich, suche sie. »Wie kannst du nur?« Ich starre die Schwäne an, die Kronen, die Köpfe.

Wie Odette …

»Täubchen?«

Ich sinke nieder. Am Grunde des Schachtes liegt das düsterste Geheimnis unseres Lebens. Die größte Tragödie des meinen, der Tag, der alles veränderte.

Schwanensee

»Sie kommen, sie kommen!«

Ich fliege die Treppen hinab, während unten die Menschen auf die Lichtung stürmen. Sie haben uns gefunden!

Die Feenkinder beginnen zu schreien und ich weiß, dass ich zu spät sein werde, dass die Treppe mich nicht schnell genug trägt, also stürze ich durch das nächste Fenster, das Glas zerbricht, prasselt zur Erde. Und ich hinterher. Der Flug geht schnell, der Aufprall ist hart, doch ich federe den Sturz mit meiner Magie ab. Als sie mich sehen, lassen sie die anderen los.

Sie heben die Fackeln, die Schwerter und Äxte, die Heugabeln. In ihren Augen steht ein Hass, der mir den Atem nimmt. Ich rieche den Rauch. Die Kinder wimmern.

Wir sind noch nicht so weit. Sie sind zu früh! Das ist alles, was ich denken kann. Nur ich, nur ich kann sie jetzt noch retten, das stärkste Feenkind, und doch bin ich eben das, ein Kind, noch nicht ganz erwachsen. Die Magie strömt durch meine Adern, meine Haut beginnt zu glühen. Ich werde sie retten – und wenn es das Letzte ist, was ich tue. Dann setzen sich die Menschen in Bewegung. Ich rufe die Vögel, lasse sie ausschwärmen und auf die Köpfe der Männer und Frauen niederprasseln.

»Scheucht sie zurück!«, befehle ich und rufe gleichzeitig den Wald, bitte ihn zur Hilfe. Sofort höre ich sie nahen, die wilden Wölfe, die Rehe und all die Vöglein. Ja, sogar die Elfen stürzen aus ihren gläsernen Palästen herbei, bilden einen schützenden Ring um die kleinen Feenkinder, während der Kampf entbrennt.

»Tötet das große Feenmädchen!«, kreischen die Menschen. Sie schlagen nach den Vögeln, reißen sie vom Himmel nieder auf die

Erde und töten sie. Ich spüre ihren Tod, als wäre es mein eigener. Ich spüre all ihren Schmerz und es zerreißt mich. Doch für die anderen, für die anderen Kinder, stehe ich aufrecht, rufe die Hecken, lasse sie wachsen und nach den Beinen der Menschen greifen. Die Äxte sausen nieder, zerschlagen sie, und es ist, als würden sie meine Arme zerteilen.

»Hilf mir!«, wispere ich in den Wind, »Hilf mir, du himmlisches Kind!«

Er hört auf meinen Ruf, er antwortet. Am Himmel ballen sich die Wolken, er braust auf und trägt eisige Kälte mit sich. Gleichzeitig brechen die Wölfe durch die Bäume und reißen die Menschen nieder. Ich höre sie gurgeln und das Reißen der Zähne.

»Seht nicht hin!«, rufe ich zu den Kindern und lenke den Sturm, lenke ihn auf die Männer. Doch für jeden, der fällt, stürmen zwei neue auf die Lichtung. Woher kommen sie? Wie haben sie den Weg gefunden?

Ich suche nach ihr und finde sie hoch oben am zersprungenen Fenster, hinabblickend auf unser Ende.

»Sie sind da«, sagt sie. Dann erwischt mich ein Schlag am Kopf, ich taumele, stürze zurück. Die Magie in meinen Händen erbebt. Krampfhaft versuche ich, sie aufrechtzuerhalten, doch sie schwindet, ebenso die Welt um mich herum. Sie dreht sich, ich sehe die Kinder, sehe die Wölfe, wie sie zurück in den Wald flüchten. Die Wolken verblassen – und ich die Männer sind über mir, sind überall.

»Lauft!«, brülle ich, ehe die Dunkelheit mich verschluckt.

Die Schwäne gleiten an mir vorbei, sie ziehen ihre langsamen Kreise, eine verschlungene Acht, als würden sie diesen Weg auf ewig schwimmen, als gäbe es kein Ende, kein Morgen und kein Gestern. Nur den Moment. Ich sehe sie an und sehe doch nur Odette und den Tag, in dem das Leben im Turm zur Qual wurde, den Tag, an dem wir Odette verloren. Odette, das Schwanenmädchen. Sie ist so präsent und der Schmerz so real, dass selbst die Königin tief in mir sich windet vor Qual. Ich merke, wie die Rabenmutter neben mir landet. Sie streift ihr Federnkleid ab und tritt zu mir, blickt zum schwarzen See, tief unter der Erde. Ihr See, auf dem die Schwäne ihr Dasein fristen. Ich spüre, dass auch sie leidet.

»Warum?«, frage ich und schaffe es nicht, meinen Blick von den weißen Silhouetten zu nehmen.

»Weil es schlimmer wäre, sie zu vergessen«, sagt sie leise.

Ich drehe den Kopf, sehe sie an. »Vergessen?« Meine Stimme ist nicht mehr als ein Hauch.

Sie zögert, doch dann hebt sie den Kopf, stolz, aber irgendwie mehr, als sei sie tief verletzt. »Ich bin die Einzige, die sich noch an Odette erinnert.«

»Nein, ich …«

Doch sie unterbricht mich: »Glaub mir, Königin, du und die anderen, keine von euch dachte an Odette in all den langen Jahren, die seit ihrem Tod vergangen sind, weil ihr die Erinnerungen nicht wolltet, denn sie sind zu schmerzhaft.« Sie sieht mich an mit den Augen, die viel zu schwarz für eine Fee sind – und es sind diese Augen, die mir so vertraut sind. Genau wie Odettes. Täubchen und Schwänchen. Wie Schwestern.

»Sie war wie du.«

»Ja«, sagt sie und es klingt wie ein Seufzen.

»Odette«, flüstere ich und sehe das Kind vor mir.

»Ihr habt sie vergessen.«

Ich will widersprechen und tue es doch nicht, weil es stimmt, dass ich sie vergaß, das Feenkind, das ihr Leben ließ, an jenem Tag, als die Menschen den Wald eroberten. Ich vergaß sie. Wir alle vergaßen sie.

»Du nicht.«

»Ich zwinge mich, an sie zu denken.«

Erneut blicke ich zu den Schwänen und beginne zu begreifen, warum sie sind und wofür sie existieren.

»Ich komme jeden Tag«, fährt die Rabenmutter fort und klingt plötzlich wie das Mädchen, dem ich vor langer Zeit den Namen ›Täubchen‹ gab. »Und wenn ich die Schwäne sehe, dann erinnere ich mich an sie, an ihr Lachen und an ihren Zauber, daran, wie sie war, bevor sie starb. Ich spüre den Schmerz, eine bittersüße Qual und es ist diese Qual, die sie am Leben erhält, in meinem Herzen, damit ich sie niemals vergesse. So bleibt sie, in mir. Denn wenn ich mich nicht an sie erinnere, wer dann?«

Ich spüre Tränen auf meinen Wangen, höre Odettes Lachen, höre sie nach mir rufen.

»Sie war wundervoll.«

»Ja«, flüstert die Rabenmutter und auf einen Wink ihrer Hand erhebt sich der eine Schwan in die Höhe, streckt seine Flügel und wandelt sich. Tausend schimmernde Wasserperlen und weiße Federn tanzen auf dem Wasser, tanzen um den Schwan, der einmal Odette war – und für einen winzigen Moment steht sie dort mitten auf dem See. Ihre Augen blicken mich direkt an. Sie funkeln. Sie lacht und streckt eine Hand nach mir aus, flüstert meinen Namen, dann erlischt der Zauber. Das Wasser perlt zurück in den See, wird stumpf und schwarz, der Schwan sinkt in sich zusammen. Die goldene Krone auf dem Haupt, dreht er weiter seine Runden. Gemeinsam mit dem anderen.

»Warum zwei?«, frage ich erstickt, versuche ihr Bild festzuhalten. Ich darf sie nicht vergessen. Nicht noch einmal. Nie wieder.

Für einen ewigen Moment zögert meine Schwester, dann hebt sie ihre Hand, und der zweite Schwan beginnt, sich zu entfalten. »Wir verloren zwei Kinder an diesem Tag«, ist alles, was sie sagt, und ich begreife, wer der zweite Schwan ist und die Schuld droht mich zu ersticken.

Über mir der Himmel. Unter mir der Boden.

Mein Herz schlägt. Ich atme. Ich lebe. Doch ich höre nichts. Oder doch, ich höre etwas. Knarren und Knacken, ja sogar einen leisen Singsang. Doch der Wald. Ich höre die Stimme des Waldes nicht. Und die Kinder …

Ich reiße die Augen auf und will auffahren, werde jedoch gehalten von strammen Gurten, die rund um meinen Körper gebunden sind. Sie schneiden in mein Fleisch, so eng sind sie geschnallt. Ich liege auf einem Wagen, gezogen von einem Pferd. Neben mir laufen Männer, in den Händen halten sie schwarze Pfannen mit rot glühenden Kohlen. Sie verbrennen Eibenrinden. Ich erkenne den Duft. Ich weiß, was sie versuchen. Sie wollen sich vor mir und meinem Zauber schützen. Sie glauben, der Rauch der Eibe mache mich schwach. Sie sehen mich nicht an, sie bemerken nicht einmal, dass ich erwacht bin – so sicher sind sie sich ihres Sieges und ihrer erbärmlichen Schutzzauber.

Ich blicke an mir hinab. Etwas Weiches schmiegt sich an meine Hände. Katzen, tote Katzen. Mit glasigen Augen starren sie zu mir auf. Drei sind es. Drei schwarze Katzen. Als würde mich ihr Tod aufhalten, als könnten sie mich in meiner Macht hindern. Doch so sind die Menschen, einfältig, leichtgläubig und … verzweifelt?

Warum nur, warum mussten sie in den Wald kommen?

Warum mussten sie den Turm suchen?

Ich versuche, nicht in die leeren Augen der Tiere zu starren, sondern mich zu orientieren. Die Wipfel der Bäume, die über mir entlangziehen, gehören noch zu meinem Wald. Doch er ist verstummt, als hüte er ein schlimmes Geheimnis. Ich lege den Kopf schief. Was ist geschehen?, frage ich die Bäume, doch sie schweigen. Auch die Elfen, die Vöglein – sie alle schweigen, während der Tross der Menschen mit ihrer gefürchteten Gefangenen den Weg fortsetzt. Ich blicke nach vorne. Viele Menschen sind es. Sie alle hat es hinausgezogen, zu ihrer furchtbaren Mission, um das Leben der Feen zu beenden. Ich suche nach den Kindern, nach ihr – und finde doch keine. Ein schrecklicher Verdacht keimt und die Angst schnürt mir die Kehle zu. Was, wenn …?

Ich suche mit meinen Blicken in den Gesichtern der Männer nach einer Regung, nach irgendetwas, das mir verrät, was passiert sein kann, nachdem ich in der Dunkelheit versank. Konnten sie fliehen? Konnten sie entkommen? Bin ich die Einzige, die von ihnen gefangen wurde?

Noch während ich darüber nachdenke, entsteht ein anderer Gedanke in meinem Kopf. Wie konnten sie den Weg zu uns finden? Niemand außer mir und ihr kennt den Wald. Niemanden außer uns lässt er hindurch. So ist sein Zauber, so ist er erdacht.

Die Kieselsteine. Die Menschen ersetzten sie schon bald, als sie erkannten, dass die Vögel sie auflasen. Sie ersetzten sie durch vergiftete Brotkrumen und Hunderte Krähen erlagen ihrem Gift, ehe ich begriff, was geschah, ehe ich ihnen verbot, davon zu essen. Vergiftetes Brot. Ich rief den Wind, trug ihm auf, die Spur zu verwehen, eine jede Nacht, auf dass sie am nächsten Morgen verloren sei. Für eine Weile wurde es still im Geisterwald, und ich glaubte fast, der Frieden sei eingekehrt. Doch … sie fanden einen neuen Weg. Irgendwie. Ich frage mich wie?

Dann sehe ich den Faden, den roten Faden, der sich an den Ästen entlangzieht, immer dem verschlungenen Pfad entlang, den niemand kennt … außer uns beiden, und ich begreife, dass wir verraten wurden, von innen heraus. Es war jemand von uns, dem ich den Weg zeigte …

»Oh Gott!« Ich schließe die Augen und versuche, die Wut fortzuatmen und zu kontrollieren. Sie wächst in mir wie eine schwarze

Wolke, wie ein Gewitter. Als ich die Augen öffne, glühen sie vor heillosem Zorn. Doch ich bleibe liegen, ich rühre mich nicht und kann nur hoffen, dass es ihnen gut geht, dass sie leben, denn ich werde zum Ursprung reisen. Ich werde herausfinden, wer diesen Angriff befahl. Und dort … dort werde ich allem ein Ende bereiten. Das schwöre ich bei meinem Leben!

Ich kann den Schwan nicht ansehen. Ich tue es trotzdem. Erst, als das Wasser sich wieder senkt und die Schwäne ihre Kreise ziehen, wage ich zu atmen. Ich verdränge das Bild. Verdränge Odette. Und plötzlich weiß ich, warum ich mit aller Macht zu vergessen suchte, warum ich Odette aus meinem Gedächtnis verbannte – denn der zweite Schwan, der zweite Schwan …

»Ich habe mich verändert«, flüstere ich und schlinge die Arme um meinen zitternden Körper. Ich bin nackt. Mein Herz blutet. Langsam und schleichend. Es ist eine Wunde, die nie vergeht, so wie der Verlust von Odette und …

»Ich erkenne dich wieder«, flüstert auch die Rabenmutter. »Du bist Lilith.«

»Ja«, hauche ich und blicke hinauf zur gewölbten Decke der unterirdischen Höhle, erhellt durch die matten Flammen Hunderter von Kerzen. Ein Schrein, ein Grab. Hoch oben öffnet sich der Schacht. Ich sehe die Lichtpunkte der abertausend Fackeln, bis sie nicht heller scheinen als sterbende Sterne. Irgendwo dort sitzt Olgas Mutter zusammen mit Hunderten von Raben. Sie waren nie am Grund. Sie wissen nicht, wer wir wirklich sind. Sie kennen nicht Täubchen, sie kennen nur die Rabenmutter. Sie wissen nichts von Odette. Die Welt hätte das Schwanenmädchen und ihr trauriges Schicksal auf alle Zeit vergessen, wenn die Erinnerung nicht sorgsam gehütet worden wäre, in Gestalt eines Schwanes, der auf ewig seine Runden zieht. Und doch hat sie uns alle geprägt. Wir sind, wer wir sind. Gezeichnet von dem Leben. Geprägt durch Leid … und durch die Liebe.

»Warum hast du mich gerettet? Warum bin ich hier und nicht ausgeliefert an unsere Schwestern, damit sie das letzte Ritual an mir vollziehen können?«

Sie streckt die Schultern und hebt den Kopf. »Du hast meine …«

»Nein«, unterbreche ich sie, »es liegt nicht an den Rabenmädchen. Sag mir die Wahrheit!«

Sie wirft den Kopf in den Nacken, lacht und doch klingt es, als würde sie weinen.

Ich weiß nicht, warum.

»Du wirst uns alle töten!«

Ich erstarre, doch sie lacht weiter, zeigt auf die Schwäne. »Wir alle werden sterben, ausgelöscht sein – und es wird niemanden geben, der sich an uns erinnern wird … es sei denn …« Sie stockt, verstummt, sieht mich dann lange an. »Es sei denn, du tust es.«

Mein Hals wird trocken, mein Herz schreit. *Ich will euch nicht töten*, möchte ich rufen und höre gleichzeitig die Königin in mir vor Vergnügen lachen, voller Vorfreude auf das Ende der Feen, meiner Schwestern, die doch auch die ihren sind.

Doch sie will sie töten.

Nein, ich. Ein Teil von mir.

»Du wirst uns töten«, krächzt die Rabenmutter und hebt ihre Hand. Weiße Federn entfalten sich, folgen einem glitzernden Strom, formen sich in der Luft, tanzen beinahe schwerelos, sinken dann nieder und bilden fünf weitere Schwäne. »Ein jeder für eine verlorene Schwester«, wispert sie und lässt kurz die Gestalten der Feen über den schwarzen Wassern schweben. Rattenbiest und Brunnenhexe, die ersten, die fielen. Dann folgen die Kinderfresserin, nein – Gretchen, Eva und die Letzte … die Königin brüllt. Ungebrochen in ihrer Schönheit sieht mich die Meerhexe für einen letzten Hauch an, ehe sie sich in einen weißen Schwan verwandelt und zusammen mit den anderen über den See gleitet.

»Sie sind verloren, aber nicht vergessen«, sagt die Rabenmutter leise und lässt den Arm sinken. »Ich werde für jede einen Schwan zaubern – für jede von uns.« Dann sieht sie mich an und ich begreife.

»Du willst die Letzte sein.«

»Ja«, sagt sie. »Ja, wenn alle anderen gefallen sind, werde ich den letzten, den vierzehnten Schwan zaubern. Meinen Schwan.«

»Du willst nicht kämpfen?«, frage ich leise.

»Wofür?«, fragt sie nur und damit ist alles gesagt. Sie blickt zu den sieben Schwänen. »Mein einziger Wunsch ist es, nicht vergessen zu werden. Nicht zu vergessen. Ich werde warten, auf den Tag, an dem du kommen wirst, um mein Leben zu fordern. Du willst Rache, du sollst sie bekommen. Wir haben dich betrogen. Es ist unsere gerechte Strafe.«

»Täubchen«, flüstere ich, doch sie schüttelt den Kopf.

»Täubchen bin ich schon lange nicht mehr. Ich bin die Rabenmutter. So, wie du die Königin bist.«

»Ich bin Lilith!«

»Vielleicht«, gesteht sie und mustert mich mit geneigtem Kopf. »Doch bist du auch die Königin, wirst sie immer sein.«

Und wie ich schon den Hexenjäger zu überzeugen versuchte, möchte ich jetzt meine gefiederte Schwester anbrüllen … anbrüllen, dass ich nicht mehr die Königin sein will, es ohne Macht nicht bin – wenn nur … wenn ich nur die Macht nie wieder bekommen würde.

Aber sie wird wiederkommen, flüstert die Königin in mir.

»Du tötest uns«, sagt die Rabenmutter, doch es ist kein Vorwurf in ihrer Stimme. »Lilith hat nie getötet, die Königin schon.«

Ich sehe sie an, finde in ihren Augen Täubchen, sehe eine Verzweiflung, die der meinen gleicht. Ich will dich nicht töten!

»Willst du mich töten?«, fragt sie.

»Nein«, rufe ich. »Nein.«

»Aber vielleicht musst du es tun«, fährt sie fort und streicht mit den langen Fingern über die schmalen Federn ihres Mantels.

»So wie du die Menschen töten musst?«, frage ich leise.

Sie stockt. Und wie die Eishexe braucht sie einen Moment, ehe sie gesteht: »Ja, nicht wahr? Ich töte sie, weil es ein Gleichgewicht schafft. Würde ich sie nicht hin und wieder jagen, verängstigen und ein paar von ihnen sterben lassen, so würden sie die Angst vor mir verlieren, vielleicht Mut gewinnen. Und vielleicht …«

»Vielleicht kämen sie wie damals auf die Idee, uns anzugreifen?«, vollende ich den Satz.

»Wir verschonten sie, doch sie griffen uns an.« Sie sieht mich an. »Uns gehörte der Wald, ihnen die ganze Welt. Aber es war ihnen nicht genug.«

»Jetzt herrscht ihr über ihre Welt.«

»Über deine«, flüstert sie, rafft sich dann auf und strafft die Schulter. Ich sehe den Stolz der Rabenmutter, ihre Stärke und Klugheit. Ich kann nicht verhindern, ebenfalls stolz zu sein, auf sie, auf Täubchen. Auf ihren Mut.

»Ich lasse sie alle büßen, jeden Tag, für das, was sie Odette antaten und uns allen antun wollten«, krächzt sie laut. »Die Menschen sind stur, sie vergessen und vergeben nicht. Und genau so wenig vergessen oder vergeben wir und lassen sie büßen, für die Sünden ihrer Urahnen. Jeden Tag, jedes Jahr, jedes Jahrhundert. So wäre es auf ewig fortgegangen, wenn du nicht wieder erwacht wärst. Du hast das sorgsame Gleichgewicht durcheinandergebracht. Indem du Feen tötest, schenkst du den Menschen Hoffnung. Sie glauben, weil die ersten Hexen gefallen sind, können sie uns alle besiegen. Wir kämpfen viel in diesen Tagen. Meine Raben sind erschöpft wie nie. Das Feuer der Drachenreiterin brennt überall, die Welt ist bedeckt von Eis. Wir weisen sie in ihre Schranken.«

Kurz stockt sie, dann fährt sie fort. »Doch jetzt bist da du, um uns in unsere Schranken zu weisen. Die Menschen, sie sind so gering neben unserem Krieg und dem Verrat an dir. Wir tragen eine größere Schuld, weil wir gegen dich rebellierten, unsere eigene Schwester. Nun bist du gekommen, diese Schuld einzufordern. Ich verstehe das, Schwester. Ich verstehe dich. Deshalb werde ich dir helfen, deine Rache zu bekommen, wenn du mir versprichst, dass ich die Letzte sein werde.«

»Du willst mir helfen?«

»Ich schenke dir Flügel. Ich lasse dich ziehen. Ich werde dich nicht jagen und nicht aufhalten. Mehr kann ich nicht tun.« Sie sieht mich lange an und es sind Täubchens Augen.

Die Königin erkennt sie ebenfalls. *Wir lassen ihr die Gnadenfrist*, flüstert sie.

Ich frage mich, ob sie ihn auch nicht erträgt, den Gedanken ihres Todes.

»Also gut«, stimme ich zu. »Du wirst die Letzte sein.«

Sie nickt, hebt dann die Hand und lässt Federn daraus hervorgleiten. Sie tanzen um mich herum und schmiegen sich an meine Haut – ganz anders als der Federmantel des Rabenmädchens. Ohne Schmerzen fügen sie sich auf mir zu einem Kleid zusammen. Ich hebe die Arme, die weißen Schwingen und begreife, dass sie mir ein Schwanenkleid schenkt.

»Ich weiß jetzt, dass wir nicht nur zwei Kinder, sondern auch dich an diesem Tag im Wald verloren«, flüstert sie, ehe sie mich mit einem Wink ihrer Hand in die Lüfte hebt, mir Auftrieb gibt, den Schacht hinauf, höher und höher, während sie selbst am Grund verbleibt.

Welt aus Eis

»Fürchtest du den Winter?«

»Nein, ich liebe ihn.«

Meine Schwester blickt zu mir und lächelt, die Haut so weiß wie der Schnee, der allüberall die Welt bedeckt und in tiefen Schlaf versenkt. »Ich liebe ihn, weil er mir Zeit zum Atmen gibt und Ruhe schenkt. Lausch doch, es ist nichts zu hören. Nur das sanfte Rieseln der Flocken und das Knirschen unter unseren Füßen. Ich liebe die Stille.«

»Der Winter ist kalt«, ist alles, was ich sage.

»Ja«, sagt sie verträumt. »Die Kälte ist gut.«

Ich weiß, was sie meint, war sie doch älter als die anderen Feenkinder, sogar älter als ich, als das Schicksal sie vernichten wollte. Sie erinnert sich, wie keine von uns sich erinnert. Zwölf Winter zählte ihr Leben, als die Menschen in ihrem Dorf sie fanden. Ihre Mutter endete wie meine. Sie auch. Beinahe.

Die Flammen, ich rieche noch die Flammen. Sie stand am Pfahl, den Blick gen Himmel, als hoffte sie auf ein Wunder. Doch das Wunder kam nicht von oben, es kam in Form eines kleinen Mädchens, welches das Feuer hasste, die Menschen noch mehr und verzweifelt auf der Suche nach Liebe und Nähe war. Ich rettete sie an jenem fernen Tag, in einem Winter, der nicht kalt genug war, um die Flammen der Scheiterhaufen zu ersticken. Doch der Schnee kühlte ihre verbrannten Beine und Arme. Er kühlte auch ihr Herz.

»Ich wünschte, er würde mir gehorchen«, murmelt sie und versucht, mit der Hand die Magie des Eises zu lenken. In ihrem Blick liegt Hoffnung und gleich dahinter die Resignation. Zu oft schon versuchte sie es und jedes Mal scheiterte sie. Ihre Magie ist schwach.

Mit einem winzigen Fingerzeig lasse ich den Schnee vor ihr tanzen, eisige Rosen und flauschige Schmetterlinge entstehen. Ihre Augen beginnen zu strahlen. Sie lacht. Sie lacht nicht oft. Dann lasse ich den Schnee fallen.

»Hast du gesehen?«, flüstert sie. »Für einen winzigen Moment habe ich es geschafft! Ich kann es! Ich kann es!«

Ich sage nichts. Ich weiß, dass der Tag kommen wird, an dem sie es lernen muss, um ein Kind zu retten, das am Grund des Brunnens sitzt. Sie wird es können, dann wird sie es endlich können. Sie wird zu einer Meisterin des Winters werden, einer Königin, einer Schneekönigin.

Ihr Zauber bedeckt die Welt. Sie ist stark geworden.

Die Wälder und Wiesen, alles ist gezeichnet von ihrem Eis. Es schimmert sanft in der frühen Sonne. Ich weiß nicht, wie viele Tage im Schacht der Rabenmutter vergangen sind. Ich weiß nicht, wohin ich fliegen soll. Alles, was zählt, ist, dass ich fliege. Ich bin frei.

Ich spüre die Luft und die Kälte und sie gibt mir Kraft. Hinter mir bleibt der gläserne Berg zurück, der höchste des Siebengebirges, der, dessen Spitze wie Spiegelsplitter schimmert. Raben und Krähen umkreisen ihn stetig. Ihre Rufe verfolgen mich, doch ich achte nicht auf sie. Auch nicht auf den Drachen, der weit im Norden unermüdlich seine Kreise zieht, oder auf den Rauch, der aus Dutzenden Dörfern gen Himmel steigt. Die Drachenreiterin tobt, sie tötet, sie zeigt den Menschen, dass sie nicht schwach und nicht zu besiegen ist. Doch ihr Spektakel ist nicht mehr als eine Demonstration ihrer Angst. Sie fürchtet sich vor mir … und vor den Menschen.

Der Turm ragt aus den Wipfeln des Waldes, wie ein Wächter über der Welt. Ich könnte zu ihm fliegen. Meine Heimat, die einzige, die ich kenne. Doch ich muss einen anderen Weg gehen.

Ich muss dorthin, wo alles begann, in die Stadt der Menschen, die vor tausend Jahren den Angriff auf den Turm befahlen. Ich muss dorthin, um zu verstehen – und um mich zu erinnern. Ich weiß, wen ich dort finden werde. Wer sich dort versteckt.

So lasse ich den Turm hinter mir und fliege zur Goldenen Stadt. Sie befahl einst den Untergang der Feen, wurde zerstört, wieder bevölkert, erneut zerstört. So lange, bis die Feen das Interesse daran verloren und sich größeren Zielen widmeten. Der Welt jenseits des Siebengebirges. Den Küstenstädten, den Städten der grünen Ebene und weiter, immer weiter. Bis ein Reich geschaffen war, das größer nicht sein konnte. Und die Königin war auferstanden. Ich, die Herrscherin über Pandora.

Ich sinke tiefer. Mein Schatten fliegt über die weißen Felder und vereisten Seen. Ein flüchtiges Spiegelbild meiner selbst. Getrieben. Was, wenn der Hexenjäger mich so sehen könnte? Würde er mich erkennen?

Vielleicht sucht er mich oder vermisst mich. Vielleicht ist er auch froh, mich los zu sein. Nur eines weiß ich mit Gewissheit: Er wird die Feen weiterhin jagen. Sie alle. Und am Ende werden wir uns wiedersehen, dann muss er sich entscheiden, so wie er sich schon einmal entschieden hat: mich zu töten, anstatt mich zu lieben. Ich schließe die Augen, spüre die Tränen. Und vielleicht muss ich ihn töten.

Ja, seufzt die Königin.

Sie weiß, was er mir bedeutet, denn mein Herz ist ihres.

Ich sinke tiefer. Die Bäume rauschen unter mir dahin, die Äste schwer vor Schnee, verziert mit langen Zapfen aus Eis. Hier und da linst ein grünes Blatt hervor, verrät den falschen Winter. Zu früh und nicht echt, sondern das Werk einer Fee.

Ich bin erschöpft und müde. Die Tage im Schacht, die Gedanken an morgen und die Erinnerungen zehren an mir.

Im Schnee sind Spuren von Menschen und Pferden, auch von Hunden. Die Stadt muss nah sein. Nur noch ein bisschen. Ich zwinge mich weiterzufliegen, mit den Flügeln die Luft zu bändigen, auf und ab, stetig vorwärts.

Plötzlich sind da Rufe von Männern, Stimmen, das Bellen von Hunden. Ich höre auch Pferde und deren Hufe im Schnee knirschen, das Schlagen der Schweife und das Klirren der Steigbügel. Eine Gruppe Reiter. Jagdhunde stromern im Gebüsch umher und suchen nach längst verlorenen Fährten. Sie haben nichts gefangen. Die Köcher noch voller Bolzen, die Armbrüste ziellos in den Armen. Zu spät begreife ich meinen Fehler. Als sie mich sehen, hebt einer von ihnen die Armbrust und zielt auf mich.

»Das ist meiner«, ruft er und gibt seinem Pferd die Sporen. Ich fliehe durch die Bäume, versuche Höhe zu gewinnen, doch er naht schnell. Der erste Bolzen zischt herbei, verfehlt nur knapp sein Ziel. Der zweite streift meinen Flügel. Ich stürze, verliere wichtige Sekunden. Das Pferd galoppiert schnell. Sein Reiter keucht. Ich gleite zwischen zwei tief hängenden Ästen hindurch, hinter mir flucht der Verfolger. Kurz verliert er mich aus dem Blickfeld, dann ist er an den Ästen vorbei. Genau in der Sekunde streife ich das Federkleid ab und stürze zu Boden. Keuchend lande ich im Schnee, die Kälte frisst sich in meine Haut. Nicht wie der Nordwind, aber beißend genug. Drei Tropfen Blut perlen von der Streifwunde an meinem Arm in den Schnee. Blut, Schnee und Haare. Der Dornröschenzauber ist fast perfekt. Doch die Siebte Fee ist nicht da, um ihn zu vollenden. Nur ich könnte es tun und den Spruch sagen, um mich selbst zu vernichten. Der Prinz ist tot. Er kann mich nicht mehr erwecken. Niemand könnte mich je wieder auferstehen lassen. Endgültig vorbei.

»Sieh an«, murmelt jemand. Der Reiter steht vor mir, die Armbrust lässig über der Schulter. »Eine verwunschene Prinzessin.«

Der Schwan, das Federkleid, irgendwo verloren im Schnee, die goldene Krone in meinem Haar. Ich taste mit der Hand danach, spüre das glatte Metall.

»Ja«, sage ich und sehe zu ihm auf. Auf der Brust prangt ein Wappen: eine goldene Schlange auf blauem Grund. Mir wird schlecht. Ich sehe den Mann an, sehe ihm ins Gesicht und erkenne den Prinzen, meinen Prinzen. »Oh Gott!«

»Das war sehr knapp. Beinahe hätte ich Euch vom Himmel geschossen.«

Ein Déjà-vu, ein schlechter Scherz. Ein Prinz, der glaubt, ich sei eine Prinzessin. Er streift seinen Mantel ab, legt ihn mir um. Er lächelt und sieht mir ins Gesicht, nicht auf den nackten Körper. Seine Augen sind blau, nicht wässern, sondern strahlend wie der Himmel an einem sonnigen Wintertag. Wie das Licht im Schnee. Seine Hände sind warm, als er mich zum Pferd führt und hinaufhebt. Er mustert nachdenklich mein Gesicht, als würde er etwas in mir erkennen …

Wer … ist er?

»Wer seid Ihr?«, flüstere ich und kann den Blick nicht von ihm lösen, von den Zügen, die mir so vertraut sind.

Nie könnte ich sie vergessen. Ihn vergessen, den Prinzen, der mich erweckte und für den ich nichts empfinde … und doch, wenn ich ihn ansehe, fühle ich eine seltsame Schwäche. »Wer seid Ihr?«

»Prinz Ferdinand«, antwortet er und deutet eine Verbeugung an. »Dritter Sohn des Königs der Goldenen Stadt.«

»Ferdinand«, wiederhole ich. »Ihr … kommt mir so bekannt vor.«

Er lacht leise, während er das Pferd durch die schneebehangenen Bäume führt. »Vielleicht kennt Ihr einen meiner Brüder.«

Brüder? Mein Herz beruhigt sich nur langsam. Dieser hier ist nicht mein Prinz. Nein, meiner ist tot und wird es immer sein. Dieser ist nur der Bruder. Fast meine ich, das Orakel lachen zu hören. Weiß sie, dass ich komme?

Er führt das Pferd durch den kalten Wald. Ich muss an den Hexenjäger denken und wie ich gefesselt und nackt hinter ihm herlief, während er ritt. Diesmal reite ich, meine Nacktheit gehüllt in einen Mantel. Diesmal werde ich behandelt, wie es einer Königin gebührt – und doch möchte ich lieber zurück in den Wald der Geister, zurück zu ihm. Ich vermisse ihn.

Hexenjäger, fern bist du, fern von mir und doch spüre ich dich, in jedem Moment, in jedem Atemzug.

Ich glaube, seinen Duft zu riechen. Ich kenne ihn kaum und doch empfinde ich so viel für ihn. Vielleicht, weil er der Erste war, der erste Mann in meinem zweiten Leben.

Wir treffen auf die anderen Reiter. Sie rufen uns etwas zu und starren mich an. Zum Glück gab die Rabenmutter mir eine Krone, schenkte mir eine Identität. Sie macht aus mir eine Prinzessin.

Schützend stellt sich der Prinz zwischen mich und die Männer. Sie sprechen. Ich höre kaum zu. Es interessiert mich nicht, wer sie sind, denn keiner ist wie er. Niemand wird mein Herz je berühren außer ihm. Dann dreht sich der Prinz um, lächelt und ich kann nicht anders als zurückzulächeln.

»Wir bringen Euch ins Schloss«, erklärt er mir ruhig. »Dort wird für Euch gesorgt sein.«

»Danke«, sage ich nur. Auf ins Schloss. In die Goldene Stadt. Und während wir uns durch die Schneemassen kämpfen und ihren Spuren zurückfolgen, erinnere ich mich an das erste Mal, als ich die Goldene Stadt betrat. Damals …

Goldschuld

Der Gestank von verbrennender Eibe vernebelt mir die Sinne und raubt mir den Atem. Mehr und mehr Träger laufen neben uns her, die gusseisernen Pfannen mit den glühenden Schutzzaubern in den Händen. Ich bin gehüllt in dichten, ätzenden Rauch. Kurz frage ich mich, ob es Feen doch etwas anhaben kann? Die Magie in meinen Fingern lechzt danach, sie zu benutzen. Ich beiße die Zähne zusammen und kämpfe dagegen an, verschließe die Wut in meinem Herz. Ruhig atmen, den Rauch ignorieren, weiter atmen, immer weiter.

Wir erreichen den Waldrand, die Kronen der Bäume geben uns frei, ich höre sie seufzen.

Die Sonne steht hoch und brennt heiß auf der Haut. Außerhalb des ewigschattigen Waldes war ich schon lange nicht mehr. Frauen eilen herbei, werfen Matten aus geflochtenen Brennnesseln über mich. Ihre Hände sind geschwollen, bluten und eitern vom Gift der Nesseln. Meine Haut beginnt ebenfalls zu brennen. Der Schmerz ist furchtbar und ich frage mich, warum sie sich diese Qual antun. Es scheint irgendein Ritual zu sein, das ich nicht kenne, ein Zauber, den ich nicht verstehe, weil es kein echter Zauber ist. Nein, sie wissen nichts von wahrer Macht und reiner Magie.

Das Glühen in meinen Händen wächst. Die Katzenaugen beginnen zu schimmern, erst sanft, dann golden. Sie töten Katzen, um mich gefügig zu machen, weil sie das mächtige Feenmädchen fürchten, das die anderen Feenkinder sammelt, sie rettet vor den Opfergaben und den barbarischen Ritualen der Menschen. Sie fürchten zu Recht. Ich lasse die Magie durch die erschlafften, noch lauwarmen Körper fahren und die Wunden verheilen, vertreibe den Tod. Die erste blinzelt, die Schnurrhaare zucken, dann streckt sie sich.

Die zweite folgt, beginnt sich an mir zu reiben und zu schnurren. Plötzlich sind alle drei Katzen auf den Pfoten. Katzen, gesegnet mit sieben Leben. Die größte tritt auf meine Brust und sieht mich an, sie blickt mir direkt in die Augen, und für einen Moment glaube ich, dass sie um die Gnade ihrer zweiten Chance weiß. Sie neigt den Kopf, dann springt sie fort. Hinter mir höre ich jemanden brüllen. Die Weihrauchträger fahren auseinander und stolpern über die vom Tod erweckten Tiere. Die Eibenrinden fallen in den Dreck. Die Menschen kreischen und schreien Gebete zu einem Gott, der sie nicht erhören wird, nicht heute.

Das Pferd vor dem Karren geht unermüdlich seines Weges, es zieht mich vorwärts, den Toren der Stadt zu. Die Menschen bleiben wimmernd zurück. So passiere ich ohne Eskorte die großen goldenen Tore. Die Wachen in ihren glänzenden Uniformen weichen, fliehen beinahe, die Köpfe vor Furcht geneigt. Ich hebe die Hände und lasse die Gurte zu Staub zerfallen, setze mich auf, streife das elendige Brennnesselgeflecht ab und erhebe mich. So stehe ich da auf dem Wagen.

Die Straßen vor mir leeren sich, als würde ein stummer Sturm alle und jeden beiseitetreiben. Ich sehe die Menschen an den Fenstern, hinter den Gardinen, wie sie zu mir hinabschielen. Zu dem Feenmädchen, das mehr Macht besitzt als die anderen Feenkinder zusammen. Und doch wollen sie ein anderes Kind, eine andere Macht.

»Begreift ihr, dass ihr den Teufel erweckt habt?«, brülle ich und hebe die Arme, die Magie pulsiert durch meine Adern, schimmert um meine Hände. »Ihr hättet uns in Frieden lassen können und euch wäre nichts geschehen. Begreift ihr das? Begreift ihr, dass ihr selbst Herr über euer Unglück seid? Ihr habt den Zorn der Feen erweckt. Meinen Zorn. Und sollte auch nur einem der Kinder etwas geschehen sein, so werde ich euch alle vernichten!«

Der Wagen erreicht den Platz in der Mitte, den Goldenen Platz, vor dem goldenen Schloss. Fahnen hängen an den Fenstern, wehen an den zierlichen Türmen. Um mich herum schlagen Tausende verängstigte Herzen. Sie haben den Teufel eingeladen, sie haben ihm Tor und Haus geöffnet. Jetzt bin ich da. Jetzt werde ich sie bestrafen.

Die goldenen Tore öffnen sich nur einen Spaltbreit. Die hohen Schneeberge verhindern ein weiteres Aufschieben. Ein Pferd nach dem anderen verschwindet in dem schmalen Einlass, hinter dem Menschen warten. Dumpfe Stimmen, Klirren und Klappern, die Geräusche einer lebenden Stadt – anders, als ich sie damals verließ. Dann führt mich der Prinz durch das massive Tor. Das Gold glänzt wie am ersten Tag. Ich weiß, welcher Zauber auf ihm liegt.

Unsere Reiterkarawane wandert durch die verschneiten Gassen, doch selbst der Schnee kann die Pracht der Häuser kaum verdecken. Alles schimmert und glänzt. Die Reiter grüßen die Bewohner. Manche fragen nach Beute, doch kein einziges Tier konnten sie erlegen. Sie zeigen auf mich. Ich sehe die Blicke der Hungernden und ihre Verzweiflung. Der Winter ist zu plötzlich und die Ernten noch lange nicht eingeholt. Der Schnee wird ihr Tod sein, wenn nicht die Eishexe ihn vertreiben wird. Ich erinnere mich an die Flüchtlingsfamilien in der Wasserstadt und an die Worte des Uhrmachers. Sie alle fliehen, die einen vor der Kälte, die anderen vor dem Feuer der Drachenreiterin. Ich begreife wieder einmal, wie es ist, auf der anderen Seite zu stehen. Hunger, Not und Kälte. Wir fügen ihnen großes Leid zu.

»Habt ihr denn gar nichts fangen können?«, ruft eine rundliche Frau und eilt mit schweren Schritten durch den Schnee auf den Prinzen zu. Sie fasst nach seinen Händen. Er schüttelt den Kopf; plötzlich sehe ich die Erschöpfung in seinem Gesicht und frage mich, warum sie mir zuvor nicht schon aufgefallen ist? Er lächelt kurz, dann zieht er die Frau in die Arme. Sie schluchzt, die Hände auf den Leib gepresst. Sie erwartet ein Kind – sein Kind – und sie hungert. Ich blicke mich um in den verschneiten Straßen der Goldenen Stadt. Sie alle hungern. Frauen und Kinder, die Männer, die Alten, ja sogar die Tiere. Das Pferd, auf dem ich sitze, ist abgemagert bis auf die Rippen. Wie lange hält der Winter schon an? Seit meinem Erwachen? Ich weiß nicht, wie viel Zeit seitdem verging. Zu viel für diese Menschen.

»Dein Vater will dich sehen«, flüstert die Frau mit erstickter Stimme, streicht sich die Tränen aus dem Gesicht und versucht mich anzulächeln, doch es ist nur eine schmerzhafte Grimasse. Ein weiterer Mund zu stopfen, mehr bin ich nicht. Meine Krone, was zählt sie schon gegen die Leere im Magen? Ich denke zurück an die sieben Männer in ihrer Hütte, wie sie Gold und Edelsteine verkaufen, um gut zu speisen. Gold macht nicht satt und mag es noch so viel davon geben wie in dieser verfluchten Stadt.

Ich reite den Weg, den ich vor so langer Zeit schon einmal ging. Wieder bringe ich den Tod mit mir. Er folgt mir auf Schritt und Tritt. Ich sehe die Gesichter an, jeden einzelnen Menschen. Die Eishexe wird beschäftigt sein in diesen Tagen, sie wird viel malen.

»Sagt mir, wie ist Euer Name?«, fragt Prinz Ferdinand. Den Arm um seine Frau geschlungen, führt er mein Pferd.

»Odette«, sage ich. »Ich bin Odette.«

Er lächelt, der Prinz, und ich frage mich, ob er bald neben seinem Bruder im hohen Norden an einer Wand hängen wird.

»Das ist ein schöner Name«, meint er nur.

»Ja«, sage ich, »Ja, das ist er.« Dann erreichen wir den Goldenen Platz. Die Fahnen hängen aus den Fenstern und von den Turmspitzen. Sie zeigen eine goldene Schlange auf blauem Grund. Ein anderes Wappen, aber sie hängen an denselben Stellen. Das Tor des Schlosses öffnet sich und die Männer springen von ihren Pferden, strömen ins Innere. Ich folge ihnen. Prinz Ferdinand führt mich zum Saal, ich kenne den Weg. Gold vergeht und verändert sich nicht, sondern überdauert alle Zeit. Alles hier ist aus Gold: der Boden, die Wände, die Schränke selbst die Teppiche.

Weil ein Feenkind hier gelebt hatte, gefangen war und seine Macht missbraucht wurde. Wir retteten es. Das Kind, das sie unbedingt wiederhaben mussten, weil es Reichtum versprach. Das Kind, weswegen es sie in den Wald trieb, immer und immer wieder.

Der König der Goldenen Stadt

»Hier bin ich!«, rufe ich und schreite durch den vergoldeten Saal, vorbei an der Tafel mit den zwölf goldenen Stühlen, zum Thron. Der König erblasst. Er starrt mich lange an, ehe er es schafft, die Worte zu finden.

»Ich wusste, du würdest kommen. Du und deine bleiche Schwester, ihr habt mir etwas genommen, das mir gehört!«, ruft er laut, doch seine Stimme zittert, sein Herz rast.

»Ein Feenkind gehört niemandem!«, zische ich und schreite unaufhörlich auf ihn zu. Die Wachen weichen, sie schaffen es nicht, stehen zu bleiben. Die Königin an seiner Seite schwankt und stürzt zu Boden. Eine Dienerin eilt herbei und bettet den königlichen Kopf auf ihrem Schoss, sie wagt kaum zu atmen. Ich bewundere sie. Sie könnte fliehen. Sie könnte einfach gehen. Niemand würde es bemerken, doch sie bleibt bei ihrer Königin. Sie ist loyal. In dem Moment erkenne ich, dass ich eines Tages eine Treue wie diese haben möchte. Ich will eine Königin sein.

»Geht, wir werden dich verschonen, dich und alle anderen«, ruft der König und achtet nicht auf seine Gemahlin. »Wir wollen nur das eine Kind, das, welches ihr uns gestohlen habt und das nun wieder an seinem rechtmäßigen Platz ist. Die anderen interessieren mich nicht, du kannst sie behalten.«

Ich knurre leise. »Du willst verhandeln?«

»Nein«, ruft er und furcht die Stirn. Er ist mutig. Er ist nicht umsonst der König dieser Menschen. »Das ist mein großzügiges Angebot. Das einzige. Geh und du kannst sie mit dir nehmen. Nur das eine bleibt. Und ich schwöre dir, dass wir aufhören werden, euch zu jagen!«

»Sie sind hier?«

Er nickt und hebt die Brauen. »Ich verhandele nicht. Solltest du dich weigern, werde ich sie töten lassen. Eines nach dem anderen.«

»Dann werde ich euch alle töten!«, rufe ich aus.

»Wieso nur habe ich das Gefühl, dass du es so oder so tun wirst«, murmelt der König und für einen Moment schimmert eine entsetzte Erkenntnis in seinen Augen. Doch er reckt das Kinn empor.

»Bringt die ersten drei herein!«

Das Tor hinter ihm öffnet sich und ich sehe die Kinder: Gretchen, Odette und Marie.

Gretchen klammert sich an Odette, sie weint. Sie ist noch so klein. Ihr Gesicht gleicht einer furchtbaren Maske. Sie weiß es, sie sieht mich an, sie weiß um den Verrat und wer ihn beging. Sie ist klug, so klug. Sie weiß, dass ich es nicht dulden kann. Verzeih mir!

Marie steht alleine da, die Schultern steif durchgedrückt. Ihr kleines Herz weint.

»Ich bleibe hier«, sagt sie mit heller Stimme, die Hände zu Fäusten geballt. »Lasst sie gehen – ich bleibe.«

»Was für ein kluges Mädchen«, lächelt der König, doch seine Augen bleiben kalt.

Marie senkt den Kopf. Sie wagt nicht, mich anzusehen. Es tut ihr leid. Alles geschah wegen ihr. So glaubt sie.

»Nein«, sage ich und hebe die Handflächen nach oben. Beinahe so, als wolle ich mich entschuldigen. Dabei mache ich mich bereit. Weil ich weiß, dass er sein Wort wahrmachen wird. »Wir gehen. Kommt her!«

Sie zögern, dann fliehen sie über die Steinstufen. Ihre Schritte hallen laut. Der König runzelt die Stirn. Die Soldaten heben die Bögen. Sie zielen auf mich.

»Hinter mich!«, zische ich ihnen zu. Meine Handflächen beginnen zu glühen. »Wollt ihr es wirklich darauf ankommen lassen?«, *frage ich ruhig. Mein Herzschlag verlangsamt sich, alles wird langsamer. Ich muss sie beschützen, koste es, was es wolle. Ich ertrage es nicht, ein weiteres Kind zu Grabe zu tragen.*

Der König knurrt. Er blickt sich um und nickt seinen Soldaten zu, nur ganz knapp, aber ich sehe die Bewegung. Noch im selben Moment errichte ich eine Mauer aus Eis um uns und die Pfeile fressen sich knirschend hinein. Sie spicken es. Ich höre sie surren.

»Tötet sie, tötet sie alle! Nur das Kind nicht, nur das Goldkind nicht!«, brüllt der König. Gretchen beginnt zu wimmern. Odette flüstert beruhigend und presst sie an sich.

Die Stimme, ich erinnere mich an ihre sanfte Stimme. Sie sprach von dem Turm, von dem kleinen See im Wald und den Schwänen darauf. Sie versprach Gretchen, ihnen Kronen zu schenken, sie versprach, mit ihr Margeriten zu pflücken. Ich hörte sie reden, während ich kämpfte und uns zu retten versuchte. Die goldenen Stühle fielen gleichsam mit den Soldaten. Ich weiß noch, wie ich den Kindern befahl, sich unter dem Tisch zu verstecken. Sie krochen darunter. Die Pfeile sirrten. Die Soldaten kamen mit Schwertern. Sie kamen mit Äxten.

Es waren so viele.

Ich sitze an dem Tisch, unter dem vor so langer Zeit die Kinder saßen und um ihr Leben fürchteten, während ich hinter ihnen Fluch um Fluch schmetterte und der Goldene Saal im Chaos versank. Ich sitze an diesem goldenen Tisch, auf einem hölzernen Stuhl – sie haben nur zwölf goldene, es gab nie mehr – esse von einem Teller, der nicht zu den anderen zwölf passt, weil er aus Porzellan ist, weil er nicht berührt wurde von Marie.

Der König auf seinem Thron beobachtet mich, wie ich in dem bisschen Essen herumstochere, das sie noch erübrigen können.

Ich überlege, ob auch nur einer von ihnen ahnt, dass sie die Dreizehnte Fee willkommen heißen? Ich sitze am Kopfende des Tisches, lausche den kargen Gesprächen und befinde mich doch in einer anderen Zeit.

»Schmeckt es Euch nicht?«, fragt Prinz Ferdinand zu meiner Rechten. Er selbst hat seine Portion schon lange verschlungen. »Ich weiß, es ist nicht viel, aber es ist alles, was wir erübrigen können. Wir haben die Portionen streng rationiert. Wir wissen nicht, wie lange dieser Winter noch andauert.«

Sein Magen knurrt. Meiner ist wie Blei. Ich soll ihr Essen verspeisen, das letzte, das sie haben, dabei brauche ich nichts.

»Hier«, sage ich und schiebe den Teller zu ihm hinüber. Er reißt die Augen auf und sieht mich groß an. »Ich habe keinen Hunger.«

Ein seltsamer Satz inmitten dieser Stille, die nur hin und wieder durch das Knurren eines Magens unterbrochen wird. Ich will mir gar nicht vorstellen, wie schlimm der Hunger außerhalb des Schlosses tobt, gar außerhalb der Stadttore.

Er zögert kurz, greift dann nach dem Teller. »Danke«, flüstert er und reicht ihn weiter, zu seiner Frau. Tränen schimmern noch immer in ihren Augen. Eine Hand auf ihrem gewölbten Leib, greift sie nach der Gabel. Die Hand zittert, aber sie isst. Sie isst langsam. Es ist nichts als irgendein Brei, aber er bedeutet alles für sie.

»Ich werde gleich wieder zur Jagd aufbrechen«, höre ich Ferdinand zu den anderen sagen. »Wir werden nicht eher heimkehren, bis wir ein Tier erlegt haben.«

Einige Männer am Tisch murmeln zustimmend. Es sind vier weitere Prinzen unter ihnen. Sie sehen aus wie Ferdinand und wie der tote Prinz. Ich erinnere mich an ihn und seinen Wunsch, der Erbe zu werden. Er war der Jüngste, oder nicht? Der Jüngste und unbedeutend. So viele Kinder. Ob sie wissen, dass sie ihn verloren haben?

»Wie viele Brüder seid ihr?«, frage ich Ferdinand.

Er lächelt mich an. Er lächelt viel. Es wärmt mir das Herz.

»Sechs.« Er zeigt zur Tafel. Am anderen Kopfende sitzen der König und die Königin. Sie trauen mir nicht. Ob sie ahnen, dass ich die gefürchtete Fee bin, die auf den großen Bildern und Wandteppichen allüberall in dem Saal dargestellt wird? Die Fee, die das Eis brachte, die Fee, die das Feuer brachte … die Fee, die …

»Doch wir sind nur noch fünf«, unterbricht mich Prinz Ferdinand. »Den Jüngsten vermissen wir seit einiger Zeit. Wir vermuten, dass er es nicht geschafft hat.«

»Nicht geschafft?«, frage ich und senke den Blick von den furchtbaren Szenen an den Wänden. Ich will Odettes Tod nicht noch einmal sehen. Oder den des Königs. Nicht den meinen.

»Vater sandte ihn zu einer besonders gefährlichen Mission«, erklärt er mir. »Er sollte den Turm hinter den tödlichen Hecken erkunden und sein Geheimnis lüften. Die Geschichte unserer Stadt ist seit ihrer Gründung eng mit der des Turmes verbunden. All unsere Sagen erzählen von ihm und doch hielten wir ihn bis vor Kurzem für einen Mythos. Bis er wie aus dem Nichts erschien.«

Seine Frau schluckt. »Der Turm verspricht Unheil. Wir hätten ihn ignorieren sollen.«

Der Bruder von gegenüber beugt sich vor. »Ignorieren? Und ein anderes Königreich seine Geheimnisse, gar seine Macht ergründen lassen sollen?«

»Macht?«, fragt die Frau nur und zieht die Augenbrauen hoch.

»Man munkelt … man munkelt …« Er verstummt.

»Was wird gemunkelt?«, frage ich und fürchte doch die Antwort bereits zu kennen.

»Es heißt, in ihm sei eine Waffe versteckt, die Hexen zu vernichten«, sagt der Bruder und beugt sich noch weiter vor. »Eine Waffe, die demjenigen, dem sie die Hände fällt, unbeschreibliche Macht verleiht. Eine Macht, die selbst den Hexen den Tod bringen wird. Und wem, wenn nicht uns, sollte die Ehre zuteilwerden, die Hexen zu vernichten?«

Prinz Ferdinand nickt. »Und doch scheint es mir, als sei Ludwig gescheitert.«

»Ludwig?«, frage ich und meine Stimme bricht. Ludwig?

»Unser Bruder.«

Ludwig. Das Bild. Sein Tod. Seine Augen.

Meine Liebe?

»Sobald der Winter ein Ende findet, werden wir zum Turm aufbrechen und ihn bezwingen«, prophezeit der Bruder.

»Markus«, sagt Ferdinand leise. »Dieser Winter wird nicht enden.«

»Jeder Winter endet«, beharrt Markus.

»Aber nicht dieser.«

Die Frau beginnt, stumm zu weinen. Ihre Hände streicheln den Bauch. Ferdinand legt eine Hand zu ihren. »Unser Problem sind die Kälte und der Hunger. Das müssen wir lösen. Dann und erst dann können wir überlegen, den Turm zu stürmen.«

»Bruder«, beharrt Markus. »Und was, wenn der Turm die Lösung ist? Was, wenn das, was wir in ihm finden, uns hilft, die Hexen und mit ihm diesen lästigen Eisfluch zu brechen? Denn bedenke, der Winter kehrte kurz nach dem Erscheinen des Turms ein. Es muss einen Zusammenhang geben. Vielleicht soll uns der Winter daran hindern, zum Turm zu gelangen.«

»Hm«, macht Ferdinand.

Sie wissen nichts. Sie ahnen nicht, dass die Lösung direkt vor ihnen sitzt. Ich hebe den Blick. Ich muss es tun. Deshalb bin ich hier. Ich muss mich der Vergangenheit stellen. Meine Augen finden die Teppiche an den Wänden, folgen den Spuren der verblassenden Farben, lesen die Geschichte, die sie erzählen. Eine Geschichte voller Leid.

Der Saal brennt, die Fenster bersten. Dutzende Soldaten liegen tot am Boden verstreut. Irgendwo höre ich die Feenkinder schreien. Sie treiben sie hinein, durch das Tor, halten sie an den Haaren und zerren die Köpfe nach hinten, Messer an den Kehlen. Ich lasse das Feuer wachsen und auf die Soldaten überspringen. Es gehorcht jedem meiner Befehle, es ist mein Blut und mein Atem. Ich schicke die Flammen auf ihre Haut, lasse es von ihrem Fleisch kosten.

Bis auf die Knochen, fresst sie bis auf die Knochen!

Ich rufe die Vögel, all die Vöglein unter dem Himmel, und sie stürzen herbei, die Tauben und Finken, die Elstern und Krähen, die Spatzen und Turteltäubchen.

Nehmt ihnen die Augen, nehmt ihnen das Licht!

Die Ratten aus den Löchern, ich rufe sie herbei, lasse sie über die Soldaten strömen, wie eine dunkle schwarze Flut.

Fresst sie, fresst sie!

Die Kinder fliehen zu mir, eines nach dem anderen. Ich erlöse sie von ihren Peinigern, weil sie nicht handeln. Weil ich Glück habe und sie zu verängstigt sind oder zu schockiert von dem, was sie sehen. Eine Fee, ein Geschöpf direkt aus der Hölle. Ich schreie und brülle, ich schicke sie alle in den Tod. Es kommen neue, es kommen immer mehr, und die Berge aus Leichen wachsen ins Unermessliche.

»Halt!«, brüllt der König und ich fahre herum. In seinem Arm zappelt Odette, die kleine goldene Krone im rabenschwarzen Haar, die blauen Augen groß wie Monde. Angst. So große Angst. Und

die Klinge an ihrem Hals. Ich schreie auf, lasse die Ratten auf ihn los, schicke das Feuer, rufe alles, was ich befehligen kann und bin doch nicht schnell genug. Ihre Augen weiten sich für einen Moment und ich meine, eine silberne Nacht zu sehen, mit all ihren Sternen, mit all ihrem Zauber, dann erlischt das Licht – dann erlischt auch Odette.

Ich löse den Blick von dem Teppich, von dem schwarzhaarigen Mädchen mit der Krone, das blutend am Boden liegt, im Hintergrund die Leichenberge. Es sind die Legenden, die Sagen und Mythen dieser Stadt. Es ist mein Leben, meine Geschichte.

»Odette?«

»Hm?«

»Geht es Euch nicht gut?«, fragt Ferdinand und runzelt die Brauen.

»Ich dachte nur gerade über die Städte auf der anderen Seite des Gebirges nach«, sage ich und sehe doch nur das kleine Kind auf dem Teppich. Wie Elle. »Sie haben die Hexen besiegt. Die ersten fünf.«

»Die Hexen sind gefallen?«, ruft Markus aus und plötzlich starren mich alle an.

»Welche?« Zum ersten Mal erhebt der König die Stimme und zum ersten Mal liegt nicht tiefstes Misstrauen in seinem Blick, sondern blanke Neugier.

»Die Kinderfresserin, die Meerhexe, die Brunnenhexe …«, beginne ich langsam aufzuzählen und spüre, wie mit jedem Namen Steine von ihnen fallen, als würden sie einer Last beraubt, die sie seit Generationen mit sich herumtragen, »Das Rattenbiest …«

»Die Küstenstädte sind frei«, ruft jemand.

»Und die Giftmischerin«, schließe ich.

Mit der letzten Silbe aus meinem Mund bricht ein Orkan los. Sie rufen und spekulieren.

»Die Wasserstadt ist befreit!«

»Es wird einen neuen König geben!«

»Der Handel an den Küsten wird aufleben!«

»Wir sollten Schiffe entsenden!«

»Jemand scheint vor uns die Waffe gefunden zu haben.«

Es wird leise. Sie drehen sich um und sehen mich an. *Ich bin die Waffe, seht ihr mich nicht?*

»Odette«, fragt Ferdinand und greift nach meiner Hand. »Wer hat all diese Hexen getötet?«

»Der Hexenjäger«, sage ich und spüre ihn so deutlich, wie schon lange nicht mehr. Als würde er hinter mir stehen. Als wäre er hier. Bei mir. »Der Hexenjäger«, wiederhole ich und seinen Namen auszusprechen, lässt meine Seele erzittern.

»Hm«, macht Markus. »Nie von ihm gehört.«

»Wie hat er sie getötet?«, fragt der König am Ende der Tafel. Alle blicken erst ihn, dann mich an, und die Stille lastet schwer auf mir, als wären all die Steine von ihren Seelen auf meine geladen worden.

»Ich weiß es nicht«, bringe ich hervor.

»Hm«, macht Markus wieder und plötzlich ist der Argwohn zurück. Er mustert mich eindringlich. Sie gaben mir ein schlichtes Kleid, nicht fein, nicht golden, nur aus Leinen und doch überstrahle ich die Frauen hier vor Ort bei Weitem. Die Dienerinnen, ja sogar die schwangere Frau wirken grau und farblos neben mir. Weil ich eine Fee bin. *Seht mich an, seht mich richtig an, erkennt ihr mich nicht?*

»Wer hat Euch verzaubert?«, fragt Ferdinand und zieht seine Hand zurück. Alle Augen kleben an mir.

»Die Rabenmutter, es war die Rabenmutter.«

»Wie konntet Ihr entkommen?«

Die Königin schlummert. Sie interessiert sich nicht für diesen Ort, nicht für die matte Spur der uralten Magie, die in all diesen Möbeln steckt, in jedem Zentimeter Gold. Sie schlummert einen tiefen Schlaf und sammelt Kräfte für ihre Rückkehr.

»Ich hatte Glück.«

»Hm«, brummt Markus ein drittes Mal, wendet sich dann dem König zu. »Wenn die Wasserstadt befreit ist, sollten wir Boten dorthin entsenden und fragen, wie sie die Hexe besiegen konnte. Wir sollten uns verbünden. Vielleicht können sie uns unterstützen und Nahrung schicken.«

»Es scheint, als neige sich das Zeitalter der Hexen dem Ende entgegen«, murmelt der König. »Das sind wahrlich gute Neuigkeiten!«

»Nur, wie sollen wir eine Botschaft überbringen?«, fragt Ferdinand. »Der Schnee ist tödlich, der Weg weit. Keines unserer Pferde noch stark genug für eine solche Reise.«

»Hm«, brummen nun auch die anderen Prinzen, die Edelmänner und Jäger am Tisch. Allein der König mustert mich aufmerksam, er sieht mich und sieht in mir den Schwan.

»Wir schicken einen Vogel«, entschließt er sich und steht auf. Seine Söhne und all die Edelmänner folgen sofort, selbst die schwangere Frau quält sich von ihrem goldenen Stuhl. Irgendwo zwischen ihnen saß einst mein Prinz. Doch er ist tot und wird nie wieder seinen Platz einnehmen. So wie Odette. Verloren. Die Geschichte wiederholt sich aufs Neue und kostet ein jedes Mal das Leben eines Kindes. Menschenkinder, Feenkinder – sie alle sind Opfer.

»Wir können sie unmöglich bitten …«, beginnt Ferdinand.

»Warum nicht?«, unterbricht ihn der König. »Wenn sie bleibt, wird sie verhungern wie alle anderen auch. Wenn sie fliegt und die Botschaft überbringt, wird sie überleben und wir vielleicht auch.«

Schweigen. Ferdinand blickt zu Boden. Er wagt es nicht, mich anzusehen. Aber ich sehe, wie seine Kiefer mahlen und seine Hand die seiner Frau drückt.

Leben, es geht ums Überleben.

»Ich mache es gern«, sage ich in die Stille hinein. »Nur brauche ich mein Federkleid.«

»Odette …«, beginnt Ferdinand, unterbricht sich dann. Seine Frau nickt. »Danke«, ist alles, was er sagt, ehe er sich aufrafft. »Ich werde das Kleid holen. Ich denke ich weiß, wo Ihr es verloren habt.«

Dann verschwindet er. Drei seiner Brüder und etliche Edelmänner folgen. Das Kleid hat Priorität, es entscheidet über Leben und Tod.

Ich erhebe mich ebenfalls. Der Saal erdrückt mich, der Saal, in dem noch immer die Schreie der Kinder klingen … ein ewiges Echo meiner Schuld. Luft, ich brauche Luft! Ich stürze hinaus, kenne den Weg, flüchtete ihn vor so langer Zeit. Flüchtete, nachdem ich einen Saal voller Menschen zerstört hatte und mein Herz zusammen mit einem kleinen Kind gestorben war.

»Odette«, höre ich die Frau nach mir rufen, und doch ist es meine Stimme, die nach dem verlorenen Mädchen ruft, meinem Mädchen. »Odette!«

Ich flüchte durch die Flure aus purem Gold und erreiche die Treppen, fliehe hinauf, höher und höher. Bis ich die letzten Stufen hinter mir lasse und durch die Tür ins Freie breche, hinaus auf die Brüstung. Die Statuen stehen da, wo ich sie vor langer Zeit zurückließ. Hoch oben auf dem höchsten Turm fand der König sein Ende. Mit ihm die Königin. Auf immer in Gold gegossen. Daneben der Schwan, der goldene Schwan. Odette.

»Berühre ihn!«, befehle ich hart. Marie zittert. Sie zittert am ganzen Körper. Meine Stimme ist kalt wie Eis und doch getränkt von Tränen. »Berühre ihn, damit er bekommt, was er sich so sehnlichst wünscht!«

»Aber …«, flüstert Marie, doch ich brülle sie an, zerre sie vorwärts, hin zu dem König, der ängstlich an der letzten Brüstung steht, um Atem und um Fassung ringt. An seiner Seite hockt die Königin. Blass vor Furcht. Blass wie Marie. Bis hierhin sind sie geflohen, weiter kamen sie nicht, denn niemand entkommt mir. Niemand!

»Berühre sie!«

Das Kind hebt den Arm. Ich höre sie schreien, ich sehe sie innerlich zerbrechen. Aber ich zwinge sie vorwärts. »Töte ihn«, hauche ich. Er fällt auf die Knie, hebt die Hände, als betete er. Ihr Finger verharrt vor seinem Gesicht. »Töte ihn!«, kreische ich, und sie schließt die Augen gleichzeitig mit ihm, dann überbrückt sie den letzten Hauch zwischen seiner Haut und ihrer. Das Gold frisst sich durch seinen Körper, frisst sich durch das Fleisch. Die Königin schreit. Dann wird auch sie gefressen. Ihr Schrei erstarrt zur goldenen Säule. Sie sterben.

Ich wische die Tränen aus meinen Augen, die letzten, die ich je weinen werde. Dann hebe ich Odettes zierlichen Körper hoch. So leicht, der Kopf seltsam abgeknickt. Das Blut fließt noch. Ich kann sie nicht retten. Keine Menschen, keine Feenkinder. Und so lege ich sie nieder, vor den König, der sie tötete. Mit einem sanften Hauch meiner Magie lasse ich sie schrumpfen, schenke ihr Federn, ein weißes Kleid. »Berühre sie«, flüstere ich erneut.

Marie hebt zum letzten Mal ihre Hand gegen einen Menschen, verwandelt ihn in glänzendes Gold. Nie wieder, nie wieder wird sie jemanden berühren. Ich weiß es, ich weiß, dass sie in diesem Moment zerbricht. Und doch zwinge ich sie, weil mein Hass unendlich ist und mein Schmerz noch größer.

Der goldene Schwan steht zu den Füßen des Königspaares, das nicht genug vom Gold bekommen konnte. Jetzt werden sie es auf ewig haben. Ich wende mich ab, die Feenkinder folgen mir stumm.

»Jetzt der Rest«, hauche ich und lasse die Magie durch meine Adern rauschen, rufe das Feuer und rufe das Eis, lasse es durch die Straßen strömen. Die Schreie sind endlos an diesem Tag.

Ich fahre mit den Händen über den Schwanenhals, über den sanften Schwung der Flügel, den geneigten Kopf und streife den Schnee ab, bis das schimmernde Gold zum Vorschein kommt.

»Odette?«, fragt die Frau hinter mir. Sie ist mir gefolgt, so wie ich einst dem König folgte. Ich sehe weder ihn noch die Königin an. Nur Odette, das Kind, das ich nicht retten konnte. Ich schwor, keines mehr zu Grabe zu tragen. Ich tat es nicht. Ich ließ sie hier, auf dem Dach der Stadt, die uns allen den Tod brachte. Und doch starb nicht nur sie, sondern auch …

Ich kann keines retten. Ich bin zu schwach.

»Geht es Euch nicht gut?«, fragt die Frau erneut.

»Doch«, sage ich und fahre ein letztes Mal mit den Fingerspitzen über die eiskalten Federn. Berühre den Punkt, an dem das Herz saß. Eine goldene Hülle.

»Das sind König Eduard und seine Gemahlin Estelle«, sagt sie leise. Ich höre ihr an, dass sie unsicher ist und nicht weiß, was sie sagen soll zu der seltsamen Fremden, dieser Frau, die als Schwan daherkam, und behauptet eine Prinzessin zu sein. Doch behauptet habe ich es nie. Ist es eine Lüge, weil ich es nicht richtigstelle? »Der Legende nach starben sie, als sie die Stadt vor den Hexen zu schützen versuchten, die vor Tausenden Jahren in dem Turm herrschten und Kinder entführten, den Turm … Ihr hörtet die Männer darüber sprechen? Er steht im Wald östlich von hier. Seht Ihr? Die Spitze dort über den Baumwipfel.«

»So nah«, sage ich.

»Ja, es ist sehr nah«, bestätigt sie. »Und doch scheint der Weg endlos. Der Wald ist verwunschen. Er lässt niemanden hindurch.«

Ich weiß, will ich sagen. *Es ist mein Zauber, mein Wald.* Doch ich schweige, blicke zum Turm. Es gab viel zu vergessen. Ich vergaß es alles. Ich vergaß, was in der Goldenen Stadt geschah. Sogar Odette.

»Wann erwartet Ihr das Kind?«, frage ich.

»Sobald der Mond das nächste Mal rund ist«, sagt sie und klingt plötzlich erstickt.

»Wie … wie fühlt es sich an?«, frage ich und starre auf ihren Bauch. Noch etwas, das uns Feen nicht vergönnt ist. Niemals können wir Leben gebären. Der Preis der Ewigkeit.

Sie schluckt die Tränen, streckt kurz den Rücken durch, dann lächelt sie mich an und streckt eine Hand nach mir aus. »Fühlt selbst.«

Zögernd folge ich ihrer Aufforderung und lege meine Hand auf ihren geschwollenen Bauch. Ich fühle die Wärme, spüre den Schlag des kleinen Herzens. Es ist stark, noch ist es stark. Ein Knabe. Natürlich. Sie weiß es nicht, ich werde es ihr nicht sagen. Ich ahne, dass sie sich ein Mädchen in ihrem Leben wünscht. *Es ist egal*, will ich ihr sagen. *Wir lieben sie alle, die Jungen, die Mädchen, es spielt keine Rolle, denn es sind unsere Kinder.* Und ich muss zurückdenken an den einen Jungen, der in meinem Leben war.

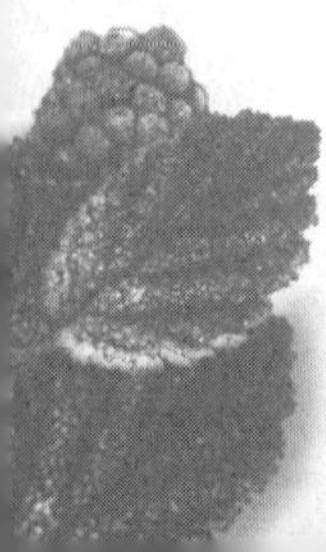

Brüderchen und Schwesterchen

Er läuft zum Bach, hilft den Mädchen aus dem Wasser und trocknet sie ab. Es ist eine harmlose Szene, denn er ist ihr Bruder. Er liebt sie alle, so glaube ich und weiß es doch nicht genau.

Odette schwimmt noch mit den Schwänen. Er ruft nach ihr. Er ist älter als die anderen Kinder, fast schon dreizehn. Er passt auf sie auf.

Odette folgt seinem Ruf, so wie sie alle ihm folgen, dem einzigen Bruder, den sie kennen: Hans. Er legt den Arm um seine Schwester, die echte. Gretchen kuschelt sich an ihn.

Er brachte sie zu uns. Endlose drei Tage suchte er den Weg durch den verwunschenen Wald, da er von den Feen gehört hatte, die Kinder beschützen sollten, die wie Gretchen waren. Odette hörte schließlich seine verzweifelten Rufe, wie er immer wieder bat, wir mögen seine Schwester aufnehmen und beschützen. Sie war noch sehr klein, er keine sechs. Ich werde nie den Mut vergessen, der in seinen braunen Augen schimmerte, die Hand des kleinen Mädchens fest in seiner.

»Sie braucht ein Zuhause«, hatte er gesagt und sich schützend vor sie gestellt. »Sie ist kein Monster. Ich weiß es.« Dann hatte er gezögert, uns der Reihe nach gemustert und mit furchtsamer Stimme gefragt: »Seid ihr welche?«

Sie blieben bei uns, teilten sich ein Bett, wuchsen auf und wurden älter. Er wurde ein Teil unseres Lebens.

Und doch nie ganz.

Er fängt meinen Blick auf, nickt mir ernst zu. Mir misstraut er. Mir alleine. Und ich frage mich, was er in mir sieht, das die anderen nicht sehen? Wovor fürchtet er sich?

Wenn ich abends die Stufen hinaufschreite, spüre ich seinen Blick im Rücken, ehe er Gretchen enger in den Arm zieht. Er schläft unruhig. Jede Nacht.

»Hans«, rufe ich und nur widerstrebend löst er sich aus der Traube kleiner Mädchen und kommt zu mir.

»Ja?«, fragt er mürrisch. Seine Haare sind lang geworden. Sie fallen ihm in die Stirn. Er wird zum Mann. Ich sehe es ihm an.

Er wird größer und ist doch noch ein Junge. Zumindest im Herzen.

»Möchtest du zurückkehren zu den Menschen?«, frage ich und er versteift sich sofort.

»Warum sollte ich?«, gibt er schnell zurück.

Ich mustere ihn, sehe das vorsichtige Funkeln in seinen Augen. Was nur siehst du in mir?

»Vielleicht, wird es Zeit, sich von ihr zu lösen und ein eigenes Leben zu beginnen«, schlage ich leise vor. »Sie wird nie aus dem Wald herauskönnen, denn draußen lauert der Tod für jede von uns.«

Er schnaubt.

»Du glaubst mir nicht?«, frage ich.

»Wann wart ihr schon das letzte Mal draußen? Ihr verkriecht euch doch in diesem Turm, versteckt euch vor der Welt!« Er zeigt zum Wald. »Warum zeigt ihr ihnen nicht, wer ihr wirklich seid? Warum zeigt ihr ihnen nicht, dass ihr keine Monster seid, sondern einfach nur Kinder?«

»Sie würden es nicht glauben.«

»Sie müssen euch doch nur sehen!«

Ich beiße mir auf die Zunge. Ich könnte ihm sagen, was da draußen ist, wie es dort ist. Dass noch immer die Feenkinder gejagt und getötet werden. Die Zahl der Geister im Wald steigt stetig an. Wir retten sie, wir retten zumindest ihre Seelen, geben ihnen einen Platz. Der Wald ist ihre Kathedrale. Ihre letzte Stätte auf Erden, bis sie so weit sind und uns verlassen können. Die meisten bleiben, denn die Seelen sind zu geschunden.

»Vielleicht sollte ich dich einmal mitnehmen«, murmele ich und blicke zum Horizont. »Womöglich verstehst du dann, dass es für uns keine andere Möglichkeit gibt.«

Er kreuzt die Arme.

»Ach«, macht er nur.

Ich lächele ihn an, doch sein Gesicht bleibt eine Maske. »Komm«, entscheide ich und erhebe mich von dem Brunnenrand, auf dem ich so oft zu sitzen pflege, um den Kleinen beim Baden zuzusehen. Sie lieben den Bach, sie lieben die Lichtung, die Brombeerhecken mit ihren süßen Früchten. Ich höre sie vergnügt quietschen und Odette mit den Schwänen singen. Eva schlägt ein Spiel vor. Gretchen lacht. Es geht ihnen gut, hier geht es ihnen gut. Sie sind in Sicherheit, geborgen und behütet. Geliebt.

Hans folgt mir. Und wieder bewundere ich seinen Mut.

Wir verlassen die große Lichtung über die Mohnblumenwiese. Die roten Blütenköpfe schweben stumm auf den zarten Halmen. Sie zeichnen einen blutigen Pfad. Dann erreichen wir den Waldrand und kühle Schatten legen sich auf meine Haut. Die Bäume wispern, ihre Blätter rascheln sanft.

Hans zögert kurz. Hier ist die Grenze. Ihnen ist verboten, sie zu überschreiten, denn sie kennen den Wald ebenso wenig wie die Menschen, die ihn von außen zu stürmen versuchen.

»Komm«, sage ich leise und schreite weiter. Das Blätterdach über mir schließt sich vollends und das Licht der Sonne bleibt zurück, wie eine verblassende Erinnerung. Ich höre seine zögernden Schritte. Er folgt mir. Sein Herz geht schnell, sein Atem wird flach.

»Riechst du den Duft des Waldes?«, frage ich und berühre die Rinden der Bäume mit den Händen, spüre ihre ureigene Magie, gebe ihnen etwas von meiner, lasse sie wachsen, lasse sie leuchten.

»Ist er nicht wunderbar? Alles ist so friedlich und still. Ich liebe den Wald.«

Zwei Elfen sausen herbei, drehen kichernd eine Runde um unsere Köpfe, ehe sie in den Baumwipfeln verschwinden. Dann sind wir da und ich lasse die mächtigen Brombeerhecken auseinanderweichen, die den Friedhof beschützen.

»Komm, und sieh, was uns Feenkinder draußen in deiner Welt erwartet.« Ich trete beiseite, lasse ihn vorgehen, durch die Schneise aus zartrosa blühenden Beerensträuchern. Ich sehe das Entsetzen in seinen Augen.

»So viele?«, flüstert er.

»So viele«, nicke ich und Trauer färbt meine Stimme dunkel.

Ich bleibe am Rand stehen, doch er geht zögerlich durch die Reihen der weißen Steine. Grabmäler, ein jedes für ein Feenkind, das nicht gerettet werden konnte. Hunderte Gräber. Reihe neben Reihe. Er stolpert weiter, immer weiter, als könne er es nicht fassen, als müsse er sie berühren, die Grabsteine, um zu begreifen. Und ich sehe, wie sein Herz mit jedem Schritt zu Stein wird.

»Sie sind alle tot?«, flüstert er und dreht sich um. Tränen schimmern auch in seinen Augen.

»Ja«, hauche ich und wie auf ein stilles Kommando erheben sich die Kinderseelen von ihren Gräbern, stehen stumm und starr da, ehe sie sich in alle Himmelsrichtungen zerstäuben.

Hans bebt vor Entsetzen, in seinen Augen glimmt ein tiefer und finsterer Zorn. Eines dieser Kinder könnte Gretchen sein, wenn er damals nicht den Mut gefunden hätte, sie zu retten …

»Hans«, rufe ich ihn leise, doch er starrt mich nur an. »Hans, das ist es, was sie mit den Feenkindern tun. Sie töten sie. Sie setzen sie aus, opfern sie den Nixen oder verbrennen sie auf Scheiterhaufen.«

»Und warum?«, brüllt er plötzlich. Seine Hände kleben als Fäuste an seiner Seite. »Weil sie nichts von euch kennen und nicht

wissen, was sie tun. Und ihr versucht nicht einmal, ihnen zu zeigen, dass sie im Unrecht sind!« Er hebt den Arm, zeigt bebend auf die weißen Steine. »Ihr tötet diese Kinder selbst!«, schreit er und seine Stimme schneidet durch den Wald. »Ihr tötet sie, weil ihr euch versteckt und die Welt eine Angst fürchten lasst, die nicht stimmt.«

Nicht stimmt? Ich schließe für einen Moment die Augen, rieche den Rauch der zahllosen Dörfer, die Luft erfüllt mit den Schreien der Sterbenden. Als ich sie wieder öffne, begegne ich seinem Blick und ich weiß, dass er es weiß. Ich begreife, was er in meinen Augen sieht. Es ist der Tod all dieser Menschen. Ich lasse sie alle büßen. Er weiß es.

»Du bist das einzige Monster hier!«, zischt er und stürmt an mir vorbei. Die Bäume brummen, die Hecke will sich schließen.

»Nicht«, halte ich sie auf. »Lasst ihn durch.« Ich sehe ihm hinterher, wie er durch den Wald stapft. Ich spüre seine Tränen. »Er darf gehen.« Die Bäume weichen vor ihm, zeigen ihm den Weg. Geh heim, Hans!, möchte ich flüstern, dies ist nicht deine Heimat, nicht deine Zukunft.

Ich bleibe alleine auf dem Friedhof zurück und warte, so lange, bis die Geister heimkehren und sich in den Gräbern zur Ruhe betten. Sie lachen leise, hell und perlend, dann wird es still. Dies ist ihr letzter Ort. Es soll nicht sein letzter sein. Geh nach Hause, Hans!

Doch als ich Stunden später zum Turm zurückkehre, ist er noch dort, spielt mit den Kindern. Wie immer. Und doch ahne ich, dass es nicht für immer sein wird.

»Etwas Schreckliches wird geschehen«, flüstert eine von den Jüngsten und greift nach meiner Hand. Ihre Augen sind groß wie Ozeane. Augen, die alles sehen. Sie hat die einzige Gabe, die mir verschlossen bleibt. Nur manchmal erhasche ich einen winzigen Blick. Mehr nicht. Ich kann sie nicht kontrollieren, die Zukunft. Nur die Gegenwart.

Kassandra schmiegt sich an mich, klammert sich fest. »Etwas wird passieren.«

»Hat es mit Hans zu tun?«, frage ich sie leise.

Sie bleibt stumm, ihre Lippen zittern. Dann presst sie sich enger an mich und ich hebe sie hoch, schließe sie in meine Arme. Ich höre ihr Herz mit sich ringen. Was ist so schlimm, dass du es mir nicht erzählen kannst? Was nur?

»Ich habe Angst«, flüstert sie und verbirgt das Gesicht an meiner Schulter. Sie weint lautlos. Ihr kleiner Körper bebt.

Ich küsse ihr die Stirn, trage sie in den Turm und steige die Stufen hinauf. Oben wartet sie bereits auf uns am Fenster sitzend und über die Baumkronen hinüber zur Goldenen Stadt blickend, in ihren Händen ein Block Papier. Sie skizziert die Wälder, die Hügel und den sanften Schimmer der Sonne.

Kassandra flüchtet schluchzend in ihre Arme. Sie wiegt sie sanft hin und her.

Wieder eine Vision?, fragt sie stumm über den kleinen Kopf hinweg. Ich nicke.

»Sie werden kommen«, ist alles, was Kassandra hervorbringt.

»Wer, Schatz?«, flüstert sie und streicht ihr die Haare aus der Stirn. »Wer?«

Doch Kassandra antwortet ihr nicht, sondern blickt mich an. »Wir werden leiden«, flüstert sie mit einer so leisen Stimme, dass es mir kalt den Rücken herunterläuft.

»Leiden?«, frage ich. Dann hebt sie einen ihrer kleinen Finger und berührt meine Stirn, nur für einen Sekundenbruchteil und doch fühlt es sich wie eine Ewigkeit an.

Ich sehe die Kinder in ihren Betten schlafen, doch eines ist kalt und leer und ich weiß, dass eines gestorben ist. Dass wir eines verloren haben. Ich versuche, die Gesichter der Kinder zu finden, versuche zu begreifen, wer noch da ist und wer nicht. Doch die Züge sind verzerrt vor Schmerz, dunkel vor Ruß und blass vor Erschöpfung. Sie wirken gequält. Furchtbar gequält. Als ich mich abwende, sehe ich mich selbst am Absatz der Treppe stehen. Ich starre zu mir auf und erkenne den Tod in meinen Augen.

Kassandra schluchzt. Eine Träne rinnt über ihre Wange.

»Das wird niemals passieren! Hörst du?« Ich fasse sie an beiden Schultern, zwinge sie, mich anzusehen. »Das wird nicht passieren! Niemals!«

»Was?«, flüstert die Älteste, doch ich wende mich ab, fliehe in den Kreis der Spiegel. Ich drehe mich, drehe mich um meine Achse, wieder und wieder. Von überallher starren sie zu mir. Meine Ebenbilder. Ich suche in den Blicken. Ich finde, was ich suche.

»Hans hat recht«, flüstere ich und verharre.

Kassandra nimmt den Finger von der Stirn der Eishexe. Ich sehe es auch in ihrem Gesicht: die Furcht.

»Wir dürfen das nicht zulassen!«, rufe ich aus.

Sie nickt stumm. Sie schaut zu mir und wie zuvor Hans, bemerkt sie den Tod in meinen Augen.

»Bitte«, flüstere ich und knie nieder. »Du und ich, wir waren die Ersten. Keiner kennt mich so wie du. Glaubst du, dass ich dazu in der Lage wäre? Du kennst mich!«

»Ja«, haucht sie und doch entzieht sie sich meinem Griff. Mit Kassandra auf dem Arm flieht sie die Treppen hinab. Ich bleibe alleine im Saal der Spiegel zurück.

Zum tapferen Schneiderlein

»Woran denkt Ihr?«, fragt die Frau und lehnt sich vorsichtig an die Brüstung. Wir blicken zum Turm, dessen Spitze über dem Wald düster aufragt. Ich meine kurz, den Spiegel durch eines der Fenster aufblitzen zu sehen. Ob er seine Herrin erkennt?

»Daran, wie das Unglück seinen Lauf nahm«, antworte ich leise. »Wie ein einzelner roter Faden den Tod bringen konnte. Er wies den Weg durch den Wald. Nur drei von uns kannten ihn. Nur drei durften ihn gefahrlos passieren.«

Sie runzelt die Stirn und begreift nicht.

»Ich erinnere mich wieder«, murmele ich. »Jetzt weiß ich endlich was geschah und doch verstehe ich immer noch nicht, warum er es tat. Warum er uns verriet.«

»Wie bitte?«, fragt sie irritiert.

»Ein roter Faden«, murmele ich, »gespannt von Baum zu Baum, mitten durch den Wald, bis zur Lichtung …«

Endlich erinnere ich mich und es wird Zeit, die letzten Puzzlestücke zusammenzufügen, damit das große Bild sich offenbart, und mag es noch so grausam sein. Ich steige die endlosen Stufen hinab, lasse die schwangere Frau mit ihrem ungeborenen Sohn auf dem höchsten Turm der Goldenen Stadt ratlos zurück. Denn es wird Zeit, ihr entgegenzutreten: dem Orakel. Vielleicht ahnt sie, dass ich komme. Vielleicht auch nicht.

Ich schreite durch die Flure und die leeren Säle mit den Wandteppichen, die von den unzähligen Vernichtungen der Stadt erzählen, vom Verderben der Hexen und von Hans' Pakt mit dem damaligen König, doch ich beachte sie nicht. Ich laufe weiter, immer weiter, erreiche das große Tor. Die Wachen lassen mich ohne zu zögern hinaus. Vielleicht wissen sie nicht, wer ich bin und wenn doch: Wohin sollte ich schon fliehen?

Der Goldene Platz ist leer bis auf den tödlichen Schnee, die Menschen sitzen in ihren Häusern, wärmen sich an Feuern, die viel zu früh entfacht worden sind und nicht lange genug brennen werden, um den Kältetod zu besiegen. Es friert bitterlich. Mein Atem steigt als weiße Wolken gen noch weißerem Himmel. Zumindest hat es aufgehört zu schneien, doch die Kälte bleibt. Sie hat sich festgebissen in den Gassen, dringt schleichend in die Mauerwerke. Sie hat Zeit. Die Eishexe hat alle Zeit der Welt.

Mit zu dünnen Pantoffeln laufe ich durch den steifgefrorenen Schnee. Ich ahne, wo ich sie finden werde. Wo ich sie schon damals fand, als sie sich vor dem Tod versteckte, jedes Mal wieder, bei jedem erneuten Angriff auf die Goldene Stadt.

Ich folge den ausgetretenen Pfaden zum Rand und zur Goldenen Mauer, die momentan nur weiß ist, begraben unter ihrer eisigen Last. Die Eishexe wollte mit den Schneeflocken malen, jetzt zeichnet sie ganze Landstriche.

Ich biege in eine schmalere Gasse ab, kämpfe mich durch hohe Schneewehen. Mein Kleid durchweicht, es klebt an mir wie eine zweite, schwere Haut. Meine Füße sind starr und blau – sie wirken fast gläsern.

Dann finde ich das Schild. Es lässt sich kaum lesen, doch ich muss die einst rötlichen Buchstaben nicht erkennen können, um zu wissen, dass es den Weg zum ›Tapferen Schneiderlein‹ anzeigt. Die Tür ist unverschlossen. Vorsichtig schiebe ich sie einen Spalt auf und blinzele hinein. Kein Licht brennt, alles ist in Dunkelheit getaucht. Stoffbahnen hängen wie schwarze Silhouetten von der Decke, farblose Tuchstapel türmen sich an den Wänden und in den Regalen zu formlosen Monstern. Ein großer Tisch füllt den grauen Raum, gedeckt mit den feinsten Schneiderwerkzeugen, die doch nicht mehr sind als vage Schemen und Schatten. Ich trete ein. Die Glocke erklingt seltsam hell wie das Echo eines Kinderlachens. Schnell schließe ich die Tür und der Winter bleibt zurück.

Der Boden knarzt unter meinem Schritt, getränkt von meiner nassen Spur. Ich berühre den Tisch, fahre mit den Fingern über die feinen Stoffe: Seide und Fell. Es riecht nach Vergangenem, Erinnerungen und nach Staub. Da sehe ich den Spiegel – ihren Spiegel. Er hängt zwischen zwei Bahnen aus Tuch. Vorsichtig hebe ich sie an, blicke auf das dunkle Glas und dunkle Augenhöhlen in einem schemenhaften Gesicht starren zurück. Das bin ich, oder nicht? Doch dann weiten sich die Augen, sie werden blau, eisblau, ich erkenne Schnee, überall Schnee und das Gesicht klärt sich, nimmt Farben und Form an. Die Eishexe runzelt die Brauen, ehe sie entschwindet und der Spiegel nichts als Dunkelheit zeigt.

»Sie beobachtet uns immer«, höre ich jemanden sagen und fahre herum, finde sie, in einem Sessel sitzend, den Kopf auf die Hand gestützt, als sei er zu schwer für ihren Körper. Schwarze Flecken und Beulen übersähen ihre Haut. Überall breiten sie sich aus, riechen nach Tod und Verderben. Der Fluch kostet von ihr. Er tötet sie, Stück für Stück, bei lebendigem Leib.

»Hallo, Kassandra! Oder soll ich lieber Orakel sagen?«

Sie lacht matt, hebt einen Arm. Die Ringe um ihr Handgelenk klimpern leise, als wären auch sie vom Leben erschöpft. »Nenn mich die Todgeweihte.«

»Du hast den Schwur gebrochen.«

»Ja«, seufzt sie und streckt die Glieder. Schmerz verzerrt ihre Züge, dann entspannt sie und lehnt sich zurück. »Es schreitet schnell voran. Der Schmerz ist schlimmer als erwartet.«

»Konntest du das nicht kommen sehen?«, frage ich nur.

»Doch«, murmelt sie, »natürlich.«

»Trotzdem hast du uns verraten.«

Ein Nicken, ihre Augen sind blass, selbst in der Dunkelheit erkenne ich die Schatten des Todes in ihnen. »Manche Dinge müssen geschehen.«

»Warum?«, frage ich, doch sie schüttelt den Kopf.

»Hast du die Antworten nicht selbst gefunden?«

»Ich weiß, dass du mich betrogen hast. Ihr alle habt mich betrogen. Weil …« Ich schlucke. »Weil ihr nicht mehr unter meiner Macht leben konntet. Ich war furchtbar.«

»Ja«, sagt sie, »und Nein.«

»Ich war die Königin.« Und damit ist eigentlich alles gesagt, oder?

»Du bist es noch«, erwidert sie leise. »Doch das ist nicht der Grund, warum wir dich in diesen Turm verbannten.«

»Warum dann?«, frage ich.

Sie will sich erheben, Schmerz verzerrt ihre Züge, als sie die Beine zu beugen versucht. Seufzend sinkt sie zurück, bleibt sitzen. Gebrochen. »Im Leben geschehen viele Dinge und manchmal scheinen die Gründe offensichtlich – und doch sind sie es nicht.« Sie hebt die zitternde Hand, anstelle des schwarzen Mals schlingt sich ein fleckiger Verband um das geschwollene Handgelenk. Eiternde Wunden und Blasen ziehen sich über den gesamten Arm. Sie spricht leise und doch füllen ihre Worte den ganzen Raum mit einer greifbaren Traurigkeit, die mir das Atmen erschwert. »Vor vielen, vielen Jahrhunderten wurde ich einst als Kind gerettet, von einer jungen Frau, die selbst fast noch ein Kind war. Sie lehrte mich, zu lieben und was es heißt, sich für Nächste zu opfern. Doch passierten Dinge, die aus dieser jungen Frau etwas Furchtbares machten. Sie verlor ihre Kinder, eines nach dem anderen und mit jedem das starb, verlor sie ihr Herz, bis es so sehr verloren war, dass sie den winzigen Rest mit allen Mitteln zu schützen versuchte. Ich erfuhr, was es bedeutete, zu lieben und die Liebe zu verlieren. Ich lernte großen, sehr großen Schmerz kennen, wir alle. Wir erfuhren, wie es war, zu hassen und sich gleichzeitig nach Liebe zu verzehren. Wir begannen zu töten und anderen Leid zuzufügen, um uns selbst zu schützen, und wir mussten Leid ertragen, um härter und besser zu werden. Wir wurden besser, wir wurden die Besten.«

»Nicht alle«, unterbreche ich sie heiser.

Sie nickt. »Manche verloren den Kampf.«

»Marie und Gretchen«, murmele ich.

Sie fährt leise fort. »Manche verloren ihn. Aber weißt du, was die traurige Wahrheit ist? Ohne die Feenmutter, ohne dich, wären sie auch verloren gewesen und nur ein weiterer Geist zwischen den anderen, ein weißer Stein inmitten des Waldes.«

Ich schließe die Augen, verdränge die Tränen. Die Königin in mir schläft. Das Orakel hat keine Macht, keine Magie, nichts, was für sie von Interesse wäre und so bin ich alleine mit ihr, dem Orakel, den Erinnerungen und dem Schmerz, der tief unter der Oberfläche lauert.

»Die Zeit verging. Die Feenmutter schwand. Die Königin erschien. Sie eroberte die Welt im Sturm, einem brutalen Sturm. Die Feenkinder waren keine Kinder mehr, sie konnten sich schützen, sie waren mächtig, doch niemand war so mächtig wie du. Ich sah viel in diesen Tagen, ich sah die Zukunft und die Vergangenheit. Ich sah, wie dein Herz heilte und sich nach Liebe sehnte.«

»Kassandra«, flüstere ich, doch sie hebt eine Hand und bringt mich zum Schweigen.

»Du hast viel Leid über uns gebracht und doch verdanken wir dir alles. Wir verdanken dir unser Leben. Wir wissen das. Doch es ist nicht leicht, die Zeit der Qual zu vergessen, die Schmerzen und die Lieblosigkeit, mit der du uns trainiertest. Wir lernten, dich zu hassen.« Sie schließt kurz die Augen, und als sie die Lider wieder öffnet, schimmern Tränen darin. »Und doch liebten wir dich weiterhin. Weil du die einzige Liebe warst, die wir kannten.«

Ich sehe sie an, sehe all die Jahre in ihren Augen, all die Zeit im Turm. Und ich sehe mich: am Fuße der Treppe stehen und ich bin die Feenmutter.

Ich bin die Feenmutter.

»Ich habe Hans getötet«, flüstere ich. »Ich habe Gretchen gezwungen, ihn zu töten. Ich habe ihr den Bruder genommen, ihr Herz. So wie ich Marie gebrochen habe. Euch alle.«

»Du weißt es«, seufzt das Orakel. »Jetzt weißt du es wieder.«

»Ich bin die Feenmutter.«

Meine Seele schreit. Die Königin, was ist schon die Königin im Vergleich zu ihr? Ich erinnere mich, wie ich Marie in den Brunnen warf und die Eishexe zwang, sie zu retten, wie Eva es an ihrer statt tat. Ich erinnere mich an Gretchens Schreie in der Nacht und wie niemand sie mehr beruhigen konnte. Ich erinnere mich an den Moment, in dem die Augen der Kinder sich vor Hass verdunkelten und sie zu kämpfen begannen. Ich weiß noch, wie ich diesen Tag hoch oben im Turm feierte. Still und einsam. Denn mein Ziel war erreicht. Sie wurden stark, sie lernten, sich selbst zu retten und zu schützen … vor mir. Und was war ich schon im Vergleich zum Hass der gesamten Menschheit? Sie würden überleben. Und das war alles, was zählte.

Ich weiß noch, wie ich am Fenster stand, die Spiegel hinter mir im Kreis, und wie ich auf Pandora hinabblickte. Ich entschied, dass die Zeit gekommen war, den Wald zu verlassen und die Menschenwelt zu beherrschen, um sie alle auf ewig büßen zu lassen: für den Tod Odettes, für den Tod all der Feenkinder, für das, was sie aus mir – aus uns – gemacht hatten. Sie sollten büßen. Sie tun es bis zum heutigen Tag.

»Ich tat es für euch«, hauche ich und erinnere mich endlich wieder an all die Jahre. »Ich musste es tun.«

Sie seufzt, schüttelt den Kopf. »Es ist vergangen«, murmelt sie nur. »Und was vergangen ist, können wir nicht mehr ändern.«

»Deswegen habt ihr mich verraten?«, frage ich erstickt. »Weil … ich die Feenmutter war?«

»Wir sind, wer wir sind. Du gibst dir andere Namen, aber du bist, wer du bist.« Das Orakel versucht zu lächeln. Ihre Augen sind trüb. Sie sieht nichts mehr. Nichts als den Moment. Als wären ihr die Sinne geraubt. »Du bist die Feenmutter, du bist die Königin, aber du bist auch Lilith, das Mädchen auf der Suche nach Liebe.«

Liebe … Ich hebe die zitternden Hände an den Mund, berühre meine Lippen, spüre den Kuss des Hexenjägers und doch erscheint es mir nur wie ein Trugbild. Er wird mich hassen. Er muss mich hassen, denn ich bin das Übel dieser Welt.

»Viele Jahrhunderte gingen ins Land. Dein Reich war groß und prächtig. Uns ging es gut. Wir waren sicher. Wir waren stark. Du hattest dir verboten zu lieben, weil du den Verlust der Liebe nicht ertragen konntest, doch die Zeit ließ dich den Schmerz vergessen. Dein Herz taute auf. Es taute, weil du nicht mehr die Feenmutter sein musstest, da wir stark waren. Du suchtest die Liebe. Ich sah es dir an, ich sah es in jedem deiner Blicke. Doch glaubtest du, nicht lieben zu können. Wir alle glaubten es.«

»Wir können es?«, frage ich erstickt.

Sie lächelt vage. »Wie sonst hättest du die Zeit im Turm überstehen können? All die Qualen, die du uns und dir selbst zufügtest? Vielleicht war es der falsche Weg, aber es war der einzige, den du begehen konntest. Und wir folgten dir in die Hölle. Doch die Qual war nicht endlos. Irgendwann war es vorbei.«

»Weil ich … nicht mehr war.«

»Oh, ich weiß nicht«, gesteht sie ehrlich. »Vielleicht ging es uns auch zu gut. Vielleicht vergaßen wir auch, wie es war, hilflos zu sein und alleine. Vielleicht war es eben diese Stärke, die uns … waghalsig werden ließ und den Wunsch nährte, wirklich frei zu sein. Und der Weg zur Freiheit führte über dich. Über deine einzige Schwäche.«

»Liebe«, hauche ich.

»Ich legte dir die Karten.«

»Hast du mich betrogen?«, frage ich und meine Stimme bricht.

»Weißt du das wirklich nicht?«

Ich erinnere mich an die Karten auf der Picknickdecke, an die Zeichnungen der zwölf Schwestern, der schlafenden Prinzessin und des Turmes. Und die letzte Karte, die verborgen blieb. Ich erinnere mich an Kassandras Überraschung und an ihren Blick.

»Sie wollten dich entmachten. Nun, nicht alle, aber die drei Stärksten. Die anderen folgten ihnen, vielleicht, weil sie nie etwas anderes gelernt hatten als zu folgen.«

Drachenreiterin, Giftmischerin und Meerhexe. Ich weiß, dass sie es waren. Sie müssen es gewesen sein. Die anderen hätten niemals den Mut gefunden. Sie waren die mutigsten. Sie waren, wie ich sie geformt hatte. Mein voller Stolz. Mein Untergang.

»Ich sah etliche Zukunftsvisionen in diesen Tagen. Etliche Versuche von ihnen, dich zu entmachten, ja gar zu töten, und doch traute sich keine, den Schritt zu tun. Aber dann, als ich mit dir im Wald saß und du mich nach der Liebe fragtest, bekam ich die Antwort auf all unsere Fragen.«

»Hast du mich betrogen?«, frage ich wieder.

»Die Karten lügen nicht. Sie kommen, wie sie kommen. Sie zeigen einen Weg.«

»Die Prophezeiung … ist wahr?«, flüstere ich.

»Sie zeigten dir den Weg zur Liebe und uns den Weg aus deiner Herrschaft«, sagt sie nur.

Ihr habt mich in diesem Turm eingeschlossen, möchte ich brüllen und doch ist es nicht mehr als ein Hauch. Was sind schon die Jahre im Turm gegen die Zeit davor? Was ist mein Schlaf gegen ihr Leid?

»Ihr habt mich betrogen.«

»Ja und Nein«, sagt sie wieder, »denn … hast du nicht die Liebe gefunden?«

Ich denke an den Hexenjäger. Sofort an ihn, nicht an den Prinzen. Es ist der Jäger. Er war es immer. Ich vermisse ihn, mit jeder Faser meines Körpers, ich vermisse ihn mit Haut und Haar. Ich möchte schreien, möchte mich winden.

Ich will zu ihm.

»Ich kann ihn nicht lieben«, schluchze ich und mein Herz zerfließt. »Er liebt mich nicht, … er liebt mich nicht.«

»Hm«, macht sie nur und richtet sich auf. Ich sehe sie schemenhaft, meine Welt besteht aus Tränen und Scherben. Alles besteht aus Scherben.

»Die Liebe war noch nie einfach und doch ist sie die einfachste Sache der Welt.« Das Orakel steht plötzlich mitten im Raum. Ich weiche nicht, ich tue nichts. Ich bin gefangen in meinem Leid. »Alles folgt einem Sinn, und magst du ihn auch noch nicht erkennen, es gibt ihn.« Sie humpelt an mir vorbei, greift mit bebenden Händen nach dem Spiegel. Ich höre es leise klicken, als sie ihn von der Wand nimmt. »Die Liebe ist ein Geschenk, das uns manchmal nur für kurze Zeit vergönnt ist, doch jeder Moment ist kostbar. Jeder Augenblick. Vergiss das nicht!«

Sie umfasst meine Hand. Den Spiegel unter ihrem Arm, dreht sie den goldenen Ring an ihrem Finger. Schon verschwindet der Raum um uns herum mit seinen Tüchern und Stoffen, dem Tisch und der Dunkelheit.

Wir stehen im Turm. Wir stehen vor meinem Bett.

Die Pfosten ragen wie schwarze Gebeine in die Höhe. Überall winden sich Rosen entlang, an der Mauer, um die Pfosten, hinauf zur Decke und um den Spiegel. Ihr Duft füllt den ganzen Raum. Mir wird schlecht. Hier lebte ich mein einsames Leben als Königin. Hier herrschte ich über Pandora. Hier quälte ich die Feenkinder.

Ich lehrte sie zu überleben.

Das Orakel humpelt zur Wand. Sie streicht ein paar Rosenranken von den Steinen, hängt dann den zweiten Spiegel an seinen Platz. Ich beobachte sie wie in Trance, unfähig mich zu bewegen oder überhaupt zu denken.

»So«, sagt sie leise und lächelt vage. »Alles dort, wo es hingehört.« Dann dreht sie sich um. »Komm her«, sagt sie und zeigt auf meinen Spiegel, den größeren der beiden, den größten von allen. »Sieh hinein.«

Ich trete langsam vor, gehorche ihrem sanften Befehl und streiche die Tränen aus den Augen. Ich habe Angst vor dem, was sie mir zeigen will.

Ich habe Angst vor mir selbst.

»Sieh hinein!«, flüstert das Orakel und hält mir die Hand mit den verwesenden Fingern hin. Ich ergreife sie. Das Glas des Spiegels schimmert matt, als hätte es nur auf mich gewartet. Das Orakel ruft neben mir ihre Magie zusammen, das letzte bisschen Macht, über das sie verfügen kann, ehe der Fluch sie vollends beraubt. Sie lässt es in den Spiegel fließen, in einem letzten Akt. Kaum verlässt die Magie ihre Finger, stirbt die Herrin über die

Zeit neben mir. Sie seufzt, der Magie beraubt, und ist nicht mehr als ein totkranker Mensch.

Der Spiegel beginnt zu glühen, er schimmert sanft, und mein Spiegelbild verschwindet, wird unsichtbar und nur das Bett im Turm bleibt zu sehen.

»Sieh hin!«, flüstert das Orakel neben mir und drückt ein letztes Mal meine Hand, ehe sie leise zurücktritt und mich alleine lässt. Ich blicke hinein und erkenne mich selbst, wie ich im Bett liege.

Die Augen sind geschlossen, die Brust hebt und senkt sich kaum. Ich trage ein rotes Kleid, es schimmert blass. Alle Farben schimmern blass. Das Licht funkelt in den Staubkörnern. Sie tanzen um mein schlafendes Ich herum.

Bevor ich ihn sehe, ahne ich, dass er kommt. Ich begreife, was sie mir zeigt.

Der Hexenjäger tritt durch die Tür in der Wand, er sieht die Schlafende im Bett und verharrt.

Mein Herz verstummt. Alles verstummt. Ich hebe die Hand, will ihn berühren, aber es ist nur ein Bild, nur eine Erinnerung und doch so echt.

»Hexenjäger«, flüstere ich.

In dem Spiegel schreitet er langsam zum Bett. Er stand neben mir, während ich schlief, ich sah und hörte ihn nicht, spürte ihn nicht einmal – und doch war er da, bei mir.

»Oh Gott, küss mich, bitte, küss mich!«, wispere ich und kann meinen Blick nicht von ihm lösen, von dem dunklen Haar und den vertrauten Zügen.

Er dreht sich um und kommt genau auf mich zu … bis er vor dem Spiegel steht, und für einen winzigen Moment scheint es, als würde er mir direkt in die Augen blicken.

Ich berühre mit den Fingerspitzen seine Lippen.

»Ich liebe dich«, hauche ich. »Auch wenn du es nicht bist, ich liebe dich.«

Dann wendet er sich ab, durchsucht den Raum, wirft einen Blick in den Schrank, und mustert doch immer wieder mich auf dem Bett. Dann ist er fertig und schreitet zur Treppe.

Alles in mir schreit. »Geh nicht!«

Er geht nicht. Er bleibt stehen. Er bleibt stehen und tut nichts. Dann, ganz langsam, lässt er seine Armbrust fallen und dreht sich um. Mit drei schnellen Schritten ist er am Bett und beugt sich über mich. Er greift nach meinem Nacken, seine Hände auf meiner Haut. Er hebt mein Kinn leicht an, dann küsst er mich. Und die Zeit steht still. Er küsst mich lang und zärtlich. Seine Lippen auf meinen.

Ich spüre sie noch immer …

Dann ist es vorbei, er flieht zur Treppe, stürzt die Stufen hinab und ich bleibe schlafend zurück, in diesem Bett.

Das Bild erlischt, die Magie stirbt. Ich muss nicht sehen, was danach kam, denn er war es, er küsste mich. Egal, was der Prinz tat oder nicht tat, es zählt nicht, nichts zählt.

Nur dieser eine Kuss. Er bedeutet mein Leben. Die Hand noch an den Lippen, drehe ich mich um und stelle fest, dass ich alleine bin.

»Kassandra?«

Ich suche das Orakel. Meine Wangen glühen, mein Herz schlägt, mein Bauch flimmert. Ich spüre etwas in meiner Hand, etwas Kleines, Rundes. Ich hebe sie hoch, und noch bevor ich sie öffne, weiß ich, was in ihr ist. Es ist ihr Ring, mein Ring. Ihr Abschiedsgeschenk. Ich bemerke die abgeknickten Rosen, finde Spuren im Staub auf der Fensterbank. Alles in mir schreit, ich stürze los, will es nicht sehen, will es nicht wahrhaben und doch spricht der Ring in meiner Hand eine deutliche Sprache.

Leb wohl, Lilith.

Dann bin ich da, blicke hinab und finde den Körper am Grund.

»Oh Gott«, wimmere ich und starre auf die Reste des Mädchens, das mich einst Mama nannte, zerschmettert am Fuß des Turms. Während mich der Schmerz überrollt, begreife ich, dass sie nur darauf gewartet hat und dass sie diesen Weg immer zu gehen bereit war – es war ihr Ende, sie hat es immer gewusst. Ihr Letzter Wille, ihr Geschenk an mich war die Offenbarung im Spiegel.

»Danke«, rufe ich erstickt und schaffe es doch kaum, den Blick von ihrem geschundenen Leib zu lösen.

Sieh hin, meine ich sie flüstern zu hören, *sieh hin.*

Die Bäume, der Wald, die Gipfel des Siebengebirges und dahinter: Pandora.

Irgendwo dort wartet er auf mich.

Er liebt mich, er muss mich lieben.

Ich werde einen Weg finden, für ihn und für mich, es muss einen geben.

Ich stecke den Ring auf den Finger, er passt, als hätte er niemals woanders gesessen. Ich lache und schluchze zugleich, dann drehe ich den Ring. Überallhin, jetzt kann ich überallhin.

Ich weiß schon genau, wohin zuerst.

Dann bin ich fort.

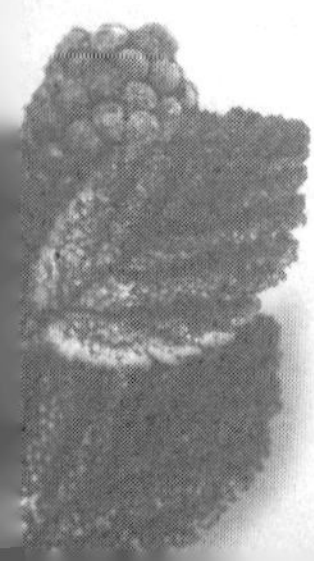

Danksagung

Ich bin erschöpft aber glücklich. Die Fee 2 ist beendet! Alleine hätte ich das nie geschafft und deswegen kommen wir nun zu all jenen, die mich bis hierhergebracht haben! Ihr alle seid ein Stück der Fee!

Meine Alphaleserinnen:

Lydia. So fern und doch so nah! Danke, dass du stets Zeit hattest, selbst mit Haushalt, Kindern, Hunden, Reisen und all den Abenteuern, die du in der neuen Welt erleben durftest! Bin ganz heiß drauf, sie von dir bei einer Tasse Tee erzählt zu bekommen!

Julia. Wir kennen uns nicht persönlich und doch glaube ich zu wissen, dass du ein unheimlich herzlicher Mensch bist. Danke für deine Zeit und deine unerschöpflich gute Laune! Danke, dass du die Fee liebst! Bis zur FBM!

Meine Testleserinnen:

Mama. Als du die erste Version gelesen hattest, sagtest du nach drei Kapiteln: »Wenn das so weitergeht, schlagen die Leute das Buch vor Langeweile zu und lesen es nicht weiter.« Dann kamst du zur Mitte und ab da warst du praktisch nicht mehr anwesend: »Sei still, ich lese!« Dank dir habe ich den Anfang immer und immer wieder verbessert und hoffe, er ist mir nun gelungen.

Ute. Danke, für all deine Ideen und Anregungen und deine Hilfe bei den furchtbaren Bürokratieangelegenheiten, die unweigerlich als Autor auf einen zukommen! Ohne dich wäre ich hoffnungslos verloren!

Judith. »Die Fee jammert zu viel« & »Elle nervt mich«. Schonungslos ehrlich bist du mit mir ins Gericht gegangen und hast mich auf all die Schwächen und Fehler hingewiesen, für die ich schon betriebsblind war. Danke! Ehrliche Kritik ist so viel wert!

Nele. Dank dir geht die Fee mit Mantel und Schuhen ins Bett, dank dir hat der Eissplitter zwei Möglichkeiten zu schmelzen. Du hast all die kleinen Logikfehler gefunden! Danke, dass du eine ganze Nacht mit mir über die Fee gesprochen hast und sie Zeile für Zeile durchgegangen bist!

Lena. Akiko – Herbstkind. Haruko – Frühlingskind. Jetzt weiß ich das! Daaaanke, dass du mich vor dem größten Fehler bewahrt hast und ich die Namen noch rechtzeitig tauschen konnte! Aber … warum zum Teufel stellst du dir den Jäger wie Hagrid vor? Und die Fee wie Gollum? Das Bild werde ich nie mehr los!

Laura. Du hast eindeutig das Talent zur Lektorin! Und das sage ich nicht einfach nur so. Du hast ein Gespür für die Sätze und ihre Melodie, du hast ein Gefühl für die richtige Spannung. Deine Hilfe war Gold wert! Ich danke dir von Herzen!

Gaby. Ich danke dir, dass du dir die Zeit genommen hast, die Fee zu lesen und all die kleinen Fehlerchen rauszusuchen, die sich noch eingeschlichen hatten. Ich freue mich, dass ich dich als Autorin überzeugen konnte, und bin mehr als gespannt, bald von deiner Lilith zu lesen!

Wiebke. Dank dir hat die Fee Polen erobert! Statt Kritik gab es von dir viel Lob – dafür das eine oder andere Gespräch über die verkommene Konsumgesellschaft und die Entwicklung des Buchmarktes. Danke, dass du wie ich an idealistische Werte glaubst!

Anne. Fast vergessen, dann schnell gelesen und das Ende für nicht gut genug befunden. Es musste bleiben, ich hoffe es stört dich nicht zu sehr. In Band 3 werde ich deine Wünsche bezüglich der drohenden Gefahr berücksichtigen! Das wird grandios!

April. Dein Feedback war voller Energie und Leidenschaft, deine Freude hat mich angesteckt und motiviert an mich zu glauben. Danke, dass du die Fee so gerne liest, wie ich sie schreibe! Ich wünsche dir viel Erfolg mit deinen Büchern und hoffe, dass wir noch oft über die heißesten Vampire quatschen werden!

Veronika. Du warst die letzte Testleserin, mit unglaublich viel Feuereifer und einem so sorgsamen Blick für die verbliebenen Fehler. Ich danke dir, dass du so knapp noch die Zeit gefunden hast, mir beim Korrigieren zu helfen! Danke!

Und nun zu all jenen, die an der Fee mitgewirkt haben:

Dani und Alex. Ihr habt die Fee zwar nicht ganz gelesen, aber immer wieder Ausschnitte und mir in der finalen Phase mit Rat und Tat beiseite gestanden! Danke, dass ich euch mit Fragen löchern durfte, egal ob es um Rechtschreibung, Grammatik oder den Inhalt ging. Ihr seid wundervoll!

Svenja Jarisch. Danke, dass du dich erneut mit all deiner Leidenschaft an die Entwürfe gesetzt hast und drei wundervolle Zeichnungen nun in der Fee erscheinen werden! Du hast eine Gabe!

Alex von Kopainski Artwork. Was soll ich sagen. Du übertriffst dich schon wieder selbst! Hör nie nie nie niemals auf Cover zu designen, zumindest solange nicht, wie ich weiter schreibe! Ohne dich wäre die Fee nur halb so schön!

Michael Lohmann. Trotz Urlaub und knappen Zeitrahmen haben wir es geschafft! Ich danke dir für die tolle Zusammenarbeit! Und wie versprochen, gab es diesmal viel weniger Bindestriche, nicht wahr?

Jennie von Neobooks. Du hast von Anfang an an mich geglaubt und mir die großartige Welt der Bücher und Blogger und Autoren erklärt, mich durch meine erste Leserunde begleitet und mir die ersten Kontakte geknüpft. Ohne dich hätte ich es vielleicht nicht so weit gebracht. Du bist und warst für mich die erste Ansprechpartnerin und immer für mich da. Dafür möchte ich dir danken, dir und allen anderen vom Team. Ihr leistet hervorragende Arbeit!

Astrid Behrendt. Ich freue mich unheimlich, dass die Fee ein Zuhause in deinem wundervollen Drachenmond Verlag gefunden hat! Von der bisherigen Zusammenarbeit bin ich mehr als begeistert und hoffe auf fantastische, zukünftige Jahre. Was du aus der Fee gezaubert hast, ist ein Traum und ich kann es gar nicht erwarten, sie endlich in den Händen zu halten! Danke für all das Herzblut und die Energie, die du in deinen Verlag steckst!

Nun zu den Bloggern, die mich und die Fee seit einiger Zeit begleiten:

Sarah Petrovafire. Ich bin dir bis heute dankbar, dass du die erste Blogtour der Fee gerettet hast, und freue mich wahnsinnig auf Blogtour Nr. 2 mit all den tollen Bloggern, die du dafür ausgesucht hast und die daran teilnehmen werden. Du bist mit Herzblut dabei! Danke für all deine Hilfe!

Jack Tilly Jones. Meine erste Rezension, die eigentlich keine Rezension hatte werden sollen, kam von euch und rührt mich bis heute. Seit dem kann ich euch immer um Rat fragen, ihr habt stets ein offenes Ohr, so viele Ratschläge und viel mehr Erfahrung in der Buchwelt als ich. Danke, dass es euch gibt!

Ava Reed. In dir habe ich nicht nur eine Autorenkollegin und einen Feenfan, sondern auch eine Freundin gefunden! Danke, für all die tollen Gespräche und die fantastischen Aktionen, die du laufend auf FB organisierst und damit so vielen anderen Autoren hilfst. Auch mir. Danke! Du bist ein ganz toller Mensch und ich hoffe, dass wir eines Tages richtige Kolleginnen werden.

Pierre Petermichl. Deine Begeisterung bricht Stürme los. Was du schreibst, berührt so viele Leser, mehr noch, als ich mit meiner Fee bisher berührte. Du bist mit so viel Herz dabei und ich danke dir unendlich, dass du mich und die Fee unterstützt! Danke!

Christine Christl. Du hast mit dem AutorenHilfeForum auf FB eine ganz tolle Gruppe ins Leben gerufen. Du organisierst tolle ChatLeseNächte und viele, viele Aktionen. Danke für all deine Bemühungen!

Janine Balkos. Damals, noch bevor du die Fee gelesen hattest, halfst du mir mit einer großen Bloggersuche die Fee zu verbreiten und viele weitere Blogger für sie zu begeistern! Dafür bin ich dir sehr, sehr dankbar!

Axel Saalbach und die Leserkanone. Was ihr da aufgebaut habt, ist wirklich große Klasse. Ich danke euch sehr, dass ihr die Fee nicht nur bei euch präsentiert, sondern sie auch gelesen und rezensiert habt! Ihr leistet wundervolle Arbeit!

Ich könnte an dieser Stelle noch Dutzende Blogger aufzählen, denn so viele von euch haben mich gerührt, unterstützt und fantastische Rezensionen geschrieben. Ich habe unglaublich interessante Menschen kennenlernen dürfen, die alle eines gemeinsam haben: Ihre Leidenschaft für Bücher! Danke, dass ihr euch an Indies heranwagt, danke, dass ihr uns mit eurer Arbeit und eurem Fleiß helft, unsere Bücher bekannter zu machen. Ihr seid der Wahnsinn! Ihr alle!

Und zu guter Letzt, wie sollte es anders sein, meine Familie:

Kosta. Mein Göttergatte, mein Partner in allen Lebenslagen, mein Feind und mein größter Freund. Du liebst nicht immer, wie ich mein Autorendasein auslebe, aber du unterstützt mich, wo du nur kannst. Du hast mir Papyrus geschenkt, eine Homepage gestaltet und personalisierte Kugelschreiber gekauft. Ich glaube, im Geheimen bist du mein größter Fan. Ich liebe dich!

Petros. Dein Kopf ist voller Geschichten. Du bist, wie ich als Kind war. Verliere nie deine Fantasie, verliere nie dein unendliches Mitgefühl. Ich bin sehr stolz auf dich.

Emma. Wirbelwind und Wildfang. Allmählich beginnst du zu sprechen und ich kann es kaum erwarten, dir endlich all jene Geschichten zu erzählen über die Welt und ihre Geheimnisse, über die Liebe und das Leben.

Baby Nr. 3. Ich weiß noch nicht, was du bist, aber ich spüre dich. Du bist da, in jedem Moment, du bewegst dich in mir, wenn ich abends zur Ruhe komme und fantastische Geschichten schreibe. Du bist immer da. Ich freue mich auf dich!

C.Gollub
7'15

FanArt-Wettbewerb

Dein Bild in der Fee

Im Sommer gab es einen kleinen Wettbewerb, bei dem Künstler anhand von Textausschnitten Illustrationen anfertigten.
Ursprünglich sollte nur das Gewinnerbild im zweiten Band der Fee abgedruckt werden. Da aber alle Zeichnungen mit so viel Liebe zum Detail daherkamen, wurde kurzentschlossen mehr Platz geschaffen, um auch diese zu präsentieren.
Vielen herzlichen Dank an all die Künstler, die mit so viel Fleiß und Liebe am Werk waren. Ihr habt euch diese Ehre wahrlich verdient!

Gewinnerbild von Carola Gollub (CAGO)

https://m.facebook.com/profile.php?id=528072793994358

Nicole Unger

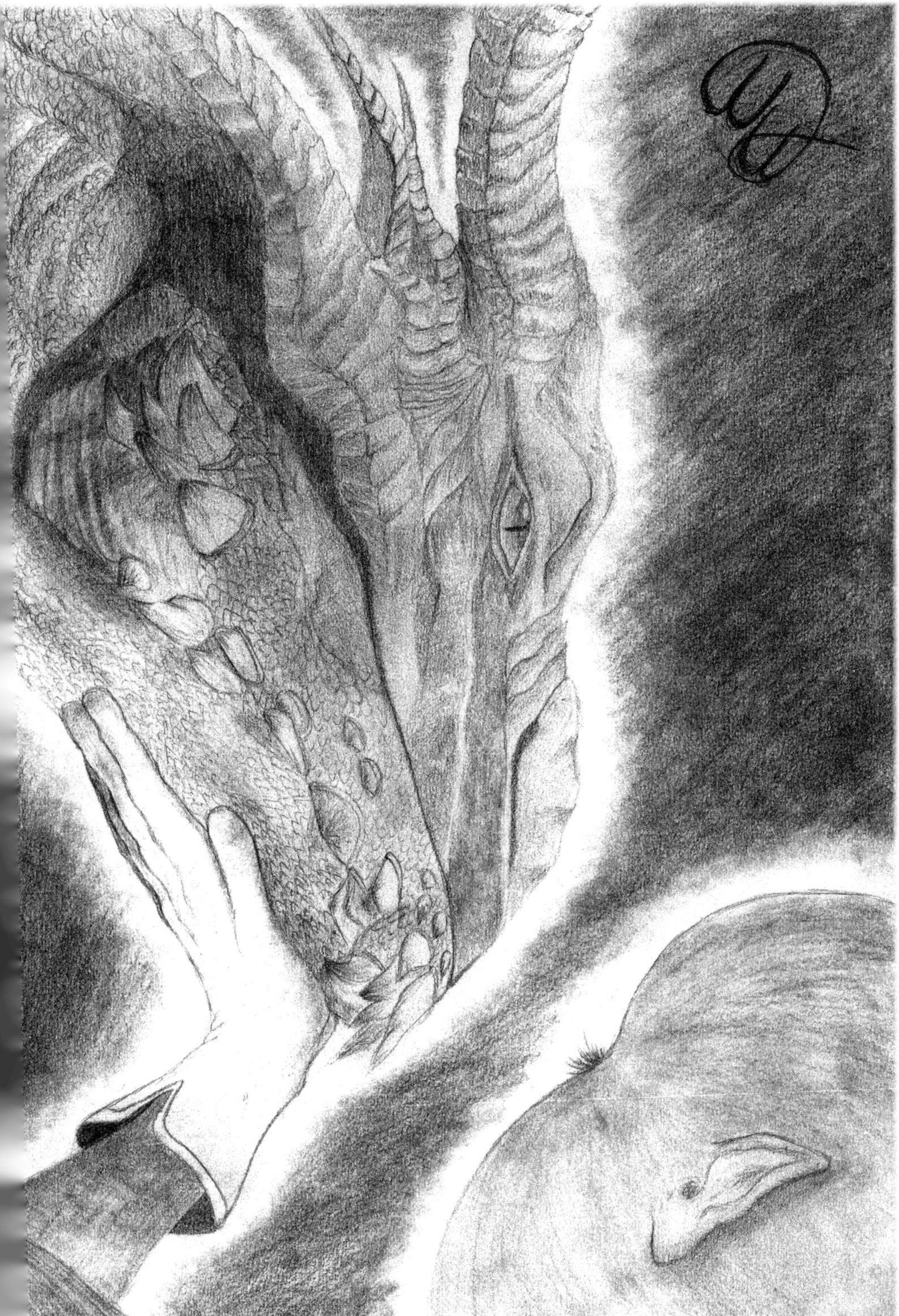

Laura Seitz

Aileen Hu

Laura Seitz

Christin Weber

Angélique Fauerbach

Sophie Klement

Kerstin Arbogast
Im Schatten deines Herzens
ISBN: 978-3-95991-077-4
Softcover, EUR 14,90

„Meine Flucht war sinnlos.
Bereits jetzt in diesem Moment gehörte ich dir.“

Wenn aus Träumen Albträume emporwachsen, ein Jäger zum Gejagten und eine Gejagte selbst zur Jägerin wird, dann finden Märchen und Fabeln ihren Weg in die Wirklichkeit.

Um zum Star der elterlichen Pferdeshow zu werden, ist dem Stuntreiter Jarosch kein Preis zu hoch. Eine geheimnisvolle wie gefährliche Stute soll ihm zum erhofften Erfolg verhelfen – selbst wenn sie ihn seine Seele kostet.

Als Johanna Jarosch und seinem wilden Pferd begegnet, kann sie sich deren Faszination nicht lange verschließen. Doch kann sie die dunklen Schatten der beiden verscheuchen, ohne selbst davon verschlungen zu werden?

Asuka Lionera
Divinitas
ISBN: 978-3-95991-022-4
Softcover, EUR 14,90

„Eine Halbelfe!“, ruft der Ritter angewidert und spuckt
auf den Boden neben mir aus. „Ich dachte, diese Missgeburten
hätte man ausgerottet!“
Sie haben sie gesehen! Sie haben meine Ohren gesehen!
Sie wissen, was ich bin!“

Von den Elfen verachtet und den Menschen gefürchtet hat sich die Halbelfe
Fye in die Abgeschiedenheit zurückgezogen.
Doch sie wird enttarnt und gefangen genommen und an der Schwelle von
Leben und Tod gerät sie in eine uralte Fehde.
Wer meint es ehrlich mit ihr –
der verfluchte Prinz oder der strahlende Ritter?

Lisa Rosenbecker
Arya & Finn
Im Sonnenlicht
ISBN: 978-3-95991-134-4
Softcover, EUR 14,90

Arya hat ihre Zukunft als Leibwächterin klar vor Augen:
Sie will ihrer Freundin Elena um jeden Preis zur Seite stehen.
Schon seit vielen Jahren bereitet sie sich darauf vor und nimmt sogar ihre verhasste Gabe in Kauf, die ein gut behütetes Geheimnis ist. Ebenso wie Elenas wahre Herkunft.

Aus diesem Grund lässt sich Arya auf eine Reise ein,
bei der sie nicht nur mit ihrer Vergangenheit,
sondern auch mit der Zukunft konfrontiert wird.
Denn ihr Reisegefährte Finn weckt unbekannte Gefühle in ihr.
Während Arya versucht auf ihr Herz zu hören,
kristallisiert sich eine Bedrohung für das gesamte Königreich heraus,
der sich die Gefährten am Ende gemeinsam stellen müssen.

Britta Strauss
Indigo und Jade
ISBN: 978-3-931989-93-4
Softcover, EUR 14,90

Als die heimatlose Jade nach einem misslungenen Diebstahl von den Häschern der grausamen Königin Scylla gefangengenommen und misshandelt wird, glaubt sie, ihr Dasein sei zu Ende.
Halbtot in den von gefährlichen Kreaturen bevölkerten Wäldern ausgesetzt, schließt sie mit ihrem Leben ab.
Doch Indigo, ein mysteriöser Vagabund, scheint nur auf sie gewartet zu haben. Er rettet Jade das Leben und zwingt sie dazu, an seiner Seite auf eine lange Reise zu gehen. Eine Reise voller tödlicher Gefahren, deren Sinn und Ziel sie nicht kennt.
Tausend Geheimnisse umgeben Indigo,
unzählige Feinde verfolgen seine Spur.
Jeder Tag und jede Nacht machen Jades Reisegefährten nur noch rätselhafter, doch sie ist entschlossen, die Wahrheit über ihn herauszufinden.

DRACHENMOND VERLAG

BÜCHER MIT HERZBLUT